Acqua Sacra

SODEC
Québec

Mit freundlicher Unterstützung von Sodec

Original 2016 bei DC Books, Canada, Quebec, erschienen
Erste Übersetzung: 2021
übersetzt von Werner Pieper

Erschienen im Wolfbach Verlag, Basel, Zürich, Roßdorf
eine Marke der Sentovision GmbH
www.wolfbach-verlag.ch

Lektorat: Kerstin
Gesamtgestaltung/Herstellung: FontFront.com
Vertrieb durch Synergia Auslieferung
www.synergia-auslieferung.de
Printed in EU
ISBN: 978-3-906929-51-4

Bibliografische Information der Deutschen Bibliothek
Die Deutsche Bibliothek verzeichnet diese Publikation in der deutschen Nationalbibliografie; detaillierte bibliografische Daten sind im Internet unter http://dnb.ddb.de abrufbar.

Keith Henderson
übersetzt von Werner Pieper

Acqua Sacra

Wolfbach

Inhaltsverzeichnis

Für Guiliana, die alles möglich macht

1

Suzanna Ricci, zweiundvierzig, war aufgebracht. Das Scheitern ihrer Ehe ließ sich nicht verheimlichen. Es war nur eine Frage der Zeit bis sie und ihr Ehemann bei ihren Anwälten hockten und um die letzten Fetzen, die von ihrem zwanzigjährigen Zusammenleben übrig geblieben waren, feilschten. Ihre beiden Söhne waren sauer auf sie und der ältere flippte aus, wie das nur achtzehnjährige können. Hinzu kam, dass ihr Vater vor kurzem verstorben war und ihre Eltern der Tochter das runtergekommene Wrack eines Hauses vermacht hatten. Suzanna war nun in Acqua Sacra, um das Chaos zu beenden. Sie hatte keinen Job und auch kaum Aussichten, einen zu finden, zumindest nicht auf ihrem Gebiet. Sie hatte eine Ausbildung, dafür hatte sie gesorgt. „Warum wirst du nicht Sekretärin?“ hatte ihre Mutter einst in einer ihrer regelmäßigen Auseinandersetzungen gefragt, aber Suzanna war fest entschlossen gewesen, eine Ausbildung zu absolvieren. „Geschichte, Mama,“ sagte sie. „Ich will meine Kultur kennen.“ Sie hatte Erfolg, doch als Logan auftauchte, ließ sie davon ab (blöderweise, wie sie heute dachte) und schrieb ihre Arbeit nie.

Sie war hier oben im Castello Medievale, einem die Bergspitze krönendem, durch ein Erdbeben halb zerstörtem Burg-Hotel, das nur in Teilen wieder aufgebaut worden war. Jetzt war es ruhig, doch noch vor ein paar Tagen von einer Busladung von belgischen Studenten belegt, die in den römischen Ruinen rumgruben. Am Tag vor ihrer Abreise war etwas aufregende Stimmung aufgekommen, insofern die belgischen Kids, so reserviert und zurückhaltend sie sich gaben, dazu fähig waren. Zurückhaltender als die Kanadier, und natürlich die Italiener, die das ganze Tal mit ihren Freudenschreien erfüllt hätte, so sie denn einen in einer vormaligen Schlacht, die es nun zu bestimmen galt, gespaltenen Schädel entdeckt hätten. Warum verblieb sie im *Castello Medievale,* wenn sie doch in der nur zwei Kilometer entfernten Stadt so viele Angehörige hatte? Weil sie sich wie eine Versagerin vorkam, und sie wollte den unausbleiblichen Fragen ausweichen. Wo war Len? Warum waren Logan und Robin nicht bei ihr? Warum fielen keine Goldstücke aus allen Ritzen ihrer Handtasche? Ihre Eltern waren doch nach Amerika ausgewandert, oder?

Dann war da die Hochzeit von Dina, der Tochter ihrer Cousine Constanza. So gerne sie ihr ausgewichen wäre, sie konnte es nicht. Das Mädel war siebenundzwanzig, ihr Bräutigam ein Jeans-liebender Zweiundfünzigjähriger mit dunklen Haaren, der im Internet Millionen gemacht hatte. Die Hochzeit würde in Rom stattfinden, und ein überwältigendes soziales Ereignis werden, ein Höhepunkt aller Hoffnungen und angestrebten Ziele. Suzanna musste an eine Esstisch-Unterhaltung ihres Sohnes Logan mit einer sechszehnjährigen Freundin in Montreal zurückdenken. Das Mädchen war gerade von einem Besuch ihrer Familie in Calabrien zurückgekehrt und verriet, dass sie den Hühnerstall ihrer Großmutter geerbt hätte.

„Einen Hühnerstall!", sagte Logan herablassend.

„Ja. Ich hab den schon immer geliebt," antwortete sie etwas schüchtern. „Und nun gehört er mir."

„Aber was kann man schon mit einem Hühnerstall anfangen?" wollte Logan wissen. Also, wenn du die Wahl zwischen einer römischen Villa und einem Hühnerstall hättest, für was würdest Du dich entscheiden?"

„Ich würde den Hühnerstall nehmen", hatte seine Freundin erklärt. Mein Cousin ist Architekt und er hat schon gesagt, dass er mir beim Wiederaufbau helfen wird und ein Haus daraus macht."

Logan lachte und Suzanna unterstützte sie dabei. Vielleicht, weil sie sich schon immer mehr in einem Hühnerstall als einer römischen Villa wohlgefühlt hatte. Ihre Cousine Suzanna gehörte auch zur Hühnerstall-Fraktion, war sie doch im winzigsten Haus in Acqua Sacra herangewachsen. Dieses bot in etwa so viel Platz wie ein Sitzplatz im Flugzeug, ausreichend demütigend für ihr Alter. Zum Ausgleich brachte sie die Tiefe ihres Ausschnittes ins Spiel, ebenso wie die Größe ihrer Hüte aus Leopardenfell - so eine Frau halt. Len hatte mal gemeint, Männer sollten beim ersten Anblick davonlaufen - aber nur die wenigsten hielten sich daran. Sie heiratete den sanftmütigsten Mann den sie fand, nahm was sie konnte, und zog dann zu ihrem polnischen General. So nannte sie ihn zumindest.

Erst später fand Suzanna heraus, dass er in der italienischen Armee war und es dort auch nicht höher als zu einem Colonel gebracht hatte. Ein angenehmer Mann, der etwas dagegen einzuwenden hatte, dass er vom Leben

seiner Stieftochter ausgeschlossen wurde, die er trotzdem als ‚Vollblut' bezeichnete, auch wenn andere diesen Stammbaum anzweifelten.
Suzanna war in der sieben Kilometer entfernten Stadt herumgefahren: Wegen Papieren zu den Anwälten, zum Steuerbüro und anderen Plätzen, alles in dem verdammt teuren Wagen (einem automatischen), den sie in Rom gemietet hatte. Anderswo hätte er vierhundert Dollar weniger gekostet, aber die Italiener wussten, dass die Nordamerikaner nicht mit der Kupplung klarkamen und man sie entsprechend abzocken konnte. Der Gedanke, den Gebrauch der Gangschaltung inmitten des gnadenlosen italienischen Straßenverkehrs, der von allen Seiten auf sie einstürmte, ließ sie erstarren. Der lange Anstieg des Hügels zum Castello hingegen, war eine willkommene Entspannung. Dort angelangt lernte sie die Besitzer, Gilberto und Fiorella kennen, naja, genau gesehen die Betreiber, denn es gehörte der *Comune*[1] und die beiden besaßen das Nutzungsrecht. Sie sah Gilberto manchmal mit einem Schraubenschlüssel herumtrudeln. Er war auch ein praktizierender Anwalt, doch meistens sah sie ihn in einer Ecke der Bar, wo er über alle Dinge unter der Sonne redete - vom Geruch der am besten duftenden Rosen (aus Dänemark), der mittelalterlichen Schlacht auf *la via Valeria,* die durch das unten gelegene Tal führte. Ihr galt seine besondere Passion. Korpulent, Pfeife rauchend, übernahm Gilberto das Gerede. (Die Einheimischen nannten ihn *pazzo*[2], lernte sie später - und das bedeutete Spinner.) Und er versäumte nicht, abzukassieren. „Fiorella! Dove soni i soldi?", hörte sie ihn vom Parkplatz aus rufend. „Fiorella! Wo bleibt das Geld?" Freundlich, geduldig, gutmütig, erledigte Fiorella die ganze Arbeit. Insbesondere kümmerte sie sich um Suzanna, verabreichte ihre kleine Leckerbissen aus Honig, selbstgemachter Salami, spezielle Weine. Suzanna erwärmte sie wie eine Schwester und die beiden wurden Freundinnen. Doch als Suzanna fragte, wo die noch halb gefüllte Flasche vom vergangenen Abend abgeblieben sei, schaute Fiorella abweichend drein, und deutete dann nach hinten. Suzanna wusste sofort, wo sie abgeblieben war.
Mit Gilberto hatte sie Bekanntschaft geschlossen, weil sie in der rückwärtigen Nische des Restaurants, in der er normalerweise saß (eher ein

1 Gemeinde
2 verrückt

Freitag-Abend-Stammtisch), die schlechte Angewohntheit hatte, ihren Mund zu öffnen. Sie saß an einem Nachbartisch, dort erklärte er seinen Freunden die teuflischen Amerikaner, ihre dumme Art und Weise Kriege zu beginnen und die Atombomben, die sie abwarfen. Was konnte man auch anderes von ihnen erwarten?

Len hatte ihr einst erzählt, dass Präsident Trueman zu seiner eigenen Verteidigung gefragt habe, wie man einer Mutter, die ihren Sohn verloren hätte, klarmachen könne, dass er zwar eine Waffe besitze, die all dem ein Ende machen könne, diese jedoch zu zerstörend sei? „Was sagen sie solch einer Mutter?" hatte sie Fiorella gefragt, die diese Frage umgehend ihrem Ehemann stellte. Er brach mitten in seinem Satz ab und warf ihr einen flüchtigen Blick verblüfften Respekts zu. Jemand kannte sich in Geschichte aus. Ihre Belohnung kam am folgenden Tag: Ein Rundgang der Burgmauern (Fiorella im Schlepptau), samt historischem Hintergrund - Corrodino gegen Charles von Anjou, Armeen die vor mehr als siebenhundert Jahren in der Nachbarschaft von Scurcola Marsicana gekämpft hatten. Der Knabenkönig, der sechzehn Jahre alte Corrodio, wurde gefangen genommen und auf dem Marktplatz von Neapel öffentlich hingerichtet. Als Gilberto herausfand, dass er Kanadier sei, schien er etwas erleichtert.

Ihre Morgenstunden verbrachte Suzanna damit, den achttausend Fuß hohen *Monte Velino* zu überschauen. Fiorella brachte ihr Frühstück mit Kaffee und sie redeten übers Essen und diskutierten Rezepte. An jenem Tag hörte Suzanna ein unerwartetes Knurren. Sie schaute herunter und sah ein Tier in seinem Käfig eingeschlossen - einen Deutschen Schäferhund, der etwas Bedrohliches in den Bäumen des Hügels geortet hatte. Sie blickte Fiorella fragend an.

„*Il cane e cattivo*[3]", meinte Fiorella einfach, setzte ihren Kaffee ab und zog sich in die Küche zurück.

Was sie meinte war, dass der Hund niederträchtig sei - er sah, eingepfercht in seinem kleinen Auslauf, den er nicht verlassen durfte, gemein aus. Ganz oben, nahe dem Parkplatz grobe Reproduktionen von Steinschleudern und mittelalterlichem Kriegsgerät - eine alte Rüstung, voller Wimpel mit Wappen. Einige zeigten Schlangen. Später erfuhr sie, dass

3 Der Hund ist schlecht

Gilberto eine Phyton hielt, doch sie erfuhr nie, ob er sie hier, oder in seinem Appartment in Avezzano untergebracht hatte.
Il cane e cattivo. Ettore war nicht *cattivo,* dachte Suzanna. Wie so eine liebenswerte kleine Kreatur es geschafft hatte, solch einen homerischen Namen zu ergattern, konnte sie nicht sagen, denn er war das reine Gegenstück zu *cattivo.* (Heißt es auf Englisch nicht ‚Caitiff'? fragte sie sich und nahm sich vor, wieder daheim Shakespeare zu durchforschen). Nein, Ettore war nicht cattivo. Er lief auf dem Parkplatz auf neue Besucher los, um sie zu grüßen, und verschwand dann wieder nach Belieben - auf dem Gipfel des Hügels oder in den Feldern der Niederungen, in der selben gelblich-grauen Farbe wie die Steine der Burgmauern, mit echter Ausstrahlung bzw. einem *genius loci*[4] und dem besten Tourbegleiter weit und breit. Suzanna war das vor einigen Tagen aufgefallen, als die belgischen Studenten packten und abreisten. Am Ende des kleinen Weges, der von der Burgmauer zu den dachlosen alten Steinhäusern von Alba Vecchina, die beim Erdbeben von 1915 zerstört wurden, führte. Der Hund sah sie an und bewegte seinen Kopf dann zum Bergkamm, als wolle er ihr mitteilen „Komm schon. Ich werde dir etwas zeigen."
Sie schätzte sich nicht als besonders tierliebend ein, aber sie hatte noch nie einen Hund gesehen, der solch eine übernatürliche Kopfbewegung machte. Sie zögerte und er wiederholte seine Bewegung Richtung bergabwärts „Komm schon. Ich zeige Dir etwas". Sie gab nach und als sie ihm folgte, trollte er sich einen engen Pfad hinab. Sie hielt ein. Wollte sie das wirklich? Ihr Mutter hatte sie gewarnt, hier gäbe es Vipern. Doch als er sah, dass sie ihm nicht folgte, kehrte Ettore zurück, stand etwas neben dem Weg und wartete geduldig. Also folgte sie dem Weg nach unten, hielt an zwei besonders steilen Stellen kurz an, und jedesmal kam der Hund zurück, als ob er ihr etwas Sicherheit vermitteln wolle, um sie weiter nach unten zu bugsieren.
Schließlich realisierte sie, wohin er sie führte - zum alten römischen Militärcamp an der Basis des Berges. Die zerfallenen Stadtstraßen waren von überall einsehbar, samt den Abwasserkanälen, kleinen Steintreppen und den grauen Grundrissen der Gebäude. Alles umgeben vom orangenem Plastikband, dass die seit sechzig Jahren andauernden Ausgrabungen der

4 der Geist des Ortes

Universität Louvain einzäunte. Während sie die Zisternen und Bodenmosaike anschaute, stellte sich Suzanne die fünfzigtausend hektischen Legionären vor - den Klang ihrer Schwerter, die Todesschreie der Opfer und das Gebrüll der Massen im nahegelegenen Amphitheater. Doch das leere Feld war still, gefüllt von wilden Blumen und winzigen blauen Schmetterlingen. Ein geradezu ekstatischer Ettore nutze in seinem Herumgerenne all seine Muskeln und seine Freiheit. Er sprang wild an ihr hoch. Alles was sie hören konnte, war das Summen der Bienen, das Klopfen von Ettores Pfoten auf dem Boden und das Wischen seines Schwanzes in der Luft.

Doch Ettore hatte ihr mehr zu bieten. Er rannte am Ufer hoch und wartete, bis sie ihm folgte. Als sie dies tat, hetzte er einen Weg entlang, bis sich dieser teilte. Er hielt inne. Rechts oder links? Rechts, so erkannte sie, ging es zum Amphitheater, links nach San Pietro, den uralten Apollo-Tempel, den die Benediktaner für christliches Brauchtum umfunktioniert hatten. Rechts Barbarentum, links Erlösung. Ettore entschied sich für Erlösung.

Doch Suzanne fand nur verschlossene Türen. Im Steinbogen über ihr waren die Himmelsschlüssel des Heiligen St. Peter eingraviert. Sie ging um das Gebäude herum und ließ ihren Blick über das Tal unter ihr schweifen, schlängelte sich durchs Gelände und tauchte dann wieder vor der Kirche auf. Ettore trieb sich in der Nähe rum.

„Signora!"

Sie sah den Mann winken.

„*Ho le chiavi!* Ich habe Schlüssel!"

Er hatte die Schlüssel, dieser runzlige, älterliche *paesano*[5], der sich als Pangrazio vorstellte. Schlagartig wurde er ihr Tourleiter, eine Rolle, die er wohl schon oft gespielt hatte, wie sie erkannte. Als sie zurück zur Tür schaute, um zu sehen, wo Ettore war, nahm der alte Mann sie am Ellenbogen und wies sie auf die mannigfaltigen wichtigeren Dinge hin. Fotos des Innenraumes nach dem Erdbeben und byzantinische Heiligenbilder an den Wänden. Doch Suzanna wurde ungeduldig. Sie schielte zum Eingang zurück, wo der kleine Ettore geduldig auf sie wartete. Er folgte ihr nicht. Irgendwie war ihm klar, dass er in diesem Gebäude

5 Dorfbewohner

nicht willkommen war. Und sie hatte absurderweise das Gefühl, ihn hintergangen zu haben.
„*Ecco qui.*[6]"
Pangrazio hatte noch mehr zu bieten, es dauerte eine Weile bis er fertig war. Und als es soweit war, streckte er ihr seine Hand nicht offensiv entgegen, es war eher eine unmerkliche Bewegung. Suzanna bemerkte sie und gab ihm fünf Euro. Ettore hatte keine fünf Euro eingefordert, dachte sie.
In einem Frustanfall raunte sie draußen „*Pangrazio.* Na, besten Dank Betrüger." In wessen Händen lagen schlussendlich die wahren Schlüssel zum Himmel? Doch schnell riss sie sich zusammen. Geld war nicht Teil von Ettores Welt. Der alte Mann hingegen hatte vielleicht ansonsten kein Einkommen, um seine Familie zu ernähren.
Sie war ja nicht naiv. Zumindest hoffte sie das. Ettore hatte sich mit ihr angefreundet und folgte ihr überallhin, die Stufen zu dem kleinen Haus hinauf, das Teil des Burg-Komplexes war, in dem sie sich aufhielt. In der Tür verharrte er, traute sich nicht rein. Doch als sie ihm ein Zeichen gab, rannte er wie auf Anhieb hinein, sprang auf das Sofa, auf dem er sich umgehend einheimelte. Plötzlich realisierte sie, dass er sich schoneinmal ähnlich verhalten hatte. Auch die belgischen Kids hatte er freudig auf dem Pfad hinunter zu den Ausgrabungen begleitet, und dann wieder zu einem Dach über seinem Kopf gehetzt, und zu einem plüschen Sofa. Aber trotz allem war er ein süßer Hund, ein guter Kamerad.
Abends zuvor fand sie sich in der Freitags-Stammtisch-Ecke. Fiorella hatte ihr das Essen serviert, Gilberto sah, wie sie ihr Weinglas leerte.
„Komm. Ich will dir etwas zeigen", sagte er. Sie sah ihn mit einer gewissen Zurückhaltung an, doch er bestand auf seiner Aufforderung. „Komm. Du wirst es mögen."
Er führte sie nach draußen, einige Stufen herunter und um eine Ecke in einen Raum, den sie noch nie gesehen hatte. Aber das war garnichts. Der ganze Platz war gefüllt von einem Karnickelstall voller Räume und Steinhütten. Dort, im Schatten, war das Bild eines byzantinischen Heiligen.
„Wem gehört das?", fragte sie.

---

6 Hier ist es

„Mir," sagte er stolz. „Ich habe das gemacht. Ich möchte es Dir geben."
„Für mich?", fragte sie.
„Ja, jawohl. Es ist ein Geschenk. Geschenke darf man nicht abweisen."
„Also, also wirklich. Das kann ich doch nicht annehmen. Es ist sehr schön. Doch ich habe keine Möglichkeit, damit zurück zu kehren … Das ist unmöglich."
Plötzlich machte er sie wie ein wilder Hund an.
„Pazza!" speihte er. Dann drehte er sich urplötzlich herum, und ließ sie in der Dunkelheit allein.
Beim Auschecken ging Suzanna auf Nummer Sicher, was die Geldsummen betraf. Vierhundert für das Zimmer, fünfzig als Trinkgeld für Fiorella. „So ein intelligenter Hund, Ettore", sagte sie im Vorbeigehen. Sie bemerkte, dass Fiorellas Augen rot waren und sie wahrscheinlich geweint hatte.
„Wo hast du ihn gefunden?"
Fiorelli erzählte ihr, dass er, ein kleiner Welpe nach dem Erdbeben den Berg hinaufgelaufen kam. Nein, nicht dem Beben von 1915, das Alba Vecchia und Avezzano zerstört hatte, sondern das von 2009, als Aquila zerstört wurde. „Seltsam, wie Menschen die Zeit einteilen", dachte Suzanna. Aboriginals sprachen von Monden, Italiener von Erdbeben. Ettores Eigentümer hatte nach ihm Ausschau gehalten und forderte ihn nun zurück. Fiorella willigte ein. Doch zwei Wochen später tauchte der kleine Hund wieder bei ihr auf, mit einem blutigen Schnitt am Kopf. Und der Besitzer ließ sich nie wieder blicken.
„Hier", sagte Suzanna. „Dies ist für *dich.*" Fiorella schaute extrem dankbar drein und die beiden umarmten sich. Später, Nachmittags, als sie gerade ihre letzten Gepäckstücke gepackt hatte und sie zum Wagen rollen wollte, hörte sie Gilberto vom Parkplatz. Er schien verärgert.
„Fiorella!", rief er. *„Dove sono i soldi?"* Wo ist das Geld?

2

Was machte sie hier bloß? Obwohl es ihr klar war, hielt es sie nicht von der Frage ab. Sie war von ihren Jungs, von denen keiner kommen wollte, getrennt. Nichtmals Robin, normalerweise entsprechend beeinflussbar. Doch er hatte einen Sommer-Job. Wie hätte er kommen können, selbst wenn er es gewollt hätte? Er kam nicht. Logan auch nicht. Schau den Fakten ins Gesicht, sagte sie sich. Die Jungs zogen ihre Freunde vor. Für sie war es leichter, bei ihrem Vater zu leben. Außerdem sorgte ihre nonna dafür, dass sie gut ernährt wurden, besser als wenn sie daheim blieben. „Warum gibst Du ihnen keine ordentlichen italienische Namen?" hatte ihre Mutter ihr zur Geburt vorgeworfen. „Claudio. Augusto. Starke Namen. Warum nur englische Namen? Robin. Nett. Mamma mia! Unuccello. Warum keine guten katholischen Namen wie *Nazzareno?* Wunderschön! Warum benennst Du Deinen Sohn nach einem Vogel?" Normalerweise ignorierte Suzanna sowas. Sie wollte, dass sich ihre Söhne einfügten. Sie hatte schon immer eine Schwäche für alles Britische - die Königin, Porridge zum Frühstück -, ganz im Gegensatz zu Len. Trotz seiner ‚geringfügigen Steuerquote', wie er sie nannte, erfreute sich ihr Ex einer radikalen Bräunung. Für eine Weile verdrängte sie die Verletzungen, die sie sich zufügten aus ihrem Bewusstsein und schaute aus dem Fenster über das Tal unter ihr - in der Ferne eine Schafherde, am Rande ein Hirte und seine drei Hunde. Die Schafe standen herum wie Buchstützen. Sein Vater hasste sie. Für ihn gab es nichts Schlimmeres, als sie all die Meilen runter zum Tivoli zu treiben. Das Leben eines verarmten Hirten - trockene Salami, Mandeln, Pecorino und Wein. Oder auf dem Gipfel des Monte Sassi, auf dem die Schafe zwar friedlich weideten, die Schäfer jedoch in ihren Steinhütten froren, wenn der kalte Regen fiel. Jahrhunderte des Verlangens und Drecks und Opferbereitschaft waren Grundlage des alten Abruzzo Canfone Lebens, wie sie genannt wurden und sich auch gegenseitig nannten, wenn sie sich gegenseitig hochnahmen. Sie begrüßten sich lachend mit „Ey, Cafone!" Ihr Vater wollte so weit wie möglich von diesem Spott und Hohn entfernt sein. Erst Rom. Dann Kanada. „Ey, Cafone!" Doch nun war sie zurück, schaute über die selben Gebirgstäler wie die Römer vor über zweitausend Jahren zuvor. Die selben Schafherden (Armeen brauchten schließlich Wolle), die

selben winzigen Steinhütten, die man hier im alten Alba in Touristenunterkünfte umgebaut hatte. Alba vecchia, so sie nicht als eckige, mit Girlanden aus Dornensträuchern geschmückte Ruinenhalden zurückgelassen wurden. Sie standen hier seit dem großen Erdbeben vor fast einhundert Jahren; dem Beben das die Kirche zerstörte, die nun unten in der *piazza*[7] neu erbaut wurde.
Ihr war klar, warum sie hier war. Sie war wegen zwei Dinge hier, um die sie ihr Vater auf seinem Todesbett gebeten hatte. Zum einen hatte er sie gebeten, bis zu seinem Ableben an seiner Seite zu weilen. Was sie auch tat, hielt sie ihn doch während des Übergangs in ihren Armen. Zum anderen musste sie sich um das Haus der Familie ihrer Mutter kümmern und vor dem Zerfall schützen. In Italien sieht man es oft, dass, vor allem Häuser auf den Hügeln verlassen wurden. Kleine Städte waren dunkel und abgeschlossen, oder gar offen für Tiere und die Elemente, falls ihnen die Erdbebeben zu arg zugesetzt hatten. Die Frage nach dem jeweiligen Besitzanspruch, einem Durcheinander von Cousins und Eingeheirateten bedeutete unendliche Zänkereien vor ihren Anwälten (solang sie deren Rechnungen bezahlen konnten). Dann kam es zu Versäumnissen, artete in die legendären italienischen Streitigkeiten aus, die im kommenden Jahrzehnt oder von einer späteren Generation geschlichtet wurden. Diese liebevollen, warm-herzigen Menschen rund um den Lago Fucino, diesem seltsam ausgetrocknetem See, liebten Rechtsstreitigkeiten. Falls sie nach Abbezahlen ihrer Schulden noch Geld übrig hatten, investierten sie in Rechtsstreitigkeiten. Ein Leben ohne Kläger? Unvorstellbar.
Suzanna dankte Gott für ihre Mutter, diese streitsüchtige Seele. Sie organisierte die sieben Anspruchserhebenden auf das Familienheim und zahlte sie aus. Der Besitz von kanadischen Dollars war hilfreich. Die anderen waren ohne Pfennig, was die eine Schwester, Suzannas Tante, nicht davon abhielt um eine Ecke im Haus zu betteln.
„Nur eine kleine Ecke. Wir könnten einen seperaten Eingang bauen. Und die Gläubigen würden kommen und zu Jesus beten, wie sie es immer getan haben."
Es blieb Mutter überlassen „Nein" zu sagen.

7 Straße

„Nein, nein, nein. Sie können in der Kirche beten. *La casa sacra completamente risotruita*[8]. Alles in diesem Haus wird neu gestaltet. Willst Du in einem Haus wohnen, das zusammenbricht? Möchtest Du die Decke auf Deinem Kopf?"

Gott sei Dank für ihre Mutter, für beide Eltern, wenn schon. Sie waren ohne Habseligkeiten nach Halifax gekommen. Bis auf den heutigen Tag erinnert sich Suzanna an die eiskalte winterliche Zugfahrt nach Montreal. Ein eiskalter Zugwagon. Schnee, Schnee, mehr Schnee als sie in ihren bisherigen sechsjährigem Leben gesehen hatte. Die fürchterliche Absteige in Prud'homme, Besuche im Laden an der Ecke für ein paar Scheiben Toastbrot. „English bread," schließlich war sie nach ein paar Monaten Schulbesuch die einzige, die die Sprache sprechen konnte. Jobs, Jobs so schmutzig und unversöhnlich wie der Schnee. Manchmal vier Jobs gleichzeitig, Büros putzen, Eisenbahnarbeit, Klempnerei, noch mehr Putzjobs, Mauern bauen. Erst ein kleines zweistöckiges Haus in NDG, dann noch eins, und ein weiteres und nach einem viertel Jahrhundert von Marx' „Würde der Arbeit" gehörte der Familie der ganze Block - zumindest schien es so. Millionäre in alten Mänteln und noch älteren Autos, Millionäre mit kleinen Tomaten-Anlagen hinterm Haus. Wer kannte sich da schon aus? Suzanna wusste Bescheid. Wie auch ihre Schwester Laurella. Beide waren mit der Aufgabe beschäftigt, das Familienerbe zu verwalten und planten, es zu übernehmen. Len wusste Bescheid, weshalb er auch darum bat, dass alle Gebäude notariell auf seinen Namen überschrieben würden. Er war doch ihr Ehemann, oder. Das war doch die normale Vorgehensweise. So machten es doch alle.

Ihre Mutter mochte Len nicht wirklich. Er hatte in einer wichtigen Firma in Montreal einen guten Job, überwachte Projekte von Afrika bis zum Mittleren Osten. Er rauchte, trank, kam spät nach Hause und schaute, von den Höhen seiner akademischen Laufbahn an der Universität Toronto, auf ihre Familie herunter und verbrachte (zusammen mit seiner Mutter), viel Zeit, sie zu korrigieren - die richtige Kleidung, die Art, wie man einen Tisch deckt, die Kunst zu schreiben. Ihre Schwiegermutter war eine hervorragende Schreiberin. Immer wenn er geruhte,

8 Das heilige Haus wurde komplett renoviert.

Aqua Sacra, ihr kleines *paese*[9] zu besuchen, gewann seine Nase an Höhe. Hinterm Haus räkelten sich Schweine in Ställen. Ganze Schafherden stürmten die Hauptstraßen und hinterließen Aqua Sacra eine sehr eigene, unverwechselbar unheilige Duftnote.

„Nur primitive Menschen leben mit ihren Tieren; Suzanna," belehrte sie Len wiederholt. Der Bürgrmeister wird gewählt und lässt seine Hühner frei auf den Seitenwegen herumlaufen. Komm schon. Jetzt lässt er nahe seines Hauses einen Park herrichten. Du denkst für die Kinder? Nee, der ist für seine Hühner."

„Warum will er seinen Namen auf Deinen Gebäuden?", fragte ihre Mutter direkt. „Wir geben Dir die Gebäude, nicht ihm."

Das erledigte diese Angelegenheit.

Und das war gut so. Len war besitzergreifend und eifersüchtig, was Geld anging, natürlich inklusive ihrem. Anderseits handelte er fahrlässig mit der Verwaltung jener Gebäude, die sie ihm für eine Weile überließ. Sie verfielen, er ließ sie herunterkommen, kümmerte sich nicht um Details in Garagen, die Sauställen ähnelten, zahlte sich aber ein ungewöhnlich hohes Hausmeistergehalt. Mietzahlungen waren etwas für Tagelöhner, so schien es. Schließlich war es Geld ihrer Familie. Unterhaltszahlungen waren etwas anderes. Als er ankündigte zu gehen, organisierte er Verhandlungsrunden, „um unsere Unstimmigkeiten zu schlichten.", wie er es formulierte. Umgehend legte er seine Bedingungen auf den Tisch, die für ihn unverhandelbar waren. Zahlungen über fünf Jahre, in denen von ihr erwartet wurde, dass sie sich einen sicheren Job anlachte. Ihn würde das Geld, welches sie von ihrer Mutter erhielt, von allen eigenen Zahlungen befreien. Doch selbst der von ihm eingestellte, Mitte Zwanzig alte Mediator streikte in dieser Angelegenheit. Bestenfalls fünf Jahre, nach denen alle Ansprüche aufhörten.

„Hör zu, Honey," sagte ihre Cousine Gina, die in der selben Maschinenfabrik arbeitete. Er verließ Dich wegen dieser kurvenreichen Blondine. Dabei hast Du die familiären Öfen wie lange warm gehalten? Neunzehn Jahre?"

„Er meint, das sei kein Job. Er hat den Job."

„Kein Job? Und das lässt Du durchgehen? Echt?"

---

9 Land

„Er meint, ich hätte eine praktischere Ausbildung abschließen sollen."

„Was meint er damit?"

„Gina, ich habe italienische Geschichte und Kultur studiert. Er meint, das sei doch Micky Maus Zeug und ich könne nicht erwarten, dafür jetzt nicht zahlen zu müssen."

„Gott, ich könnte kotzen." Ihre Cousine drehte sich angewidert zur Seite.

„Schau. Du warst fast zwanzig Jahre versklavt. Du kennst das Gesetz. Vertrau mir. Die Hälfte gehört Dir. Die Hälfte, Honey. Und die hast Du Dir verdient. Lass Dich nicht von ihm herumkommandieren."

Doch er puschte sie. Die Verhandlung sollte nur dazu dienen, sie unter Druck zu setzen, um seine Bedingungen zu akzeptieren. Der weil saß der junge Mann mit der sanften Stimme, halb so alt wie sie, ihnen gegenüber und versuchte ab und an, sich mit einer Geste einzumischen. Sein Plan wäre wohl aufgegangen, wäre nicht Gina anwesend gewesen."Coraggio, Liebling. Folge Deinem Weg." Auf ihrem Weg zu bleiben bedeutete unter anderem einen 400$/Stunde Anwalt, armlange Rechnungen und ‚Entdeckungen' jedes kleinste Detail ihrer miserablen finanziellen Situation. Ihr Cousin schwörte immer wieder, das Alles würde sich schlusssendlich lohnen. Für jeden Anruf 65$, in ihrem Auftrag geschriebene Briefe für je 200$, Bürobesuche à 300$. Falls sie diesen Weg einschlüge, müsste sie ihre Mutter um einen weiteren Kredit anmachen. Und das war nicht das Schlimmste. Am meisten bedauerte sie die Folgen für ihre Jungs.

Robin schien wie erwartet mit der Situation klar zu kommen. Er sträubte sich gegen zwei Wochen bei seinem Vater. Die Hin- und Rückfahrt würde seinen Lebensrhytmus stören. Außerdem mochte er die Kurvenreiche nicht, woraus er kein Geheimnis machte. „Sie ist eine Lügnerin, Mama. Frag mich nicht, woher ich das weiß, aber so ist es."

Mit Logan hingegen war es eine ganz andere Angelegenheit. Sobald die Trennung klar war, ließ er seinem offensiven Gehabe freien Lauf. In der Nacht haute er durch sein Schlafzimmerfenster ab. Das Fenster war nicht sonderlich hoch, doch er brauchte eine Leiter und Freunde, die ihm bei seinem Vorhaben halfen. An Freunden mangelte es ihm nicht. Normalerweise versteckten sie die Leiter im Gebüsch, aber eines Tages wurden sie unaufmerksam.

„Was hat das zu bedeuten?" fragte sie ihn, nachdem sie die Leiter unter dem Schlafzimmerfenster entdeckt hatte.

„Was?“
„Da! Diese Leiter.“
„Keine Ahnung. Vielleicht haben die Nachbarkinder hier rumgetollt.“
Im Nachhinein war sie erstaunt, das sie diese Geschichte, die ja auch plausibel genug erschien, akzeptiert hatte. Zumal die Nachbarkids, ein rotköpfiges Trio, einer Bandenfamilie des Westsends angehörten. Sechs, sieben und neun Jahre alt liebten sie es, über Zäune und Mauern zu klettern, die Häuser auszuchecken, ihre Nasen gegen erreichbare Fenster zu drücken und immer wieder schamlos hineinzuglotzen. Außerdem waren sie furchtlos. Einmal war sie herausgekommen und hatte sie zu Rede gestellt. Sie könnten nicht einfach so, ohne erteilte Erlaubnis, in fremde Gärten eindringen. Doch sie waren nicht auf das Geringste beeindruckt, und schon zwei Tage später kletterten sie erneut über den Zaun und drückten ihre Nasen an die Fenster.
„Ich habs euch gesagt!“ schrie sie die Jungs an, als diese auf ihren Hinterhof hetzten. Es war das trotzige Schmunzeln auf dem Gesicht des Neunjährigen, sein Widerstand, der sie besorgte. Die ersten Zeichen, dachte sie. Sie grübelte darüber nach, wie sich solche Dinge wohl verbreiten würden und sorgte sich um ihre Jungs. Die Mädels ihrer Schwester machten sich, „alle Drei“, wie sie ihre Mutter immer wieder wissen ließ. Suzanna fühlte sich plötzlich wie eine Versagerin und übergab sich verzweifelten Gedankengängen, die häufiger aufkamen als sie es zugeben wollte. Also musste sie sich zusammenreißen und an ihre Aufgabe erinnern.

3

Für Steine gibt es kaum eine mit Abruzzo vergleichbare Gegend. Sie bedecken die Berghänge, liegen neben den Landstraßen und stören auf den Feldern der Farmer - tausende und abertausende. Sie bilden die Basis für Mauern, formen imposante Hausfronten für Ställe wie auch jahrhunderte alte Stadthäuser - eins neben dem anderen in schmalen Gassen. Die *centro storico*[10] wird mit grauen Pflastersteinen versehen, wobei manchmal schwarze Steine als dekorative Linie hindurchgezogen werden. Ihr Architekt, Ignazio Scamurra, schwörte darauf, dass Steine - die er sassi nannte - den Boden in Abruzzo fruchtbarer machten. In steiniger Erde wuchsen die Gemüse süßer.
„Und einige fielen auf den steinigen Boden, wo es nicht viel Erde gab."
Anderswo, vielleicht. Aber nicht in Abruzzo.
Manchmal trohnt ein Stein an der Kreuzung von zwei Autobahnen und lädt uns zu einer kontemplativen Pause ein. In der Vergangenheit hatte Suzanna diesem Drang widerstanden, doch heute, dem Tag an dem sie den Arbeitsbeginn am Haus ihrer Mutter überwachte, diesem matrilinealen Haus, war sie wohl solchen ruhigen Geschichten offener gegenüber. Also hielt sie an der Kreuzung vom Highway S.P.24 und der Straße nach Alba Fucens an, stieg aus dem Wagen und schaute sich einen sehr großen, dummen Stein an. Sie wusste, worum es sich handelte - den Eckstein eines alten Gewölbes, eines jener Konstruktionsfossile, die die italienische Landschaft bestimmen. Dieser stammte noch aus den Zeiten der Alten Römer und gehörte zu der Wasserleitung, die vormals von den Apenninen nach Alba Fucens verlief. Denn wo Abruzzo für Steine stand, so stand es auch für Wasser - Wasser von den schneebedeckten Höhen des Monte Velino. Das Wasser - acqua sorgente - das aus den Quellen des Acqua Sacra sprudelte, versorgte die vernachlässigten Springbrunnen, so wie es vormals für Schafe und tausende von Soldaten gesorgt hatte. Suzanna war früh dran und stand vor dem Haus, ohne hinein zu können. Den Schlüssel hatte Scamurra. Sie schaute die Hauswand hinauf, es waren keine Schäden zu erkennen. Keine zerbrochenen Fenster oder Risse in den Wänden - ganz im Gegenteil zum angrenzenden Gebäude.

10 Altstadt

Pfosten stützten die Vor- wie auch Rückseite dieser freistehenden Mauer. Dicke Spanndrähte hielten alles zusammen und ohne sie wäre die Mauer zweifellos kollabiert.
„Wissen Sie, was Ihr Haus gerettet hat?"
Das war ihr Architekt. Er hatte sich angeschlichen und sie reagierte kurz erschrocken.
„Ignazio!"
Er lächelte, sie tauschten Wangenküsse aus, hier und dort, die übliche Begrüßung in Abruzzo. Bis heute fand sie es etwas verwirrend, wenn sich auf der *piazza*[11] zwei Bärtige ihre Lippen auf beide Backen drückten.
Er zeigte auf das Haus auf der anderen Straßenseite.
„Wenn wir das nicht im vergangenen Jahr in Angriff genommen hätten, läge es jetzt auf der Straße."
„Warum?"
„Warum? Darum!" - er trat näher an die Wand. „Von hier bis dort hinten haben wir alles mit Zement stabilisiert. *Questo muro*[12]". Er blinzelte mit den Augen und hob seine Stimme an. Es war ihr schon aufgefallen, dass Italiener ihre Stimme anhoben, wenn es um spezielle technische Dinge ging. „Diese Wand beinhaltet alle fünfzehn Zentimeter eine Eisenstange. Diese Wand hat dein Haus gerettet."
Als sie Scamurra fragte, wie der Speis zwischen den Steinen aussehen würde, sagte er *„Aspetta*[13]". Er legte den Ordner, den er bei sich trug, im Haus ab und führte sie auf einen Spaziergang bis zur Spitze der Altstadt. Immer wieder stießen sie auf Absperrungen und Stacheldrähte, einige landstraßenähnliche Wege waren komplett abgesperrt.
„Non e L'Aquila," hörte sie ihn murmeln und als sie ihn fragte, was er damit meine, sagte er einfach „L'Aquila ist ruiniert. Es wird nie mehr das Selbe sein."
Sie hielten in der Nähe eines Hauses, vor dem ein großes Hinweisschild stand, das unten Scamurras Namen als ‚Chef-Architekt' auswies. Hier fuhr er fort, sie über die Anwendungen von Speis und jahrtausende alte Baumethoden aufzuklären. Würde sie einer authentisch römischen

11 Straße

12 Diese Wand

13 Warte

Ockerfarbe zustimmen? Sie tat es nicht, wobei ihn ihre Weigerung nichts auszumachen schien. Er zeigte ihr die Haustür und erzählte ihr, dass er sich genau so eine vorstelle. Dann ging es weiter durch eine Seitenstraße, voller Hunde aller Größen und zur Rechten mit freiem Blick auf die Felder und entfernt die Berge. Sie hielten plötzlich vor einem bestimmten Haus an.
„Siehst Du das?", fragte er. „Siehst Du diese Mauer. Die bedeutet ein großes Problem.".
„Oh?"
„Zum Einen steht sie zu nahe an der Straße. Sie bricht zusammen. Wahrscheinlich verläuft unter ihr eine Wasserquelle. - Eh, Giorgino! Come stai?"
Er winkte einem Nachbarn zu, den er auf einer höheren Veranda erblickt hatte.
„*Un lavoro molto grande per me, architetto*[14]. Für mich ein Riesenjob", sagte er und zeigte auf den kleinen Erdbagger, der still in dem engen Graben zwischen der Straße und der Hausmauer stand, hinab.
„Viel Glück damit! Ein ausgesprochen guter Arbeiter, dieser Giorgio", sagte ihr Scamurra im Vorbeigehen. „*È bravissimo*[15]."
Als sie zurück im Haus waren, zeigte er Suzanna erstmals seine fertigen Pläne. Er tourte mit ihr durchs Haus, erzählte ihr, welche Teile eingerissen würden, erklärte, dass der Treppenaufgang nicht mehr an der Wand entlang führen würde, sondern mitten im Haus. Er zeigte, welche Kellergewölbe platt gemacht werden würden, welche Badezimmer neu gebaut, welche anderen verlegt würden. Er sagte ihr, dass die Spitze des Hauses noch etwas zulegen würde, um für den Ausblick auf die rote liebliche Dachpfannenlandschaft etwas Platz zu machen. Das alles war großartig, zumindest auf dem Papier und in ihrer Vorstellung, obwohl der Arbeitsaufwand ein gehöriger war. Alles müsste ausgeschlachtet und neu aufgebaut werden. Allein die anfallenden Trümmer waren überwältigend. Schon das Einholen aller Amtspapiere war hart gewesen - Zulassungspapiere von der Stadt, vom Land, von historischen Erbanteilen, den regionalen Parkaufsichtsbehörden, dem seismologischen Institut

14 Eine sehr große Aufgabe für mich als Architekt

15 Er ist sehr gut

und Überwachungsbehörden der Arbeitsverträge. So hatte es zwei Jahre bis zur amtlichen Erlaubnis bzw. Freigabe gedauert. Sowohl eine Schande wie aber auch ein versteckter Segen. Hätten die italienischen Behörden zügig gearbeitet, wäre sie nie darauf gekommen, die Wände vor Erdbeben zu sichern.
„*Domani il contratto?* Morgen Vertrag?“, fragte er.
„Ja, ja, natürlich.“
„Zehn Uhr.“
„Hab herzlichen Dank Ignazio. Ich freue mich schon auf unsere Zusammenarbeit.“
Er lächelte ob der Anerkennung, band die kleine blaue Box mit den Plänen zusammen und reichte sie ihr.
„*Permesso*[16]?“
Sie hörten ein schwaches Klopfen an der Tür. Suzanna, die niemanden erwartete, schaute um die Ecke, wollte sehen, um wen es sich handelte.
„Rosaria! Großartig dich zu sehen. Komm rein. Komm rein! Ignazio ist hier.“
Sie grüßten einander höflich, doch Scamurra schien es plötzlich eilig zu haben und verschwand.
„Lass mich dir zeigen, was wir machen werden.“
Eine phantasielose Tour durch ein altes Haus kann einen depressiv machen. Ab und zu höfliche „Oohs“ und „Aahs“. Unsichere Blicke in alle Räume, in denen vor allem die zerbröselnden Wände und geschmacklosen Bodenbeläge auffielen. Doch Rosaria sprühte vor Vorstellungskraft. Aufgrund ihrer Erfahrung wusste sie, worauf es ankam, war hilfreich, geradezu enthusiastisch.
„Komm und schau Dir mein Haus an. Vielleicht vermittelt es Dir Ideen. Du hast es doch noch nie gesehen, oder doch?“
Draußen wurden sie beide von der Augustsonne geblendet. *Ferragosto*[17]. Millionen von Italienern eroberten die Strände, die Berge, ihre Geburtsorte und deren Erntedank-Festivitäten. Hier in Aqua Sacra ging es um Mandeln. In anderen Gemeinden konnten es Kastanien sein oder Töpfereien - was auch immer lokal und schön war. Die Vorbereitungen liefen

16 Genehmigung
17 Mitte August

reibungslos, die Verkaufstische auf der *piazza*[18] für den croccante, eine sehr eigene Konfektion aus Mandeln und Honig, in jeder möglichen Form und Größe - Blumen, Esel, Madonnen. Anderswo eine einfache Bühne für ein Outdoor-Theater, welches komplett im Abruzzo-Dialekt dargeboten wurde. Doch vorrangig ging es beim ferragosto um Menschen. Die Menschenmengen füllten die Straßen, Cousinen, Onkel, Enkelsöhne lernten sich nach langer Zeit der Abwesenheit neu kennen. Das war der Grund, aus dem Rosaria und ihre Mutter den achtstündigen Trip von Mailand ertragen hatten. Eine Chance, Sommerabende lässig zu genießen. Alte Bekannte zu grüßen, an Türen klopfen, sich wieder zu verbinden und auf dem Laufenden zu halten. Permesso? Darf ich hereinkommen? Ferragosto bedeutete drei Tage, oder länger, permesso. Vor weniger als einem Jahr hatte ein Cousin, ein Freund, sie einander vorgestellt. Suzanna kannte Rosaria noch nicht lange, doch mochte sie auf Anhieb gern - ihre stille Eigenheit. Als ob Alles, was ihr einfiele sehr sorgfältig abgewogen und überdacht sei. Einige, vor allem ihre Cousins fanden sie akademisch, aber nicht so Suzanna. Sie reagierte instinktiv auf ihre Freundlichkeit, die irgendwie den Fingerabdruck von Traurigkeit in sich trug, deren Ursprung ihr nicht bewusst war.
Rosarias Haus gehörte zu den Ersten, die Scamurra in Acqua Sacra restauriert hatte. Eine Art Turm, zwei Stockwerke höher als die umliegenden Gebäude, wahrscheinlich ein altes Dachgeschoss, das er nun mit zwei Fenstern ausgestattet hatte, durch die man auf das Tal herunterschauen konnte. Eine Fülle von Rosen, pink auf grau, aus dem Steingefüge über dem Torbogen sprossen sie wie eine Blumendusche.
„Du weißt, dass ich schon oftmals in Acqua Sacra war und ich habe Dein Apartment in Rom gesehen, aber hier war ich noch nie. Es ist wunderschön!" Die Inneneinrichtung, ordentlich und umsorgt wie Rosaria selber, mixte Stein und Holz und Rosen in Vasen als Namensvettern, forte e gentile, wie D'Annunzio einst von Abruzzo selbst gesagt hatte. Sie machte Suzanna Tee und freute sich über die Anerkennung ihrer Freundin.
„Himmel! Deine Aussicht! Ganz schön atemberaubend." Sie schaute erneut. „Siehst Du das?"

18 Straße

Hinter den Hausdächern erhoben sich die Hügel und verflachten vom Monte Velino in de Bucht von Fucino unten. Dort sah man nun genau das Spiegelbild des vertrockneten Sees als flächendeckender Nebel.
„Ja. Hier nennen wir es die Seele des Sees." sagte Rosaria. „Der Nebel verschwindet nie, weißt Du, verfolgt uns wie ein Geist. Die Erinnerung von Mutter Natur. Sie möchte zurück."
„Was ist genu geschehen? Weißt Du das?"
„Da musst Du Scamurra fragen. Er versteht diese Dinge besser. Doch auch ich weiß einiges. Du weißt, ich schreibe ein Buch über die Marsi."
„Ja, Aurelia hat es mir erzählt. Das ist wunderbar! Natürlich bin ich interessiert."
Ausfüllend und lyrisch und genau - Suzanna bewunderte Rosarias Italienisch. Wenn sie doch auch so sprechen könne.
„Nun," began Rosaria, von der Aufmerksamkeit beeindruckt. „Es sieht so aus, als ob unser Volk, die Marsi, den See liebten und fürchteten. Launisch und unvorhersehbar, gab er ihnen Nahrung, Wasser, Leben - und nahm ihnen in großen Fluten Alles. Er unterstützte die Malaria und beheimatete Hexenschlangen. Schlangen hier, Schlangen dort, auf jedem Fels am Strand, so habe ich es gelesen. Sie haben viele, viele Menschen getötet. Doch in stillen Nächten erschien der See wie ein Spiegelbild Italiens. Ein Bild aus Silber, wie ein Empfangstopf für Kometen und Sternschnuppen. Wirklich wahr! Hier. Ich habe es schon gesehen. Möchtest Du, dass ich es Dir zeige?"
Sie suchte eine Weile in ihren Büchern herum,, und kam dann mit einem groben braunen Cover, eine Ausgabe von Vergil. Er las für sie:

„...nemque eum juvere in vulvera cantis
Somniferi, et Marsis quasitae in montibus herbae
Te nemus Angitiae, vierta te Funcius unda
Te liquidi flevre lactu

Einschläfernder Charme
Keine der potenten Kräuter in den Marsianischen Bergen,
Half ihm gegen diese Wunden.
Für die Höhle Angizias, für den Fucinus mit seinem Kristall
Flut, um Dich trauert der klare durchsichtige See.

„Wunderschön," murmelte Suzanna.
„Das ist es," stimmte Rosaria mit ihr überein. Sie zögerte einen Augenblick. „Weißt Du, wir Marsi sind sehr hartnäckig. Wir diskutierten mit vielen Kaisern die Kontrolle über den See. Frag Scamurra. Er hat mir die Geschichte erzählt. Bis zum neunzehnten Jahrhundert passierte nichts. Dann gelang es einem Mann namens Torlonia, das Wasser abfließen zu lassen. Sein Palast steht heute in Avezzano. Und über uns schwebt seitdem ein Netz des Bedauerns, eine Art See-Melancholie. Kannst Du Dir vorstellen, dies war der drittgrößte See Italiens! Wenn Du heutzutage Celano besuchts, kannst Du ein Gedicht von dem lesen, was wir verloren haben. Es ist in eine Mauer im Zentrum der Stadt graviert, direkt neben dem Piccolomini Palast. Sehr bewegend."
Ihr Freund dachte kurz nach. „Vor allem die Vögel," sagte sie. „Es gibt keine Vögel."
„Und wer genau ist Angitia?", fragte Suzanna, noch immer unzufrieden.
Rosaria lächelte schwach. „Eine Frau," sagte sie. „Eine Göttin des Sees. Wir sind Schlangenbeschwörerinnen, weißt Du. Wir entlocken den Schlangen ihre Gifte und machen daraus heilsame Medizin. Schlangen und Medizin haben sich seit den Alten Griechen gemeinsam bewegt. Frauen aus Marsi sind Magierinnen, meine Liebe. *Streghe*[19]."
„Hexen," wiederholte Suzanne und sie lachten beide.

19 Hexen

4

Die drei unrasierten *cafoni*[20], welche die Arbeiten ausführen sollten, waren pünktlicher als sie. In Blue Jeans und abgetragenen T-Shirts gekleidet, warteten sie geduldig auf die *signora canades,* auf dass sie die Papiere unterzeichne und ihr Geld übergäbe. Hinter dem mit hohen Stapeln von Akten und Papieren, saß Ignazio Scamurra. Er war gerade dabei, einen Sprecher auf die Notwendigkeiten metrischer Berechnungen hinzuweisen.

„Nein! Nein! So steht das nicht geschrieben! Siehst Du? Schau genau hin!“ Scamurra las salbungsvoll und lautstark, betonte jedes Wort. *„Demolizione dei pavimenti … Scusami*[21]“. Er sah Suzanna schwach lächelnd an und stellte sie einigen Gästen vor. Sie erkannte den Mann mit der bröseligen Wand vom Tag zuvor und schüttelte ihm die Hand, wie auch die vom Sprecher Luca Barbarossa.

„In Italien“, so fuhr Scamurra vor allem für ihre Ohren fort, „wird auf alles genau hingewiesen - *preciso, molto preciso*[22].“ Er las weiter. „Scavo a sezione obbligata. Nota bene: ob-bli-ga-ta.“ Angesichts dieses Angriffes lenkte Barbarossa ein.

„Va bene. Va bene.“

Dann wandte sich Scamurra ihr zu. „Verstehst Du? Du bekommst zwanzig Prozent Rabatt auf den Listenpreis,“ sagte er.

Der gesegnete Listenpreis - eine Verbeugung Italiens vor der deutschen Ordnung. Rosaria hatte sie vorgewarnt und Suzanna hatte verstanden. Jede Einzelheit des Projektes war aufgelistet, nach Normen der Regierung hochgrechnet und die vorgesehene Menge war festgelegt. Nichts blieb dem Zufall überlassen. Suzanna begriff, dass sie für jegliche Preisreduzierung dankbar sein solle.

Als Barbarossa das delikate Thema von Vorschüssen ansprach, hielt Suzanna ein. Konnte nicht Samurra den Job der Kontrolle über die Geldaufteilungen übernehmen? sie wäre dann doch auf der anderen Seite des Atlantiks.

---

20 Bauern

21 Abriss der Böden … Entschuldigung

22 präzise, sehr präzise

„Nein," kam die barsche Antwort. „Unmöglich!" Er durfte durch so einen Interessenkonflikt nicht aufgehalten werden. Er war der zuständige *direttore di lavori*[23]. Aber er war kein Buchführer. Trotz ihrer Verwirrung schaffte es Suzanna, ein Bezahlungssystem für getane Arbeit durchzusetzen. Ohne Scamurras Einwilligung wurden keine Zahlungen vorgenommen. Er selber rührte den Fond nicht an. „Interessenkonflikt", wiederholte er, was Suzanna nun bei allem Durchblick nicht nachvollziehen konnte.

„E l'anticipo?[24]*"* war die anhaltende Frage. Laut Barbarossa musste dieser sicher gehen, die Preise blockieren zu können.

Als sie sich nach ihm umsah, schaute Scamurra ausdruckslos drein. Offensichtlich lag es an Suzanna den Vorschuss festzulegen, doch das verwirrte sie. Sie hatte keine Ahnung, was mit ‚Preisblockierung' gemeint war.

„Und was ist die normale Rate?" fragte sie, wobei sie sich im Hinterkopf ob ihrer Naivität schallt.

Scamurra schaute wieder ausdrucklos drein.

„25 Prozent sind normal", warf Barbarossa ein.

25 Prozent erschienen Suzanna auf Anhieb etwas viel, aber was wusste sie schon? Sie hatte noch nie zuvor in Italien gearbeitet.

„OK", sagte sie, „Aber Sie müssen etwas warten, bis ich die Sache mit meiner Bank geklärt habe. Ich muss erstmal Geld umtauschen."

Barbarossa nickte ernsthaft. Scamurra drängte darauf, sich um den nächsten Punkt der Abmachungen zu erörtern. So viele Einzelseiten des Vertrags mussten unterzeichnet werden. Im Nachhinein glaubte sie, in echt kanadischer Art und Weise gehandelt zu haben, also sehr zuvorkommend. Suzanna fragte Scamurra, ob er sie und Rosaria zum emissario, den Abflusstunnel des alten römischen Abwassersystems begleiten würde.

„Sicuro![25]", meinte er. „Wann? Morgen?"

Suzanne überlegte kurz.

„Nein, morgen heiratet Diana. Tags drauf. Am Nachmittag."

---

23 Bauleiter

24 Und der Fortschritt?

25 Sicher!

„Perfekt. Zwei Uhr. Ich setze noch einen drauf. Zuerst führe ich Dich zum *Parco d'Incile* und der großen Madonna am eigentlichen Abfluss Torlonias. Dann zu den Römern. Was hälst Du davon?
Später am Nachmittag rief sie aus der Wohnung ihrer Tante ihren Sohn Robin an, um sicher zu gehen, dass er sich im Haus aufhielt, bevor es für ihn zur Arbeit ging. Logan hatte sie quasi aufgegeben, da er Telefonate so gut wie nie beanatwortete.
„Ist alles OK? Schaut Nonna nach Dir?"
„Es ist OK, Mom. Mir gehts gut."
„Wie geht es Deinem Bruder? Siehst Du ihn?"
„Natürlich sehe ich ihn. Er ist bei Dad."
„Und wie geht es ihm?"
„Nun, Du weißt ... Er ist beschäftigt."
„Beschäftigt?"
„Jau. Er hat ein Projekt. Irgendwas das er zusammen mit Mika ausbrütet."
„Worum geht es?"
„Ich weiß nicht recht. Irgendwas sonderbares im Tennis, ein Weg, vorzeitig Ergebnisse zu erfahren. Sie sagen, das System sei Millionen wert."
„Wie?"
Mom, ich habe keine Ahnung. Da musst Du schon ihn fragen."
Dann ergab sich eine Pause.
„Dad möchte, dass Du ihn anrufst."
„Weswegen?" Suzanne fühlte, wie ihre Stimme abkühlte.
„Hat er nicht gesagt. Er hat nur gesagt, dass Du ihn anrufen sollst, und dass es wichtig sei."
„OK, mach' ich. Und Dich rufe ich morgen an, abgemacht? Das nächste Mal solltest Du kommen. Du wirst es lieben."
Nachdem sie aufgelegt hatte, überspülten sie Wogen der Schuld, die sie überkamen, wann auch immer sie an ihre gescheiterte Ehe dachte. Seltsam. Neunzehn Jahre geteiltes Alltagsleben, ein gemeinsames Bett, geteilte Rechnungen, Mahlzeiten, Kinder. Eine sanfte intime Sicherheit umgab all ihr Tun. Dann plötzlich, Fremde, die sich nicht einmal auf die korrekte Uhrzeit einigen konnten. *Dove sono i bei momenti?*[26] Wo waren, in der Tat, diese Augenblicke des Glückes und Zusammenhaltes

26 Wo sind die guten Zeiten?

abgeblieben? Ihr Ex und seine neue Partnerin waren plötzlich andere Menschen. Len Ricci lebte vor allem in ihren Erinnerungen, viele von ihnen zu schmerzhaft, um mit ihnen zu verweilen. Sie bedauerte Menschen, die etwas nicht hinter sich lassen konnten. Jene mit einem fotografischen Gedächtnis gesegnete, eindrucksvoll aber auch hypersensitiv. Jede Ansicht, jedes Argument, überkam sie schlagartig. Die nüchternen Freuden des Vergessens, fremd, unzugänglich und unerreichbar. Sie sinnierte darüber, ob sie wohl auch so eine sei. Dann lenkte sie ihre Gedanken an ihre Söhne, wie sie pflichtgemäß bei ihren mütterlichen Abendessen an jedem Sonnabend anwesend waren, wie auch ihre Schwester, ihr Schwager und alle Cousins. Rund um den Tisch wurde gescherzt, gelacht und getratscht.

„Du solltest dankbar sein, dass ich die Familie zusammenhalte", hatte sie ihre Mutter einst gewarnt.

Mehr Versagen. Mehr Demütigungen. Aber vielleicht hatte sie ja Recht. Immerhin waren ihre Kinder nicht zu Fremden geworden, nichtmals Logan, auch wenn er da manchmal sein Bestes gab. Sie konnte es nicht abwarten, zurück ins *Castello*[27] zu ziehen.

Sie rief Rosaria an, ob sie etwas Zeit habe. Hatte sie nicht, aber trotzdem ließ sie es sich nicht nehmen, sie und Scamurra auf den *emissario*[28] zu begleiten. Zum Trost mailte sie Suzanna einen Artikel von einem befreundeten Journalisten. Darin ging es um das Vertrocknen des Sees und die Auswirkungen auf die Menschen dort. Die Nostalgie über den Verlust dieser riesigen Wassermengen war nun Teil ihrer DNA. Suzanna drückte sich vor ihrem Anruf mit Len. Vor Elf schaffte sie es allemal nicht. So packte sie an jenem Abend in Celano den Artikel ein. Als sich die Nebel senkten, schaute sie über die Brüstung hinab über die riesige landwirtschaftliche Ebene, den Boden des Torlonia Sees. Sie stellte sich vor, wie er sich vormals augedehnt hatte, randvoll, wie Rosaria es ihr geschildert hatte. Die Römer hatten noch die Strände mit den Weingärten und Olivenhainen erlebt - heute war alles abgeholzt. Vogelschwärme in der Luft, die Oberfläche versilbert vom Mondlicht, keine Wellen, nicht

27 Schloss

28 Unterseeauslass

die sanftesten, wie Glas. Denn Fucino hatte keinen Mund, und sie sinnierte etwas über den Verlust für die Stadt und für sie selber.
Dann, wie geführt, schlängelte sich ihr Weg hinauf zum Piccolomini Schloß und in den winzigen verschlungenen Straßen, fand sie das Gedicht auf einer Mauer, genau wie es ihr Rosaria versprochen hatte. Wo, wenn nicht in Italien, schreibt man Gedichte auf Mauern? Sie machte mit ihrem Smartphone ein Foto und studierte die Zeilen in der nahegelegenen *gelateria*[29]. „Nun lasst es gesagt sein," erklärte der unbekannte Poet in Marsicanischem Dialekt:

Solch Nostalgie
für vergangene Zeiten
solch ein Bedauern in der Schönheit,
zusammen mit des Mannes
gerechte und ausdauernde Buße,
die Alles zerstört,
mit einem Schlag.
Mein alter Freund,
Mein uralter, ruinierter See.

29 Eisdiele

5

Suzanna ägerte sich ein wenig über ihren Anruf bei Len. Er war nicht böse, da war nur diese kleine Bemerkung darüber, wie arg sie *ferragosto* [30] gemocht haben muss. Ihr war klar, dass er damit auch andeutete, dass er ja leider nicht genug Geld dafür habe, da so viel an Unterhaltszahlungen an sie draufging. Aber der wahre Grund zum Anruf war es, ihr zu erzählen, dass jemand sie unbedingt treffen möchte, ein Partner in einer Anwaltskanzelei. Die hielten Ausschau nach guten Leuten. Es war eine Möglichkeit.

„Dank Dir, Len. Das ist sehr nett von Dir." Eigentlich meinte sie, unerwartet', gab dieser Versuchung aber nicht nach.

Sie war sich nicht sicher, wie sie zum Hochzeitsempfang in Rom gelangen sollte, also arrangierte sie ein Hinterherfahren mit Alfredo, einem Cousin aus Acqua Sacra. Schon als sie losfuhren bereute sie dies. Wie so viele eingeborene Italiener, verwandelte Alfredo jede Fahrt in ein potentielles Grand Prix Rennen, fuhr eng auf Vorderfahrzeuge auf, liebte unübersichtliche Kurven, sah Schilder mit Geschwindigkeitsbegrenzungen als unbedeutende Reisedekorationen und ignorierte all die Kreuze am Straßenrand, die von Müttern jener rücksichtslosen Männer errichtet worden waren, die hier ihren frühzeitigen Tod gefunden hatten. Suzanna verlor den Anschluss an ihren Cousin nach den ersten fünf Minuten. Sie gab auf, hielt am Straßenrand an und suchte in ihrer Handtasche nach der Anschrift, die sie glücklicherweise aufgeschrieben hatte, wenn auch ohne Namen. Sie programmierte ihr GPS. Trotz verpasster Abfahrten und verwirrender Straßennamen gelang es ihr, den Weg zu finden.

In der späten Nachmittagssonne war die Rezeption ein spektakulärer Ort, der wohl noch aus dem 17. Jahrhundert stammte. Der Boden neigte sich zu einem Geländer, an das gelehnt man einen Blick über Roms Innenstadt hatte und den Vatikan in der Entfernung erkennen konnte. Hier und dort wuchsen Sharon-Rosenbüsche, die sie überragten und mit bemerkenswerten blauen Blüten bedeckt waren. Links vom Eingang stand eine kleine Bühne, ein Mikrophon, drei Musiker und ein schwarzes amerikanisches Mädchen, das ‚Amazing Grace' sang. Suzanna hielt

30 Mitte August

inne und hörte sich das ganze Stück an, applaudierte wie alle anderen als es fertig war, ging herüber und gratulierte ihr für die Musik.
„Danke, Ma'am."
„Wo kommst Du her?" fragte sie.
Beide schauten zum Himmel, über ihren Köpfen flog ein Flugzeug mit einer Botschaft: *„Dina, la mia principessa*[31]*"*.
„Philadelphia", antwortete sie. „Vincenzo bin ich in Las Vegas begegnet."
„Ja, stimmt. Sie waren im letzten Sommer alle da." Suzanna erinnerte sich an den Zwischenstop in Montreal. Vincenzo, Constanza, seine künftige Schwiegermutter und ihr neuer Ehemann hatten eine Tour aller klassischer Attraktionen Nord-Amerikas gemacht. Sie erinnerte sich, dass anschließend alle sagten, ihr Favorit sei Las Vegas gewesen.
„Du singst wundervoll!"
Sie meinte es. Die Frau hatte Talent und das Lied war seltsam bewegend, wie es sie wiederholt traf, als sie endlich den Urspung verstanden hatte – verschämte Sklavenhalter, die ihrem Gott zerknirscht gestanden: *„Was blind and now can see."*
Wie großartig sie alle in ihren Hochzeitskleidungen waren, all diese Cousins und anverwandte Cousinen, die sie bislang nur in Jeans und Arbeitsklamotten kannte. Cafoni. Scamurra hatte ihr erzählt, dass *‚Cafoni'* ‚Schnur' bedeutete, für die, die sich keine ordentlichen Gürtel leisten konnten. Ein bisschen wie sans-culottes, dachte sich Suzanna. Kellner servierten ihnen *hors d'oeuvres*[32] auf Silberplatten und jeder ließ Bemerkungen fallen, wie gut sich Constanzas Tochter gemacht hatte. Selbst Alfredo schien sie aus etwas Entfernung gütig anzusehen, als wolle er sagen: „Siehst Du, wohin ich Dich geführt habe?" Niemandem fiel auf, dass sie durch die Hauptparty voneinander getrennt standen. Sie fanden in den wunderschön mit Blumenranken bewachsenen steinernen Vordächern Schutz vor der Sonne. Dort erblickte Suzanna Vincenzo, den Bräutigam, Constanza, ihren neuen Ehemann (nicht den alten) - einen großen, ausgezeichnet aussehendem Gentleman in weißer Kleidung, und einem kupferfarbenen Umhang. Seine drei Bodyguards in Schwarz provozierten eine angemessene Verwirrung und Respekt.

31 Dina, meine Prinzessin

32 Vorspeisen

Constanza sah ihr über die Entfernung in die Augen und bewegte sich zaghaft den Hang herunter, um ihre Cousine zu begrüßen.
„Hallo Suzanna. Wie schön Dich zu sehen."
„Hallo Constanza. Echt, Du strahlst so positiv."
Wie sie, mit ihrem Renn-um-dein-Leben-Ausschnitt und einem Seidengewand in den selben violetten und blauen Farben, wie die über ihnen hängenden Hibiskusblühten. Suzanna musste sich daran erinnern, dass dies die Cousine war, die einst das kleinste Haus von Acqua Sacra bewohnt hatte. Mit ihr hatte sie lange Sommertage herumtollend die Stadt von einem Ende bis zum anderen durchkreuzt, um dann um Mitternacht zusammen mit dutzenden anderer Teenies auf der Piazza Spaghettis aus einem großen Topf zu verschlingen.
„Du hast keine Ahnung, welche Qualen Dina durchgemacht hat!" klärte sie ihre Mutter in einem vertraulichen Flüsterton, der von allen gehört werden wollte, auf. Nun sind wir hier, keine zwanzig Minuten mehr bis zur Zeremonie, und eine der Brautjungfrauen erscheint mit gelocktem Haar. Stell Dir das vor! Es war doch allen gesagt worden, dass nur die Braut Locken tragen würde. Wessen Tag war dies schließlich? Aber nein. Eine von ihnen erschien gelockt. Meinst Du, wir könnten sie umstimmen? – *Ciao, Luigi! Ciao!* – Nein. Sie würde nicht auf uns hören. Niemals. Diese Selbstsüchtigkeit einiger Mädels! – Suzanna, ich muss mich eilen. Dina braucht mich. Wir sprechen bald miteinander. Ganz bald! – Du hast ja keine Ahnung, wohin sie ihre Hochzeitsreise unternehmen werden." rief sie, während sie zurück auf den Hügel drängte. „Dubai! Dort besitzt Vincenzo zwei Apartments. Enrico und ich werden sie in einer Woche besuchen!"
„Wie großartig!"
Für die Zeremonie hatten sie einen amerikanischen Priester eingeladen, der sich als jemand vorstellte, der einem alten Freund einen besonderen Gefallen tue. Dann fragte er alle Heiratsgelübde in Englisch ab, die ein italienischer Übersetzer übers Mikrophon für alle hörbar machte. Die Menschen schauten einander an. Suzanna spürte, dass die ursprüngliche Ablehnung in Ungewissheit dahin schmolz. Wenn sich reiche Menschen so verhielten, wer war sie um das zu beurteilen? Zur Mahlzeit fand sie sich an der Seite wieder, gegenüber von Constanzas Ex-Mann und seiner Mutter, Dinas Großmutter, in Schwarz. Weniger düster als

normalerweise, aber trotzdem Schwarz. Wie die verrunzelten nonnas vergangener Tage, mit ihren handgestickten Vorhängen, Holzöfen und dutzende von *caffettiere*[33] in den hohen Regalen der Küche.
Zerknirscht hockte sie in ihrem Sessel und schüttelte mit den Schultern, während ihr Sohn versuchte, sie zu beruhigen. Die alte Dame sah nicht glücklich aus.
„*Non è justo,*" hörte sie Suzanna. „Das ist nicht richtig." Sie hatte keine Ahnung, was die alte Dame bekümmerte.
Glücklicherweise saß sie neben ihrem Cousin Enrico, einem freundlichen Doktor mit sanfter Stimme, der mit seiner Frau aus Avezzano gekommen war. Sie verbrachten eine angenehme Zeit mit Erinnerungen und persönlichen Aktualitäten und wurden von Vincenzo und seiner jungen Braut, die gerade eine Runde drehten, unterbrochen. Erst jetzt fiel ihr das Brautkleid auf. Eine der Figur angemessene weiße Angelegenheit, mit einem Netz vorn, das ihre Taille freilegte. Suzanna schaute zur alten Frau, dann zurück zum Doktor und seiner Frau.
„Denken Sie, dass sie dies stört?", flüsterte sie zum Paar. „Mag sie das Kleid nicht?"
Ihr Cousin lächelte und wollte gerade etwas sagen, als Suzanna erneut unterbrochen wurde.
„Entschuldigen Sie mich, aber ich möchte die Gelegenheit ergreifen und mich gerne vorstellen."
Es war der große Gentleman im weißen Anzug. Seine Stimme kam etwas laut rüber, fiel ihr sofort auf. Aber nicht die prägnante Lautstärke Scamurras, sondern eine nervöse, durchdringende Lautstärke, die zu seinen blauen Augen und den kurzen, lockigen Haare an den Seiten passte. Ohne Zweifel eine Kompensation für die kleine Glatze oben.
„Mein Name ist Robert Bliss. Ich bin ein Freund ihres Mannes."
„Oh, ja," Sagte Suzanna. „Len hat mir erzählt, dass Sie hier auftauchen werden. Wie geht es Ihnen?"
Er schüttelte ihre Hand. „Mein Vergnügen, Fräulein Ricci. Ich hoffe, Sie haben nichts dagegen einzuwenden, wenn ich sie demnächst in

33 Kaffeemaschinen

Montreal kontaktiere. Ich habe da Vorschläge die ich Ihnen gerne unterbreiten würde, falls Sie abkömmlich sind."
„Aber sicher doch," sagte sie. „Ich bin schon ganz gespannt."
Je weiter der Abend fortschritt, um so schwieriger wurde es für sie, sich in Gespräche einzumischen. Eine Salsa-Band drehte ihre Runden um die Tische, zur Dämmerung explodierte auf den großzügigen Vorbauten ein grandioses Feuerwerk. Suzanna entschuldigte sich kurzfristig. Als sie zurückkehrte entdeckte sie Vincenzo, allein, zerzaust, entweder besoffen oder voller Drogen. Er stand neben einem Tisch voller Konfetti und winkte ihr zu.
„Bald das Beste!" rief er.
Sie lächelte und nickte.
Als Höhepunkt stellte sich die Truppe halbnackter brasilianischer Tänzerinnen, die sich zum Sound eines Trompeten-Paares und vier mexikanischen Männerstimmen in vollkommener Harmonie darstellten. Braut und Bräutigam schlossen sich den Tänzerinnen an und bald waren alle verführt, am Tanz teilzunehmen. Suzanna fand sich mit ihrem Cousin Enrico und seiner Frau.
„Das ist nichts für mich," meinte er.
Suzanna senkte in stiller Übereinkunft ihren Kopf.
„Hättest Du etwas dagegen, wenn ich Dir nach Hause folgen würde? Es ist dunkel und ich kenne mich nicht so gut aus."
„Eh, si! Certo![34]" reagierte ihr Cousin. Er dachte kurz nach, schaute seine Frau an, fasste sich in die Jackentasche, und holte eine Visitenkarte und einen Stift heraus. Sie sah, wie er schnell eine Website-Anschrift auf die Rückseite schrieb und dann gab er sie ihr.
„Das hat nichts mit dem Kleid zu tun," sagte er einfach, um nach einem Augenblick zu fragen: „Kennst Du den dunklen Typ, der am Haupttisch saß?"
Suzanna schien verwirrt.
„Das ist der Sohn des Premerministers von Lybien."
„Echt? Was in aller Welt hat er hier zu suchen?"
Enrico überhörte diese Fragen bewusst. „Falls Du zu weit hinter mich zurück fällst, stoppe ich und blinke mit meinen Lichtern. Dir soll es

34 Oh ja! Sicher!

gut gehen." Er stand zu seinem Wort. Wenn er eine Straße überquerte und sie getrennt wurden, stand er auf der anderen Straßenseite und flashte seine Lichter, führte sie, geduldig wie immer, und hielt nach für sie interessanten Dingen Ausschau. Schafe sollten in Sicherheit grasen. So kehrte sie mit der Herde zurück zu *Alba Fucens* und ihrem mittelalterlichem Schloß. Ihre Dankbarkeit hätte nicht größer sein können, was sie ihnen auch sagte.

6

Suzanna saß außerhalb des Castello Medievale und schaute über das Tal, rüber zur Burgspitze von Scurolo, wo vor siebenhundert Jahren die Schlacht von Tagliacozzo (falsch benannt) stattgefunden hatte. Keiner der Besitzer war anwesend, nur Ettore, der sie dazu verlockte, wieder nach unten zu steigen. Aber sie wartete auf Rosaria und Scamurra und konnte dem kleinen Hund nicht nachgeben.

Wie friedvoll und gelassen diese blutgetränkten Felder dort lagen, Lieblingsplätze von Vögeln und Schmetterlingen, weit entfernt von den Schlachtschreien und dem Gestöhne der Sterbenden. Alles in Italien war geschichtet, eine Schicht auf der anderen. Als man außerhalb von Avezzano ein Einkaufszentrum bauen wollte, erzählte ihr Scamurra, legten die Bagger einen Mosaikboden frei. Ein Expertenteam wurde herangezogen. Die Baupläne wurden eingestellt. Es handelte sich um Überbleibsel eines alten Römischen Ladens, gut für Wein und Olivenöl (aus Zeiten, als der See noch das Wachstum von Weingärten und Olivenwäldern zuließ). Lagertöpfe aus Ton lagerten in der Erde und wurden von Kanälen gekühlt. Es sah so aus, als ob der Platz schon immer ein Einkaufszentrum war, so wie die Burg das alte Militärlager der Römer unterhalb ersetzt hatte. Alles lag direkt unter der Oberfläche. Ihr war das uralte Stammesschild, das in Scamurras Büro hing, aufgefallen. Er hatte es zufällig bei Traktorarbeiten entdeckt. Nahe Acqua Sacra zeigten Luftaufnahmen der Felder bestimmte Bepflanzungsmuster. Eine Nekropolis. Er zeigte ihr zwei Aufnahmen von braunen, mumienähnlichen, ausgegrabenen Körpern, etwa dreieinhalb Tausend Jahre alt. Er hatte die Aufnahmen mit seinem Smartphone gemacht. Und als sie außerhalb des Hauses standen, zeigte ihr Scamurra eine dicke Biegung am Platz auf der anderen Straßenseite. „Dein Haus war Teil der Stadttore," sagte er. Dies war Teil der Stadtbefestigung. Nichts in Italien war, was es zu sein schien.

Sie dachte an Rosaria, welche ihr vor einem Jahr in ihrem Apartment begegnet war. Ihre Cousine Aurelia hatte sie einander vorgestellt. „Du wirst sie mögen," sagte sie. „Sie schreibt ein Buch über die Marsi."

Sie hatte sie gemocht, so reizend und würdevoll und korrekt. Ein Reichtum von Informationen ströhmte aus ihrem Studio, Stapel von La Voce dell'Acqua Sacra, dem kleinen Magazin, das sie herausgab.
„Ich denke darüber nach, einen Artikel über den Springbrunnen vor Deinem Haus zu schreiben," kündigte sie an. „Er sollte restauriert werden, was hälst Du davon? Würde dem Tourismus gut tun. Das Wasser floss vormals den ganzen Weg von Acqua Sacra bis Alba Fuces.
Rosaria war vertraut mit all den Engländern und Amerikanern, die einst von Abruzzo fasziniert waren: Anne MacDonnell, Edward Owl and Pussycat Lear (beides Einheimische, die den See gezeichnet hatten), George Clooney - und, natürlich, der französische Schriftsteller Alexandre Dumas. Angeregt durch diesen Artikel ergriff Suzanna die Gelegenheit den Wiederaufbau ihres Familienheimes zu verkünden. Rosaria, die dies schon hinter sich hatte, geizte nicht mit ermutigenden Anregungen. Sie zitierte gar einen Spruch aus dem Koran, den Suzanna in der Folge nie mehr vergaß: „Gott steht jenen bei, die Dinge erhalten." Als sie sie nun aus dem Rückfenster von Scamurras zerbeulten, ehemals grünen Vierrad-Antrieb – eher für die Berge von Afghanistan denn die Appeninnen geeignet – winkte, war Suzanna erleichtert. Plötzlich fühlte sie eine enge Verbindung sowohl zum Gelehrten wie auch einem Kollegen, mit dem sie sich auf eine Zeitreise begeben sollte.
„Ihre Frau wollte nicht mitkommen?" fragte sie ihn.
„Seraphina? Oh nein. Mein Sohn und seine Freundin sind zu Besuch."
Dabei beließ er es.
Die Fahrt stellte sich kürzer heraus, als sie gedacht hatte. Es ging durch einige der ärmeren Straßen Avezzanos, voller vor einem Jahrhundert schnell installierter Barracken als Notunterkünfte für Erdbebengeschädigte. Vorbei an industriellen Bezirken und einigen Bars, ging es in einen unbeschreiblichen Vorort mit kleinen Straßen und bedeutenden Häusern. Sie erinnerte sich an die Aussage von Alexandre Dumas über die Stadt, die in einem traumhaften Tal am Ufer eines herrlichen Sees lag, gleichzusetzen mit den traumhaftesten Orten der Schweiz oder Schottlands. Doch in Abruzzo (schrieb Dumas zu seiner Zeit) stand nicht mehr als eine verdreckte und ungepflegte kleine Burg.
Scamurra parkte auf einem Feldweg. Sie gingen den bewaldeten Hügel hinauf. Jemand hatte zur Abkürzung einen Stacheldraht eingerissen.

Alte Schilder ließen darauf schließen, dass dies früher eine Parkanlage war. In einiger Entfernung konnten Suzanna drei vertikal große Tunneleingänge ausmachen – Kaiser Claudius' Cunicolo Maggiore. Anders als auf den sentimentalen Drucken, auf denen Schäfer im Vorgebirge saßen, und ihre gehörnten Schafe betreuten, die Tunnel gleich Wachposten hinter ihnen, schien dies ein einsamer Ort, trostlos in der Hitze des Sommers. Da fand sich nichts von Dumas' *„achtem Weltwunder aus alten Zeiten"* wieder. Nur der spektakuläre Ausblick zum nördlich gelegenen Monte Velino, dem auf dem Hügel von Alba Fucens erbautem Apollo-Tempel. Sie stellte sich den Geistersee mit Wasser gefüllt im Schimmern des Sonnenlichtes vor.

„Du weißt, dass wir nicht weit von den heiligen Hügeln von Angitia entfernt sind?", sagte Rosaria, eher ahnend denn wissend. Sie verpasste ihr einen ironischen Schupser, und Suzanna lächelte in verborgener Erkenntnis.

Scamurra fand einen Weg zu einem kleinen gebogenen Tunnel im Feld. „Siehst Du dies?", sagte er. „Die ist ein Brunnen. Die Römer gruben vierzig von ihnen am Tunnelweg entlang. Sie mussten ihre Arbeiter versorgen, den Müll und das Gestein entsorgen. Kannst Du Dir dreißigtausend Sklaven vorstellen, die in der Dunkelheit Steine abmeißelten? Auch ihre Atemluft bezogen sie durch den Tunnel."

„Erschreckend! Wie lang ist dieser Tunnel?"

„Von einer Seite des Valviano-Berges bis zur anderen, sechstausend Meter. Der Ausgang spendet Wasser für den Liri. Die Tag- und Nachtarbeiten zogen sich ganze elf Jahre hin."

„Aber es funktionierte nicht?" erklärte Rasoria.

„Nee, Rosaria, das stimmt so nicht." Sie standen kurz vor dem Eingang zum Cuniculo Maggiore. Innen konnte Suzanna die Geschichten erzählenden Steine des römischen Mauerwerkes erkennen. Ein Tor versperrte ihnen den Weg. Über ihm hing ein Schild an einer Kette - *„Proprieta Privata.*[35]"

„Und nun zur Geschichte," fuhr Scamurra fort und wandte sich Rosaria zu. „Im Jahr 52 n. Chr. wollte der Kaiser die Eröffnung der Wasserleitung feiern. Also organisierte er eine naumachia. 19.000 Kriminelle

35 Privatbesitz

– andere Feinde des Volkes – auf hundert Schiffe verbannt. Er hatte sie für diese spezielle Situation erbauen lassen und nun forderte er den Kampf bis zum Tode. Sie waren mit Flößen voller Soldaten umgeben. Keine Möglichkeit des Entkommens. Ein fürchterlicher Klang eines Hornes und im Mittelpunkt des Lago Fucino stieg ein Dreizack empor. ‚*Morituri te salutant!*‘[36]„

Scamurra grinste boshaft.

„*Morituri te salutant!* erwiderte er. Dann geht alles schief. Claudius ist von Freude und Stolz erfüllt, doch er vergisst die traditionelle Vorgehensweise. Er ruft „Und ich salutiere euch!“ Großer Fehler. Alle Schein-Soldaten verstehen dies als Begnadigung und weigern sich, zu kämpfen. Dies erzürnt den Kaiser und er gibt Befehl, die Menschen zu töten. Das verstehen sie. Wunden. Schreie. Gemetzel. Der See färbt sich vom Blut rot. Claudius ist in eine violette Robe gekleidet, Agrippina, seine Frau mit Edelsteinen geschmückt, in einem Gewand aus Goldfäden. Von rund um den See, aus Rom, alle Höflinge, und auch Nero sehen zu und applaudieren und schreien ihre Zustimmung.“

„Was für eine grauenvolle Szenerie!“ sagte Suzanna.

„In der Tat, aber das war noch nicht das Ende. Die Zeit ist gekommen, die Tore zu öffnen. Umgehend entdecken sie, dass die Kanäle unter dem Haupttunnel nicht tief genug sind. Sklaven machen sich an die Arbeit. Gladiatoren unterhalten die Menge. Doch als der Moment kommt, müssen sie entdecken, dass nicht einer der Tunnel korrekt gebaut war – Endstation. Wasser strömt herein und es gibt keinen Ausweg. Bam! Ein gigantischer Wasserhammer, einem Erdbeben gleich, zerstört das Hauptauffangbecken. Agrippina wird fast in den See hinausgezogen. Sie ist wütend. Sie wendet sich an Narcisco, den *direttore dei lavori*[37].“

Suzanna schickte ein weiteres Lächeln in Rosarias Richtung.

„Sie warf ihm Korruption und eine falsche Herangehensweise des Bauvorhabens vor. Natürlich hatte sie recht. Er sahnte Geld ab, indem er minderwertiges Matarial verarbeiten ließ.“

„Ignazio!“, forderte Suzanna nach einer Pause. „Warum erzählst Du mir all dies?“

---

36 Die Todgeweihten grüßen dich!

37 Bauleiter

Er lachte.
„Nein, nein! Non è cosi. So war das nicht. Non ti preoccupare."
„Was ist also mit diesem Narcisco passiert?", fragte Rosaria.
„Nichts. Überhaupt nichts. Er überzeugte Claudius, dass Agrippina eine eitle und überambitionöse Frau sei, die Anschuldigungen gegen ihn fabriziert hatte."
„Typisch!" rief Rosaria angewidert. „Männer! Denkst Du nicht, dass es heute noch so ist? Was ist mit unserem Treffen morgen?"
Suzanna schaute verwirrt drein, aber Scamurra ignorierte die Frage und würde nicht drüber reden.
„Aber es hat geklappt. Oder nicht?"
„Aber ja. Es funktionierte. Es hat hunderte von Jahren funktioniert. Es gab keine Pläne, den See trockenzulegen. Man wollte ihn kontrollieren. Für Jahrzehnte war das Gebiet am Lago Fucino eines der fruchtbarsten Ländereien Italiens. Noch heute. Doch im Jahre 500 verstanden die Menschen die Gebäude, die Claudius hatte erbauen lassen nicht mehr. Die Kanale versalzten, der See kehrte zu seinen Unregelmäßigkeiten zurück, und es dauerte zwölfhundert Jahre, bevor Torlonia das Werk von Claudius fertigstellte. Ich werds Dir zeigen. Ist nicht weit von hier."
Sie fuhren eine schmale Straße einen halben Kilometer hinunter in die Felder und dann Richtung Tor. Rosaria murmelte die ganze Zeit etwas über die Schamlosigkeit der Autoritäten von Avezzano. „Wie können die nur ein solches Monument verfallen lassen? *Proprieta privata. Di chi?* Wessen Privateigentum?"
Was sie als nächstes erblickte, besänftigte sie keineswegs. Die Einzäunung. Ein rechteckiger Park mit großen Nadelbäumen erschien angesichts der Wohnhäuser drumherum wie eine Einladung. Blöd nur, dass er abgesperrt und vergittert war. Neben dem Eingang standen zwei Schilder. „*Periscoloso. Vietato l'ingresso.* Gefährlich. Kein Eintritt". Darunter eine Graffiti „Shitheads! Open this park!"
Selbst diesseits des Tores konnten sie den Fluss des Wassers hören. Zwischen den Zweigen erkannten sie die sieben Meter hohe Madonnen-Statue. Sie widmete Alessandro Torlonia's technische Erfindungskunst des 19. Jahrhunderts der Königin des Himmels.

„*Dio mio!*[38]", rief Rosaria aus. „Angitia, Agrippina, Santa Maria. *Tutta la storia d'Italia lacrimosa.*[39] Und nichts davon ist der Öffentlichkeit zugänglich? Nichtmal ein Versuch, Schilder aufzustellen, Parkanlagen zugänglich zu machen, die Wichtigkeit und Werte zu erklären? Schändlich!"

Als Scamurra eine abweisende Geste andeutete, meinte sie: „Ignazio! Du weißt doch, dass ich recht habe!"

„Natürlich hast Du recht," sagte Suzanna. „Und worum geht es bei dem Treffen morgen?" fragte sie nach einer Weile.

„Ach, das interessiert Dich nicht."

„Aber sie will es doch wissen!" brachte sich Rosaria zu ihrer Verteidigung ein."Warum sagst Du es ihr nicht?"

„Ich möchte sie nicht pessimistisch stimmen."

Plötzlich fiel Suzanna ein, dass Scamurra nicht nur ein Architekt und ein Student der Geschichte war. Er war ebenso ein Geschäftsmann. Doch als er sie zurückfuhr, schien er nachzugeben. „Du kennst die Steinbrüche beim Magliano di Marsi," sagte er. Dann fuhr er nach einer kurzen Pause fort. „Sie verschaffen den Einheimischen Arbeitsplätze."

„Also?"

„CENSA, eine Firma aus Mailand interessiert sich für diese Ausgrabungsstätten. Sie wollen dort organischen Müll entsorgen."

„Biomüll?"

„Das sagen sie."

„Und? Was ist daran so schlimm?"

„Suzanna. Dies ist ein regionaler Park. *Il Parco regionale naturale del Sirente-Velino.*

Diese Firma gehört der Mafia. Das wird kein Biomüll. Da geht es um Giftstoffe, illegalen Industrieabfall. Das ist die Aufgabe der camorra. Sie haben die gesamte landwirtschaftliche Region um Neapel zerstört - luden giftige Chemikalien auf Feldern ab, und produzieren Schafe mit zwei Köpfen. Jetzt wollen sie das selbe in Abruzzo durchziehen. Bei dem Treffen geht es darum, sie aufzuhalten."

---

38 Mein Gott!

39 Die ganze tränenreiche Geschichte Italiens

7

Zia Immacolata's Vertraute, Komplizin und Bewundererin wurde Santina genannt, eine kleine italienische Lady mit tausend Falten, in Schwarz gekleidet und aus Suzannas Sicht, eine aussterbende Spezies in Acqua Sacra und wohl auch anderswo. Santina lebte allein in einem winzigen Haus, das die Einheimischen *casetta*[40] nannten. Es lag um die Ecke von der Gegend, in der Suzannas Mutter und ihre Schwestern ihre Kindheit erlebt hatten. Sie kochte Kaffee. Außerhalb der Eingangstür erblickte Suzanna einen großen Holzhaufen, der deine ganze Hausseite bedeckte und von vielen Katzen belebt wurde. Santina besaß keine Zentralheizung, aber sie war keinesfalls wie Suzannas Großmutter. Suzanna war dabei, die zu unterrichten. Ihre hatte nichts.

„Nichts", wiederholte sie mit Nachdruck. „Die arme Frau. Ihr ganzes Leben hat sie geschuftet. Und wofür?"

Suzanna schüttelte stumm ihren Kopf in stiller Sympathie. Was konnte sie sonst tun? Sie hatte all die Geschichten schon gehört. Sie war auf Wunsch ihrer Tante Immacolata einberufen worden, durch einen im Castello zurückgelassenem Zettel. „Wo bist Du? Als wir ankamen warst Du nicht hier. Morgen, zehn Uhr, bei Santinas." Imma kam selten pünktlich, also wartete Suzanna geduldig und hörte sich einen Lobgesang für ihren Mentor an.

„Nun nimm Dich Deiner Tante an. Diese Frau hat ihr Leben erfolgreich gestaltet. Weißt Du, wie sehr die Priester sie brauchen? Don Mario? Don Clemente? Glaubst Du, der Friedhof sei ohne Deine Tante fertiggestellt worden? *Zia? Oddio! Mai! Mai!* Nicht in zwanzig Jahren. Nichtmals zu Lebzeiten! Hast Du das Jesu Christkind gesehen, das sie für die neue Abteilung bekommen hat? Wunderschön. *Bellissimo!* Sie fragte mich, ob Du Deine Onkel getroffen hast. Bist Du Donato begegnet? Fabio?"

„Nein, Santina. Ich habe mich mit dem Architekten unterhalten. Und mit Rosaria."

„Schade. Zu schade. Das sind gute Menschen und ihr habt so viele gemeinsame Gesprächsthemen. Hast Du gewusst, dass Dein Onkel Nierenprobleme hat?

---

40 Hütte

„Nein!“
„Eh, si. Er war beim Arzt und muss jetzt Pillen nehmen. Nicht so Fabio, denn der arbeitet im Garten. Man kann ihn fast jeden morgen gegenüber von Alfredos Laden sehen. Gartenarbeit ist eine gute Sache.“
Als Tante Imma hereinsegelte, erschien sie Suzanna wie ein Hochseeschiff, das in den Hafen einfährt und jeglichen Platz und alle Aufmerksamkeit beansprucht. Santina war in schlichtes Schwarz gekleidet, Imma in lila Seide. Ihre Haut war trotz ihres Alters noch geschmeidig. Sie und Onkel Adriano waren tags zuvor aus Rom herbeigefahren. Sie wohnten bei Santinas Sohn Giuseppe, gerade die Straße runter. Nach dem Erdbeben weigerte sich Suzanna, im Haus der Familie zu schlafen, obwohl aus Sicht Suzannas (und Scamurras) keine Gefahr bestand.
„Oh! Es war schrecklich! Beängstigend!“ hatte sie ihr damals am Telefon erzählt. Suzanna kannte diese ängstliche, zitternde Stimme nur zu gut. „Alles schüttelte! Und bebte! Wir rannten die Treppen runter auf die Straße. Wir hatten Angst, das Nachbarhaus würde auf uns stürzen.“
Zeit für Küsse und Fragen. „Wo sind die Jungs?“
„Sie konnten nicht kommen“, stellte Suzanna ausweichend fest.
„Wollten sie nicht kommen?“
„Nein, nein. Sie arbeiten. Sie sind jetzt doch Studenten, Zia.“
„Ahh…“
Suzanna bemerkte Santinas unverstellte Freude beim Erscheinen ihres Mentors. Nur jemand aus einer Dorfgemeinschaft konnte ihr solch einen befriedigendes Lächeln schenken. Immacolata in voller Operation: sie unterstützte das richtige Pferd, das konnten alle klar erkennen. Suzanna erinnerte sich, warum sie sich, zumindest bis Gestern, entschlossen hatte, im *Castello* zu bleiben.
„Santina erzählt, dass Du im *L'Antico Muro* untergebracht bist. Warum ziehst Du nicht zu uns zu Giuseppes? Die haben jetzt so viel Platz! Wir könnten zusammen sein.“
„Nein, ist schon OK so, Tante. Ich habe ja nur noch zwei Tage. Da gehts mir gut.“
„Zwei Tage! So kurz. Wie kannst Du dann alle treffen? Bist Du daheim beschäftigt?“

„Ja, Tante. Sobald ich zurück bin habe ich ein Treffen. Sie dachte an Robert Bliss, und wie praktisch es sein konnte, eine Verabredung zu haben.
„Weißt Du, was die Priester mir heute Morgen gesagt haben?" fragte Imma nach einer kurzen Pause. „Eben erst. Sie sagen sie haben keine Verwendung für unsere Stickereien und Dekorationen für *Santa Maria della Miericordia.* Wir haben den ganzen Sommer daran gearbeitet. Sie waren alle wunderschön, umkränzt von mandelförmigen Muscheln, geradezu perfekt für Acqua Sacra und das Mandel-Festival. Aber nein. Sie wollten sie nicht. Ich war aufgebracht. Don Clemente sprach von einem Kommittee, das über alle Dekorationen zu entscheiden habe. Warum akzeptierten die keine Mandelmuscheln? Sowas spirituelles."
Sie schaute zu Santina hinüber. „Weißt Du, was sie vorziehen? Als Tristiana es mir heute morgen erzählte, wollte ich es nicht glauben. Sie wollen Schnecken als Teil der Prozession. Schnecken. Sowas ekelhaftes! Don Clemente hat Freunde in Cocullo. Er sagt, dort seien Schlangen sehr beliebt und das auch welche nach Marsica gehören. Das hat er gesagt. Wie können die nur Teil einer christlichen Prozession sein? Warum nicht gleich den Teufel einladen?"
Santina machte einige Schnalzlaute des Mitgefühls, aber Immacolata änderte erneut schnell das Thema.
„*Oddio!* Du musst Dich vorbereiten. Wo willst Du all die Dinge im Haus unterbringen?"
„Keine Ahnung. Hätte ich früher dran denken sollen."
„Natürlich hättest Du daran denken müssen! All diese guten Sachen. Du hast wohl zu viel im Kopf."
Suzanna ignorierte diese Provokation. Keine Jungs, kein Ehemann: zu viel im Kopf.
„*Zia,* ich will nichts davon."
„Was meinst Du damit, ‚ich will nichts davon'"?
„Ich will halt nichts."
„*Oddio! Dio!* Verschwendung ist sündhaft. Wir müssen mit Adriano sprechen. Er wartet im Haus auf uns. Vielleicht fällt ihm etwas ein. Warum hast Du allemal an dem Haus rumgedoktort? Es war doch OK wie es war."
„Nein, Tante. Es ist beschädigt. Es muss repariert werden."
Santina mischte sich ein.

„Mein Sohn hat eine Scheune. Da kannst Du Deine Sachen unterbringen, während Du das Haus auf Vordermann bringst."
„Echt?" Immacolata schaute zu Suzanna hinüber. „Oh, das wäre so nett. Denkst Du, er ist damit einverstanden?"
„Certo, Imma, Certo."
„Oh, was für eine Linderung. Ist das keine Erleichterung, Suzanna?" Sie drehte sich für eine Antwort zu ihrer Freundin um, ohne eine Antwort abzuwarten. „Denkst Du, Giuseppe könnte Lino und Giampiero dazu bringen, alles umzusetzen?"
„Certo, Imma."
„Bist Du sicher, dass Du nichts davon haben möchtest?"
„Nichts, Tante. Garnichts."
„Ahh. Ich habe vergessen, dass wir mit Adriano sprechen müssen. Er hat Dir einen Vorschlag zu machen. Komm! *Grazie, Santina! Ciao!*"
Tante Imma zog Dinge gerne in die Länge. So vermutete Suzanna, dass irgendetwas anstünde, als Santina es so eilig hatte. Es brauchte nicht lange, um dies herauszufinden. Als Suzannas Mutter den Verkauf des Hauses vor zwei Jahren organisierte, schienen alle mit ihrem Anteil zufrieden. Nun hatte Immas Ehemann, Onkel Afriano einen Vorschlag. Sie solle nichts an dem Haus ändern. Er meinte, es solle so bleiben wie es war. Suzanna fiel auf, dass sie es wohl nichtmehr benutzen wollten. Das erklärte vielleicht ihre veränderte Einstellung.
„Jetzt steht Dir Scamurra zur Verfügung. Ich kenne Scamurra. Ich habe jahrelang mit ihm zusammengearbeitet. Vielleicht kannst Du ihn überzeugen, für den ersten Stock einen seperaten Ringang zu erstellen. Der wäre dann für uns."
Wieder diese „kleine Ecke". Suzanna wusste, dass diese nicht vergessen würde.
„Und für die Sonntagsgebete", mischte sich Immacolata ein. Sie sprach von der katholischen Gebetsgruppe, die sie leitete.
„Eh, *sì*," sagte Adriano. „Das wäre natürlich nicht kostenlos."
Suzanna sah ihn fragend an.
„Wir glauben, dass sieben Tausend Euro für ein Stockwerk ein fairer Preis wäre."
Suzanna rechnete kurz durch. Sieben Tausend Euro, etwa fünfzehn Prozent des Preises, den sie für ein Drittel des Hauses erhalten hatten.

Adriano änderte schnell das Thema.
„Komm. Komm nach draußen. Da kannst Du sehen, wo Scamurra den seperaten Eingang bauen könnte."
Er führte sie hinaus auf die Straße, zu einem Fenster, aus dem man den Marktplatz und seinen verfallenen Springbrunnen sehen konnte.
„Hier. Perfekt. Eine kleine Tür. Die andere Tür könnte zum Treppenhaus und die oberen Stockwerke führen." Suzanna entschied, umgehend ihre Trumpfkarte auszuspielen.
„Lass mir etwas Zeit zum Nachdenken, *zio*", sagte sie. „Ich muss mit Mama darüber reden."
„Aber natürlich, selbst redend. Denk drüber nach. Sag uns, was Deine Mutter dazu meint."
„Werde ich. Versprochen."
„Gott sei Dank! Gott sei Dank!" erklärte Imma, als ob ihre Wünsche in Erfüllung gegangen seien. „Möchtest Du dem *Gesù* zwanzig Euro geben? Armer Teufel. Ungeschützt im Regen. Wir müssen ihn mit einer Plastikplane abdecken."
Suzanne griff nach ihrer Tasche.

8

Tags drauf waren Suzanna und Rosaria im Auditorium der Stadthalle von Massa d'Albe. Der Raum war mit einer ungestümen Abruzzo-Menge überfüllt. Vorne die Offiziellen der Comune, neben ihnen alle möglichen Beamten. Suzanna entdeckte die Abkürzung CENSA auf einigen Namensanhängern. Umgeben von Freunden stand Scamurra nahe der ersten Reihe. Einige trugen Plakate. Neben ihr stand ein junger Mann, den sie aus dem L'Antico Muro kannte, wo sie auch wohnte. Alle schienen in die leidenschaftlliche anarchistische Mittelmeer-Debatte eingebunden. Es war ein sprachlicher Kampf, jeder gegen jeden, gezähmt nur durch die Rufe, das Gebrüll und Gegröhle des vierschrötigen Mannes, der den Vorsitz übernommen hatte.

Bürokraten breiteten ihre Karten und Listen aus, erklärten mit bewusst sanften Stimmen, um die Menge zu beruhigen. Doch trat das Gegenteil ein.

„Sprich lauter! Wir verstehen Dich nicht! Was erzählst Du uns da?"

Die Offiziellen der Company erzählte ihnen, dass, falls man sie als Nachbarn und gute Bürger behandele, statt als Feinde, unschätzbare Freigebigkeiten sichtbar würden - Jobs und Parkanlagen, überholte Straßen und Sozialdienste, bessere Schulen und eine Zukunft für ihre Kinder, die nicht mehr nordwärts oder in andere europäische Länder ziehen müssten, um einen Job zu finden. Jedes Versprechen war eine Provokation, jede Grafik und Statistik gelogen.

„Ruhe! Ruhe!" brüllte der Vorsitzende erfolglos.

„Würden Sie mir freundlicherweise zwei Minuten Redezeit zubilligen?"

Der Bürochef war außer sich, doch er hatte die Hohheit über das Mikrofon erlangt, dessen Lautstärke er lauter einstellen konnte, als die Zwischenrufer ihre Bemerkungen. „Ihr glaubt, wir würden diese Steinbrüche mit illegalem Müll auffüllen. Doch alle Verfügungen sind durch Normen der Europäischen Gemeinschaft abgedeckt. Alle. Zu einhundert Prozent. Ihr habt euern eigenen Bürgermeister und Gemeinderat, die die Operationen überwachen werden. Ihr könnt euern örtlichen Beamten vertrauen. Ihr könnt alles überprüfen, was wir machen. Alles."

„Lügner!" hörte Suzanna aus der Menge. „Mafiosi!"

Der Mann mit dem CENSA Namensschild schaute hilflos zum Vorsitzenden, der mit seinem Hammmer schlug und „Ruhe! Ruhe!" rief. „Können wir uns etwas zivilisierter benehmen? Dies sollte eine Informationsveranstaltung sein. Diese Menschen sind gekommen, um Fakten zu präsentieren."
„Fakten!" hörte sie eine Frau schreien. „Fakten? Hier ist ein Fakt." Sie hielt eines der Schilder hoch. Es war das Foto eines toten Babys. „Durch ihr Gift umgebracht. Mein Kind. Keine zehn Monate alt!"
Sie hielt inne, während ihre Worte einsanken.
„Ich komme aus Neapel, bin eine stolze Neapolitanerin. Man sagt ‚Sieh Neapel und sterbe.' Aber ich sage euch, nein. Nein! Trinkt Neapel und sterbt!" Eine weitere Frau aus der ersten Reihe stand mit ihrem Bild auf, welches sie für die Menge hinter ihr umdrehte. Eine dritte, vierte, fünfte Frau folgte ihnen. Eine begann zu rufen „Mörder! Mörder!", ihre Freundinnen stimmten ein und bald wurde der ganze Raum mit dieser Botschaft gefüllt.
Der Bürochef packte seine Aktentasche, schaute sorgenvoll zum Vorsitzenden, zuckte etwas, und verließ mit seinen drei Kollegen die Veranstaltung. Der Saal wurde von Applaus und Jubelrufen gefüllt. Scamurra erhob sich aus seinem Sitz und suchte langsam seinen Weg neben die Bühne, wo das Mikrophon für Fragesteller plaziert war.
„Ich möchte unsern befreundeten Damen aus Accera, *grazie della vista*' sagen. Vielen Dank für Ihren Besuch und eure Solidarität mit euren hiesigen Nachbarn."
Im Raum machte sich ein warmer Applaus breit. Die Ladies wandten sich der Menge zu und salutierten ihnen. „Dies ist, was wir wissen," fuhr er fort. „Wir wissen, dass das, was die Autoritäten Kompost nennen, keiner ist. Fragt die Menschen in Giugliano. Fragt die Damen aus Acerra. Wir wissen, dass sie unsere Straßen überholen, damit ihre breiten Müllwagen durchkommen, um unsere Felder mit ihrem Gift zu killen. Wir wissen auch wieviele. Fünfhundert pro Monat. Fünfhundert Müllwagen leeren pro Monat ihre Giftfrachten aus. Wir wissen auch, worum es geht. Um Farbensatz, Klärschlamm von Färbereien und Gerbereien, Giftmüll der petrochemischen Chemieanlagen, zerschredderte Banknoten, mit denen Blei nach unten sinkt. Und dazu Lastwagen voller Toter. Ja! Wagen

voller menschlicher Überreste aus den Friedhöfen des Nordens. Sargholz und Knochen zusammengemischt ergeben Düngemittel.
„Woher wir das wissen? Weil wir lesen. Weil wir Gomorrah kennen. Wir wissen von den Jungs, die auf den Feldern herumspielen, Schädel finden, die dann auf den Flohmärkten Europas für 100 Euro pro Stück vertickt werden. Wir wissen von den deutschen Schiffen und ihrem nuklearen Abfall, den sie nichtmals zehn Zentimeter unter der Erde vergraben. Wir kennen Fahrer, die sich weigern, die letzten Kilometer bis zum Abladen zu fahren, da dies von allen die gefährlichste Aktion ist. Die Metalltonnen zerbersten und setzen ihre tödliche Füllung frei. Ein Atemzug reicht, um die Luftröhre auszutrocknen.
Wir wissen das, weil sie vierzehnjährige Zigeunerkids anheuern, denen sie auf den letzten Kilometern Kissen unter den Arsch schieben, damit sie den letzten Streckenabschnitt fahren. In einer Dekade werden sie alle tot sein, nachdem sie sich als Folge der Chemotherapien ihre Innereien herausgekotzt haben. Wir wissen, dass die weltmännischen Bürokraten der CENSA keine neuen Jobs bringen. Sie bringen das Inferno, Berge von giftigen Abfällen, die sie dann in Brand stecken. Der stinkende Qualm heftet sich wie ein tödliches Pulver an deine Haut. Sie verwandeln die Felder in eine Freak-Show, jeden Schäfer in einen Spitzel mit Smartphone, der jedes vorbeifahrendes Auto verdächtigt und weitergibt. Sie bitten Dich, das Grüne Herz Italiens durch eine Feuerfront zu ersetzen. Was wird unsere Antwort sein?"
Die Menschen schienen die Antwort auf Anhieb zu kennen. „Mörder! Mörder!". Diese Rufe schienen kein Ende zu nehmen.
Suzanna sah einen jungen Mann, der vorn an der Bühne versuchte aufzustehen und zum Mikrophon zu gelangen. Samurra packte ihn am Ärmel und zog ihn auf seinen Sitz zurück. Es folgten temporäre Unstimmigkeiten. Suzanna fragte Rosaria, ob sie wüsste, was hier gerade los sei, doch die schüttelte ihren Kopf. Auf dem Podium bat der Vorsitzende, in Abwesenheit der CENSA-Repräsentanten, den Bürgermeister zu sprechen. Er gab kund, dass er genau wisse, was die Menschen erwarteten und versprach, unter verstärktem Beifall, dass er sich persönlich dafür einsetzen würde, dass ihre Opposition respektiert würde.
„Zählt auf mich, Bürger! Ihr könnt euch auf mich und eure Repräsentanten verlassen."

Hinterher saß Suzanna mit anderen zusammen im *L'Antico Muro* Restaurant; Gäste von Tomasso, dem jungen Mann vom Treffen, dem der Ort gehörte. Er sammelte freiwillig Unterschriften für eine regionale Petition, die er und Scamurra lautstark diskutierten. Derweil bereitete seine Mutter in einem Hinterzimmer frische Pasta zu, die mit grünem Gemüse aus ihrem Garten und einigen Flaschen Rotwein serviert wurde. Als die beiden Männer den Job erledigt hatten, erklärte Rosaria: „Meine kanadische Freundin wüsste gerne, was Du vor dem Mahl sagen wolltest." Sie blinzelte zu Suzanna und lächelte. „Meine Freundin ist sehr neugierig." Tomasso schaute etwas verlegen in Suzannas Richtung. Scamurra erhob seine Hände als wolle er sagen „Warum nicht? Sag es ihnen."
„Ich denke, Scamurras Rede war brilliant.", sagte der junge Mann, als ob er jegliche Kritik, die seine Worte implizieren könnten, von vornherein unterbinden wollte. „Aber ich wollte noch etwas erwähnen, das die Leute wissen sollten."
„Um was dreht es sich?" fragte Rosaria, als er sich etwas schüchtern gab.
„Ich bin mir nicht sicher, ob, beziehungsweise wie stark, wir unseren ‚gewählten Vertretern' trauen können. Hier stehen sie nicht so stark hinter der Nachbarschaft, wie sie es vermuten lassen wollen."
„Oh?" warf Rosaria ein, während sie ihren journalistischen Hut aufzog.
„Ich habe versucht, einen Fußweg von Alba Fucens zur Kirche in Porclaneta vom Abfall säubern zu lassen. Er ist von lauter Müll verstopft und sollte doch eigentlich tadellos und wunderschön sein, wenn man bedenkt, wo er hinführt. Im vergangenen Jahr haben meine Frau und ich in dieser Kirche geheiratet.
„Ah?"
„Sie haben sich geweigert. Für ein paar Tausend Euro hätte man etliche Jugendliche dazu bringen können, Hand anzulegen, aber nein, sie weigerten sich. Außerdem …"
Rosaria schaute ihn erwartungsvoll an.
„Ich will damit nur sagen, die Leute der National-Regierung stecken mit der Mafia unter einer Decke."
Scamurra rollte mit den Augen, blickte zur Decke, aber Rosaria rutschte auf ihrem Stuhl nach vorn.
„Mit der Mafia?" wiederholte Suzanna.

„*Si! Si!* Das ist allseits bekannt. Die Mafia ist Teil des italienischen Staates. Vielleicht sogar der Kirche. Sieh mal. Wie lang weiß man diese Sache mit dem illegalen Abfall? Mindestens seit 1997. Es gab eine parlamentarische Untersuchung von diesem Chaos. Direkte Informanten, Mafiosi, sagten direkt vor ihnen aus, alle Insiderinfos. Ein Typ lebt nun schon fünfzehn Jahre im Zeugenschutzprogramm. Wer wusste also Bescheid? Giogio Napolitano, der Innenminister, heute der Präsident Italiens. Gennaro Capolungo flog die Müllhalden mit dem Helikopter ab. Und heute? Ist er der Interpol-Chef Italiens. Nicola Cavaliere war damals mit der politischen Polizei involviert. Heute? Chef des Inlands-Geheimdienstes. Sie wussten Bescheid. Und unternahmen nichts! Und weißt Du, warum sie nichts machten? Die Regierung wollte unbedingt, dass Italien Mitglied der Europäischen Wirtschafts-Union wurde und ihre Zahlen waren nicht in Ordnung. Aber als Abnehmer von Giftabfällen verbesserten sie ihre Zahlen. Das wollte ich gesagt haben."

Rosaria schaute zu Scamurra hinüber. „Und warum wolltest Du nicht, dass er diese Dinge sagt?" fragte sie.

Scamurra zögerte einen Augenblick. Er blickte erst Tomasso an, dann zu ihr. „Weil Menschen nur ein bestimmtes Maß an Verzweiflung vertragen," sagte er. „Wir haben eine Zusammenkunft mit ihnen, um sie zu organisieren, zu motivieren. Und sie nicht mit den Schwänzen zwischen ihren Beinen nach Hause zu schicken. Inzwischen hörte ich zu oft ‚Es gibt nichts, was wir tun können.' So ist es besser, einige Dinge nicht auszusprechen."

„Ignazio!" erklärte Rosaria lachend. „Ich habe nie erwartet, sowas von Dir zu hören!"

Malocchio. Das Böse Auge. Nachdem Suzanna an diesem Sonntag Morgen diesen Ausdruck wiederholt gehört hatte, nachdem sie gepackt hatte, sagte sie ihre ‚Good-Byes' und war dabei zum Flughafen durchzustarten. Doch dann iritierte sie der Krankenwagen unter ihrem Fenster, gefolgt von Polizeisirenen. Auf der Straße zu Giorgios Haus hatte sich eine Menschenmenge gebildet. Scamurra war dort, redete mit den carabinieri. Santina ebenso. Aus der Entfernung, vom Balkon auf der Rückseite des Hauses, konnte Suzanna unterdrückte Schluchser vernehmen. Dann „Oddio! Oddio!"

„Was ist passiert?“ fragte Suzanna, die einen Hauch von Panik verspürte. Santina schüttelte ihren Kopf ratlos hin und her.
„Ich habs ihm gesagt. Ich habs ihm gesagt. Ich sagte ‚Giorgio, das ist gefährlich. Wo ist Dein *cornetto*? Aber nein, er nannte das dumm. „Santina, ich bin beschäftigt,‘ sagte er. ‚Geh‘. Wie beschäftigt ist er nun? Wie beschäftigt?“
Suzanna verstand, was sie meinte. Il cornetto: Ein Klunker in der Form eines Hornes, das nach Meinung kleiner alter Damen die Wirkungen des Bösen Blickes abwehren konnte.
„Santina,“ wiederholte sie, „Sag mir, was geschehen ist.“
„Schau! Schau nur! Kannst Du es nicht selber sehen? Die Wand ist über ihm zusammengebrochen. Er arbeitet an einem Sonntag! Sein Platz wäre in der Kirche gewesen.“
Suzanna verließ die alte Dame und schloss zu Scamurra auf, der gerade mit dem Statement für die Polizei fertig war.
„Ignazio! Was ist passiert?“
„Er hat mit der Maschine ohne Absicherung zu tief gegraben. Ich habe ihn dreimal gewarnt. Nun ist die ganze Straßenwand auf ihn gefallen.
„Oh mein Gott. Ist er OK?“
„Nein. Er ist tot. Seine letzten Worte waren ‚Ich kann nicht atmen‘. Nun ist seine Frau bei ihm, die das Alles nicht verstehen kann.“
Malocchio. Santina erwähnte, dass auch er die Situation erkannt und Giorgio gewarnt hatte. „Ich tropfte etwas Olivenöl ins Wasser und das bewies es. Ich habs ihm gesagt. ‚Giorgio. Dein kleines Horn. Du forderst Dein Schicksal heraus.‘ Du weißt, was ich ihm gesagt habe, Scamurra. Er grub sein eigenes Grab. Er hätte zuhören sollen.“

9

Auf dem Rückweg zum Flieger dachte Suzanna über das Schicksal von Giorgio und den zu tiefen Graben nach. Warum war der so tief? Ihr wurde klar, dass er sich ganz allein mit diesem Thema beschäftigt hatte. So hatte er alle Einwände seiner Frau, dass sie nicht genug Geld hätten, um alle Dinge zu erledigen, beiseite gewischt. Sein Graben war zu tief, weil er zu arm war, oder dachte zu arm zu sein. Außerdem machte man das in Italien so. Jedes zweite Haus in den Städten der Abruzzo-Berge war ein Do-it-yourself-Produkt, halb fertig. Ganze Familien kamen aus Rom und halfen beim Gipsen, (die Einheimischen nennen es *intonaco*). Sie vergibsten die keramischen Böden, oder fabrizierten andere seltsame Dinge. „Eine beleidigende Architektur", den Ausdruck hatte ihr Scamurra beigebracht, ohne die Vorteile des *il computo metrico*[41]. Sie verstand diese, manchmal tödlichen Proportionen. Je mehr Regeln es gab, um so mehr konnte man brechen. Eine steife Bürokratie gegen die feisten Mägde der Anarchie, intim und allgegenwärtig. Warum sollen Regierungen dem Volk auch noch Regeln aufstellen, wenn sie ihm schon das Geld nahmen?

All dies deckte sich wie ein Tuch über ihr eigenes Haus. Sie konnte den Gedanken an Girogio nicht abtun, wie dieser exzellente Arbeiter dort im Büro des Anwaltes stand und den Vertrag unterschrieb. Und nun war er weg, mit seinem gemieteten Mini-Bagger begraben unter einer halben Tonne Gestein. Jemand anderes müsste seinen Job im Team übernehmen, aber das schien nicht zu eilen. Luca Barbarossa war mit einem anderen Projekt beschäftigt, und als Suzanna ihren Architekten fragte, wann die Sache erledigt würde, gab er ihr eine mehrdeutige Antwort, „Bald", und beließ es dabei. Sie wusste, dass er Schwierigkeiten herunterspielte. Er wollte nicht, dass sie aufgab und zurück nach Kanada flog, doch genau in diesem Augenblick saß sie im Flieger. Er hatte sie falsch eingeschätzt, dachte, sie sei wankelmütig. Trotz CENSA, Giorgio, den vertrockneten See, dem allgegenwärtigen *„dove sono i soldi"*[42], war sie entschlossen die Sache durchzustehen, ihrer Mutter zuliebe und nicht

41 die metrische Berechnung

42 „wo ist das Geld"

zuletzt auch für sich selbst. Wie ein Testament all ihrer Risiken und eine Belohnung der Integration. Ihre Mutter konnte die Restaurierung des Familiensitzes leisten; andere nicht.

Sie rief Robin vom Flughafen aus an, doch es meldete sich niemand, nur ein AB teilte ihr mit „Sind campen. Montag zurück." Auch Logan beantwortete ihre Anrufe nicht, doch er mailte ihr, sie solle sich wegen dieser Tennis-Angelegenheit mit Tony keine Sorgen machen, das sei alles ein Spiel. Plötzlich fiel ihr ein, dass sie doch ihre Mutter anrufen solle, was sie vergessen hatte. Was war nur mit ihr los? Es war einfach alles zu viel. Dann suchte sie ohne Grund die Visitenkarte, die ihr ihr Cousin Enrico in der Hochzeitsnacht gegeben hatte, in ihrer Tasche und checkte die Website, die er auf der Rückseite notiert hatte.

Sie war in solchen Dingen langsam, das wusste sie. Oft ging ihr Licht an, lange nachdem die anderen abgeschaltet hatten. Vielleicht war sie nicht misstrauisch genug? Bilder schöner Frauen winkten ihr von der Leinwand zu. Russische Mädels, griechische Mädels, italienische Mädels mit kurzen flirtanregenden Biografien feierten ihre Offenheit und ihren Sinn nach Abenteuer. Genau das war es, was sie bedrückte. Die Quelle der Millionen, die der mittelalterliche Ehemann ihrer Großtochter besaß. Suzanna schüttelte mit dem Kopf, während sie durch die schier endlosen Seiten scrollte. Sie musste lächeln, als sie sich an den Spruch erinnerte: „War blind, doch nun kann ich sehen." Was für eine neue Methode der Sklaverei war dies denn? Warum war der Sohn des Premierministers von Lybien anwesend? Die Wohnungen in Dubai begannen plötzlich mehr Sinn zu machen.

Die Taxifahrt in die Stadt war eine einsame Sache, wie ihre sehr späte Ankunft in einem leeren Haus. Sie kämpfte mit ihrer Brieftasche, zerrte Rollenkoffer die Stufen hoch und kollabierte auf der Couch. Anschließend schenkte sie sich etwas Wein ein und starrte durch die Fenster auf die Straßenbeleuchtung, und dann auf die beständige Reflektion derselben auf dem Mahagany-Kaffeetisch vor ihr. Absorbierten diese Oberflächen alter Stücke die Jahre? Wieviele vertrauliche Gespräche, Streitigkeiten, Ausdrücke von Liebkosungen? Vierzehn Jahre hier. Wieviele anderswo? Sie erinnerte sich an ihren Freund, den Henker, wie dieser den Schlüssel drehte und sie das Appartment ihrer verstorbenen Tante betraten. Alleine hätte sie das nicht geschafft, sagte sie, sie brauchte

Gesellschaft. Es war der Nachmittag eines langen Sommertages. Die neigenden Sonnenstrahlen fingen sich in jedem einzelnen Stück, alle in perfekter Ordnung: Portraits, Bücher, selbst die Notizen auf dem Schreibtisch. Suzanna erinnerte sich an die elegante, anspruchsvolle und gebildete Frau, die diese Räumlichkeiten bewohnt hatte. Alles sah aus, als wolle es einen Geist willkommen heißen, der jedoch niemals erscheinen würde. Scheidung war wie Tod, dachte sie. Niemand sollte im Sommer sterben.

Die Liste auf ihrem AB war zu lang, sie verschob die Bearbeitung auf den Morgen. Natürlich ihre Mutter, ihre Schwester Laurella, ein oder zwei Arbeiter aus Montreal, die sie nicht bezahhlt hatte, und, natürlich Len. Er wollte wissen, ob sie Robert Bliss kontaktiert habe. Sie müsse das unbedingt. Er wollte zu keinem weiteren Meditationstreffen kommen, wenn sie nicht wenigsten etwas Einsatz zeigen würde. Seine Botschaften klangen etwas bedrohlich und leicht beleidigend. Sie war angekrazt und überlegte, nicht zu gehen, nur um ihn zu verärgern, überlegte es sich jedoch noch einmal. Schließlich war es nicht unangemessen, für sich selber zu sorgen. Sie wollte von ihm allemal befreit sein.

Bevor sie nach Italien aufbrach, hatte sie den Fehler gemacht, ihn daheim anzurufen. Normalerweise emailte sie, aber sie wollte sicher gehen, dass er die Arrangements für Robin und Logan verstand. Doch sie erreichte nur Marlene. Sie hatte eine ganze Liste vorbereitet, war jedoch zu nervös, und reduzierte sie auf einen Punkt: „Ich wollte sicher gehen, dass Robin seine Fußball-Schienenschoner eingepackt hat. Die vergisst er manchmal."

Dann war Pause. Schließlich kam das süßliche Gestöhne, „Oh, Robin ist ein großer Junge. Ich bin sicher, er kann auf sich selber aufpassen."

Das brachte sie in die Gänge.

„Und vielleicht kannst Du Len darauf aufmerksam machen, dass er mit seinen Zahlungen in Verzug ist. Die sollten zum 1. jedes Monats fließen."

„Für einen Italienausflug bist Du etwas knapp, oder?"

Zu viel. Viel zu viel.

„Hast Du nicht schon genügend Unheil angerichtet?"

Sie hing auf. Zehn Minuten hockte sie innerlich brodelnd auf dem Sofa. Dann machte sie sich den Vorwurf, keine E-Mail genutzt zu haben. Warum und wieso hatte sie dies nicht voraugegesehen? Dieses Gelaber

vom „sich Selbst finden“, dass er wohl eine Pause brauche. Auf der Boru-Weihnachtsparty ging ihr Marlene absichtlich aus dem Weg. Dann diese langen und zunehmenden Geschäftsreisen. Sie hätte Gina fragen können, ob er da allein fuhr. Später erzählte ihr Gina, dass dem nicht so war.
„Warum hast Du nichts gesagt?“
„Komm schon Suzanna. Sie arbeiteten beide am selben Projekt. Was hätte ich da sagen können?“
„OK. OK. Tut mir leid. Ich kann diese Frau einfach nicht ausstehen. Echt nicht.“
Sie redete sich ein, sie sei nicht neugierig genug, aber das war nicht wahr. Sie wurde ungehalten, als Len auszog. Manchmal wurde sie gar zornig, unkontrolliert zornig und misstrauisch, hielt ihre Augen offen. Ihr Misstrauen galt den Worten, die Menschen sprachen, ihren Motiven und, grundsätzlich, ihren Beziehungen. Ihre ephemere Natur verursachte ihr ein mulmiges Gefühl. Menschen sagten Dinge, die sie nicht wirklich meinten. Len gab Versprechungen ab, hielt aber keine. Was sollten all diese feierlichen Zeremonien, die himmlische Musik, weltlichen Schwüre und Zeugen dieser Schwüre. All diese unterzeichneten Dokumente in den Archiven der Kirche, aus denen der Feind innerhalb von Wochen, wenn nicht Tagen, einen Scherbenhaufen fabrizieren konnte. Sie hatte immer geglaubt, dass unsere Existenz selbstberechtigt sei. Sie wuchs aus uns, wie eine Schlangenhaut am Rücken, unsere zerbrechliche Zuflucht umgab uns, wie anfällig und unperfekt sie auch sein möge. Wie konnte man ohne Dach überleben?
Am Morgen rief sie Robert Bliss an und erreichte seine Sekretärin, die ausgesprochen nett und angenehm redete, als ob sie diesen Anruf erwartet hätte. Suzannas Verabredung wurde auf den übernächsten Tag gelegt.

Teil Zwei

10

Logan und Robin sollten rechtzeitig zum *supper*[43] daheim sein. Suzanna war besorgt, sie zu sehen. Wie sie es öfters machte, schaute sie ihrem Lieblings-Koch im britischen TV zu. Sie waren alle sehr gut, diese britischen Köche, abenteuerlich und etwas albern. Sie hatten grundsätzlich mehr Spaß als diese italienischen Essens-Chauvinisten, mit denen sie groß geworden war, zuließen. Len hasste diese „pompösen kleinen Imperialisten". Doch sie mochte ihn. Es ging um den Monat mit ihren Jungs. Ihr kamen viele Gedanken, wie man ihre Heimkehr in etwas Spezielles verwandeln könnte.

„Vater sagt, dass Du einen Job annimmst," erklärte Logan.

„Oh, tut er das, echt?"

„Ja, Mom", fügte Robin hinzu. „Stimmt das?"

„Ich gehe zu einem Vorstellungsgespräch. Vielleicht finden sie mich nicht geeignet."

„Also, komm schon. Was erzählst Du uns immer. Seid zuversichtlich."

„Wir werden sehen … Wie läuft es mit euren Jobs? Ist im Laden alles OK?"

Robin mischte in einem örtlichen Laden Farben.

„Ist alles OK. Zumindest mit mir."

„Was meinst Du damit?"

„Angelo weigert sich, Logan auszuzahlen."

„Warum?

Robin zuckte mit den Schultern und schaute auf seinen Teller herab.

„Gab es ein Problem?"

Logan schien etwas unkomfortabel, doch dann sagte er, ohne aufzublicken: „Abgesehen davon, dass Angelo ein Arschloch ist, meinst Du?"

„Was hast Du angestellt?"

„Ich habe nichts *gemacht*. OK. Er ist einfach ein Arschloch. Ich habe gearbeitet, alles getan, was er gesagt hat, und dann verweigert er mir meinen Scheck. ‚Nächste Woche,' hat er gesagt. Aber die nächste Woche kam, doch kein Scheck. Ich werde mit Vater reden. Das ist sein eigener

43 Abendessen

Cousin, verdammt nochmal. Meinst Du, das würde was bewirken? Immer noch kein Scheck."
„Ich werde ihn anrufen."
„Mom, mach das nicht! Halt Dich da raus. Ich habe mit Onkel Andrea geredet. Er kümmert sich darum. Es ist OK."
„Dies ist wirklich gut, Mom. Selbstgekochtes Essen und Alles."
„Ich bin sehr froh, dass ihr beide hier seid. Echt. Es fühlt sich wie Monate an, seit dem letzten Mal! Hört mal her, sagte sie nach einer Pause. „Ich möchte wissen, was es mit diesem ‚Tennis Ding' auf sich hat, das ihr mit Mika betreibt."
„Nichts wirkliches. Wir spielen nur rum."
„Womit spielt ihr rum?"
Logan lächelte und stopfte seinen Mund mit Essen.
„Es funktioniert wie folgt," kommentierte Robin. „Mika und Logan sind davon überzeugt, dass alle Tennispieler Dopingtypen sind."
„Natürlich nehmen die Drogen, Schwachkopf. Hast Du Dir die mal angeschaut? Die Frauen schauen wie Gorillas aus."
„Gorillas?" Robin lachte. „Eugenie Bouchard ein Gorilla?"
„Die Gewinnerinnen sind Gorillas. Ihre Beine sind dicker als von Bullan. Sie sind nicht normal und ermüden nur selten. Drogen. Wachstumshormone für Menschen. Blut-Doping."
„Sie werden getestet, Logan. Schonmal von den Tests gehört? Wenn sie Dich erwischen, schmeißen sie Dich eventuell für immer raus."
„Ja, wie bei der Olympiade. Du bringst mich zum Lachen, Mann. Lance Armstrong ist nie bei einem Test aufgefallen. Nicht ein Mal. Er gewann die *Tour de France* siebenmal hintereinander. Glaubst Du, das würde nur im Radsport angewendet? Oder nur im Baseball?"
„Aber wie könnt ihr nur mit sowas arbeiten, selbst wenn es wahr ist?" fragte Suzanna.
Robin wartete darauf, dass sein Bruder antworten würde. Als er dies nicht tat, antwortete er für ihn: „Mika ist ein Mathlet. Er denkt, dass er aufgrund bestimmter Algorithmen voraussagen kann, welche Top-Spieler wegen Blessuren aus dem Tournier ausscheiden werden."
„Wegen der Drogen die sie nehmen?"
„So die Theorie."

„Spotte nur, Mann. Mach Dich nur lustig. Wenn alles klappt, wirst Du bald ein anderes Lied singen."
„Alles klappt? Was soll das nun heißen?"
„Echt, Mom, muss ich denn alles buchstabieren? Wenn Du in der Lage bist, sowas vorauszusehen, steckt da eine Menge Geld drin."
„Oh? Das verstehe ich nicht."
„Mom. Spielen? Wetten? Sportwetten? Riesig. Überall auf der Welt."
„Logan wird ein Casino eröffnen!"
„OK, OK. Wir werden sehen ..."
„Sag mir eines. Wenn das stimmt, was Du sagst, warum gibt es keine Exposes, keine Erwähnung in den Nachrichten-Netzwerken, nichts ...?"
„Wegen dem Geld, Schwachkopf. Folge dem Geld. TV verdient mit den US-Opens fettes Geld. Glaubst Du, die würden allen beichten, dass es sich um einen riesigen Schwindel handelt? Deine ganze Karriere zerstört durch einen Artikel, dern Du gerademal im Web veröffentlichen kannst, nichtmals in den Zeitungen. Ganz zu schweigen von den Gerichtsverfahren, die über Deinem Kopf zusammenbrechen werden. Erinnere Dich an den Sponsor von Lance Armstrong - *The United States Postal Service.* Und die haben davon nichts gewusst? Also wirklich."
„OK. OK. Fang nicht schon wieder an. Ich hoffe, dass Du und Mika stinkreich werdet, OK? Bist du nun zufrieden?"

11

Die Büros von Lamothe, Bliss & Hendricks waren im Edifice Place du Canada am alten Dominion Platz. Der Name stammte aus der Zeit, als das benachbarte Sun Life Building die höchste Baustruktur Kanadas war. Eine bemerkenswerte Anschrift, im Herzen der ehemaligen Golden Square Mile, nahe der Mary Queen of the World Kathedrale und diversen Statuen - Wilfried Laurier, John A. Macdonald und Robert Burns, der einzige überzeugende Poet mit Anglo-Schottischen Wurzeln. Robert Bliss hielt sich für ein Mitglied des Establishments. Er hatte einen Abschluß von McGill, hatte sein englisches Cottage im georgianischen Stil an der Westmount's Arnprior Avenue, spielte Hallentennis auf den Sandplätzen des Montreal Badminton und Squash Clubs, und hielt seine Hosen mit Hilfe von roten Hosenträgern, auf die er mächtig stolz war, hoch. Rote Hosenträger sagten viel über einen Menschen aus. Rote Hosenträger verhießen, dass er unkonventionell war. Ein Spieler, der aus einer unerwarteten Ecke auf dich zusteuerte, in Begleitung einer überraschenden Anzahl von gemeinsamen Freunden und Bekannten. Die Roten Hosenträger zeigten, dass Robert Bliss ein Gewinner war, mit all der Unbekümmertheit eines Gewinners - unberechenbar und einer Kultur der Dissonanzen verpflichtet. Er liebte zum Beispiel den Umstand, dass die Büros von Lamothe, Bliss, & Hendricks keinerlei Ähnlichkeiten mit Räumlichkeiten seiner Herkunft hatten. Er stammte aus einer bis zum Anschlag traditionellen Ecke, herauf bis auf die schweren und sehr teuren Dachziegel, streng, ja rigide modern, von der Schärfe von Qúebécois hyper-modernistischen Kunst an den Bürowänden, bis zum erstaunlich schimmernden polierten Namensschild aus Aluminium an der großkörnigen Zementwand neben den Aufzugtüren. Lamothe, Bliss & Hendricks - wer könnte das schon übersehen? Du wolltest in der Provinz Quebec Geschäfte machen? Dann kamst Du hierher. Auf der Gehaltsliste: ein ehemaliger Kabinets-Minister aus Quebec, mindestens ein ehemaliger stellvertretender Premierminister von Kanada. „Politik erledigen. Scheck folgt." Ein Witzbold hatte das in einem internen Memo an einen der Illuminati zitiert, der nun über ein Büro im engeren Zirkel herrschte. Robert Bliss konnte gut drüber lachen und vergaß es

nie. Ja, er gebrauchte diese Worte wiederholt auf eigenen Memos und bemächtigte sich so der Autorenschaft.
Nun war sein Assistent, Ted Blake, bereit, das neue italienische Mädel, deren Background Ted auf seine Weisung hin untersucht hatte, zu interviewen. Er hatte keine Auffälligkeiten entdeckt. Sie war makellos, ein kleines Chorgirl; zwei Kinder, keine ehelichen Seitensprünge (zumindest nicht von ihr), keine seltsamen Süchte, sogar einen sauberen medizinischen Hintergrund. Eines von diesen herausgeputzten Püppchen, an die sich Bliss aus seinen CEGET-Zeiten erinnerte. Sie kamen morgens in die Klasse, als ob sie einen Laufsteg entlang wandelten, alle herausgeputzt, als seien sie auf dem Weg zu einer Verabredung. Was ja auch irgendwie zutraf, wie ein Klassenkamerad erklärte. Sie durften am Wochenende nicht raus, außer zur Kirche, natürlich. Als Mathilde ihre Schwangerschaft bekannt machte und ihren Abschied verkündete, war Suzanna für Bliss die optimale Ursprünglichkeit in Person die er brauchte.
„Besorg jemand älteres," sagte er Blake. „Jemand, auf den wir uns verlassen können."
Verdammt, warum hatte er das getan? Bliss hatte keine Ahnung, wie Ted Blake diese Dinge organisierte, aber er hatte einen Lauf - der direkt zur Scheidung führte und Len Riccis Abrechnungs-Konditionen. Dank sei seinem zivilisiertem Arsch. Für ihn war es ein einfacher Deal. Die Ex übernimmt den Job. Es folgt ein glattes, gemeinschaftlich erstelltes Rechtspaket, geschüttelte Hände und Nettigkeiten aus allen Ecken. Ex wirft den Job über den Haufen, das Leben wird zur Matratze aus Fell von Stachelschweinen, pieckst Dich bei jeder Drehung. Schmerzte es, dass Len Ricci einer der finanziellen Chefs von Louvain & Sicotte war? Keineswegs, Bob, überhauptnicht. Robert wusste, dass sich die Presse für die Firma interessierte, ihre Nase in die Büros von Lamothe, Bliss & Hendricks steckte. Sie konnten ein paar gute Männer brauchen, wenn die Zeit kam. Die Acqua Sacra Verbindung war Manna vom Himmel. Er konnte es kaum fassen, als Ricci sie erstmals erwähnte.
„Was?"
„Ich sag es Dir, Robert. Ja. Das Familienheim ihrer Mutter. Durch das Erdbeben völlig zerstört. Sie wollen wieder alles in Ordnung bringen."

„In Ordnung bringen sagst Du?“ Er konnte ein Lächeln nicht unterdrücken.
„Absolut.“
„Ich möchte ein paar Dinge klarstellen, Ricci, falls Dir das recht ist. Ich möchte die Dame auf unsere Gehaltsliste setzen.“
Gott segne die Law Societies of Canada. Sie fabrizierte Beziehungen zwischen Anwälten und Klienten in einem priviligierten Umfeld wie dem Schlafzimmer des Papstes. Eine kugelsicher, professionelle Privatsphäre, „ohne Zugriff des Staates“, um das oberste Gericht des Landes zu zitieren. Du konntest kein Anwaltsbüro abhören, da dies vor Gericht nicht als Beweismittel zugelassen war. Das Privileg von Anwalt und Klient. Du konntest Deinem Anwalt Unsummen von Geld rüberschieben, und FINTRAC oder andere Regierungsstellen würden es nie herausfinden. Das war ebenfalls von dem Anwalt/Klient-Privileg abgedeckt. Kein Wunder, dass die Bosse der Mobs wollten, dass ihre Kinder Anwälte wurden. Gab es einen besseren Weg, Alles in der Familie zu halten? Selbst die Polizei verzichtete mitunter auf ihre Privilegien im Geld-Wasch-System, zumindest auf Anraten bestimmter Anwälte. Wie lange ging das schon? Schon sechs Jahre? Beim Lunch bot Robert Bliss Wetten an, - Zwanzig zu Eins - dass das Oberste Gericht diese Privilegien beibehalten würde. Niemand ging darauf ein. Richter waren auch Anwälte. Einige Privilegien waren dehnbar. Nicht das Verhältnis von Anwalt zu Klient.
„Ich werd mein Geld nicht auf den Tisch schmeißen,“ erklärte Hendricks, „aber die Dinge sind nicht so schwarz/weiß. Das Privileg endet, wenn eine kriminelle Tat *begangen* wurde, Hugh. *Begangen.* Niemand kann dieses Büro anhand von Verdächtigungen durchsuchen. Das kann man nicht machen.“
„Alles was ich meine ist, dass wir extreme Vorsicht walten lassen müssen. Du wirst zugeben, dass das nicht schaden kann.“
„Diesbezüglich habe ich keine Probleme mit Dir.“
Tatsächlich hatte er welche.
Er kannte Hugh Hendricks seit Jahren. Nicht seit dem Studium oder so, aber fast so lang. Hendrix konzentrierte sich auf Steuern. Bliss hatte noch nie so einen förmlichen, forensischen Esel erlebt. Auf seinen speziell angefertigten (Dank Ted Blake) Tabellenkalkulationen, hatte sich Hendricks die Mühe gemacht, die Abrechnungen eines jeden Einzelnen

zu checken. Kummer überkommt Schlampigkeit! Wer zum Teufel hat dies gemacht? Überfüll seine unersättliche Vorliebe für soziales Klimborium und Du erhälst den mit einer Decke dünnhäutiger Frömmelei verhüllten Rechtspartner von Robert Bliss. Nicht, dass sich Hugh aus Geld nichts machte. Er liebte Geld, er hasste nur, wie er dazu kam. Er trug seine Vorsicht wie einen Befehl des Landes und vergaß aus Bequemlichkeit die Hauptregel Nummer Eins im Umgang mit der nationalen Führungsschicht. Nutze den Raum, der Dir gegeben wird.
Aber Hendricks hatte einen Grund. Eines Tages hatte ihnen Maurice Lamothe, für Freunde ‚Moth', mitgeteilt, dass die Polizei den St. Leonard Carrozzoe Social Club der Rialto-Familie, verkabelt hatten. Verkabelt! Und der alte Nick Rialto wusste von nichts. Er hatte keine Ahnung. Er hatte das Obergeschoß an einen bedürftigen jungen Mann vermietet, hieß es. Aber was er brauchte waren bessere Mikrophone. Er lebte nun seit vier Jahren über dem Social Club. Italienische Bauweise. Er nahm alles undercover für den RCMP auf. Vier verdammte Jahre! Du meinst, sie müssten doch genug haben um jede letzte Tante und alle Onkels anklagen zu können, selbst die, die das Bestattungsinstitut führten. Dealer truppenweise. Sie hinterließen dem alten Nick ihre Gaben. Der steckte sie in seine Socken. Was machte nur seine Frau zum Ende der Woche mit den Socken? Alle waren von den Umschlägen und Hundert-Dollar-Scheinen außer Form gedehnt. Und nicht nur Drogendealer. Bauunternehmer. Politiker. „Moth" Lamothe handelte leichtsinnig, schlampig. Bosse überließen ihm ihre drei Prozent. Politiker gaben ihm ihre drei Prozent. Verträge wurden aufgeblasen, die Staatskassen quollen über. Wer könnte glücklicher sein? Nicht Hugh Hendricks, sicher nicht. Nachdem er die Geschichte gehört hatte versteckte er seinen Ärger hinter dem halb zerfurchten, roten Gesicht.
„Ich habs Dir gesagt, Mom. Wir lassen die Angelegenheiten durch die Anwälte regeln. Punkt! Ich weiß. Du hörst mir zu und ich erkenne Dir das an. Ich weiß auch, dass Bliss ein paar Stimmen in der Truppe hat. Gut. Wir halten den Blick drauf. Aber in einer Pöbel-Kneipe des East Ends ein und aus zu gehen? Sind diese Stadtjungs durchgedreht? Und die Cops haben alles auf Band? Wer weiß, wo das noch hinführt?"
Später am Morgen steckte Bliss seinen Kopf in den Raum, in dem Ted Blake die Frau von Ricci interviewte. Alles verlief reibungslos.

„Haben sie schon einmal Erfahrungen mit Buchhaltung, Abrechnungen, Karteikarten etc. gemacht?“ fragte Ted.
„Nein, tut mir leid.“
Suzanna schien verlegen.
„Gut!“ rief Bliss von der Tür aus in ihre Richtung. „*Tabula rasa* und so. Ted ist ein großartiger Lehrer. Wissen Sie, dass er einen Großteil der Software für unsere Firma entwickelt hat? Alles ganz einsam. Ein echter Computer-Besessener, unser Ted.“
„Echt?“
Nun war es Teds Rolle, außer Fassung zu geraten. Der verschmuste Ted. Hier gab es kein Badminton und Squash-Workouts. Wie alt war er? 28? 35? 33 und mit seinem Computer verheiratet. Aber Ted Blake war eine freundliche Seele. Er sorgte sich um Menschen, wenn er nicht in sie sah.
„Nur zur Sicherheit, das ist alles. Zumeist verschlüsselt.“
„Du passt nun auf, Suzanna. Er zeigt Dir wie‘s geht. Keiner kann das besser.“
Für einen Moment oder zwei verdauten sie diese Bemerkung.
„Sieht aus, als sei sie eingestellt, Sir?“

12

Ted Blake nahm sie unter seine Fittiche. Stolz auf seine Computerkenntnisse verbrachte er einige Zeit damit, ihr verborgene Knöpfe zu zeigen, überlagerte Unsichtbarkeit bestimmter Worte, wie automatische Eintrittsfelder arbeiteten, und, manchmal, wenn was schief ging, saß er vor seiner Bildschirm-Kreation, blätterte in Papieren, schrieb einige neu und testete sie dann vor ihr. „Heikel, heikel, heikel," murmelte er in sich hinein. Dann sah er sie an, als ob sie ihn verstehe. „Zu viele Parameter," erklärte er. „Aber jetzt sollte alles gut laufen."
In ihrer Woche war sie damit beschäftigt, Daten einzugeben. Sie erhielt Schecks, meistens von Nummer-Firmen wie Canada 037295 zu treuen Händen übergeben an Lamothe, Bliss & Hendricks. Diese musste sie in Nummer-Konten deponieren, die Einlage-Quittungen ausdrucken und führte Überweisungen durch, die wie tägliche Übungen erschienen. Oft ging es um einen ganzen Batzen Geld. Jedes Konto hatte Unterkonten und nach Ted Blakes Instruktionen, musste sie das Geld von einem auf ein anderes Konto überweisen. All das wurde durch ein ausgeklügeltes ‚Knopfdrück'-System präzise ausgeführt. Click einen Knopf an. Sache erledigt. Er begleitete bestimmte Instruktionen mit Worten und Suzanna war bald mit der gekünstelten männlichen Computerstimme, die Ted in seine Maschine installiert hatte, vertraut. Sie war verblüfft, als sie diese das erste Mal hörte.
„Bist Du sicher, dass Du dies machen willst?" verlangte die Stimme.
Sie entschied, zurückzufluchen.
„Was fragt Dich Fred als nächstes?" würde Ted scherzen. „Stell Dir ihn als Deinen Computer-Ehepartner vor."
„Oh bestimmt!" lachte Suzanna, „Genau das, was ich in meinem Leben brauche." Sie war über ihren ersten Gehaltsscheck überglücklich, wedelte zum Supper mit ihm vor ihren Jungs. Robin freute sich für sie, doch als Logan den Betrag sah, meinte er, „Ist nicht viel mehr als ich in dem Lackladen bekomme. Wie willst Du damit klarkommen?"
„Ach, mach Dir darum keine Sorgen. Da sind noch die Gebäude. Und ich verhandele noch mit Deinem Vater."
Logan schaute sie erwartungsvoll an, aber mehr sagte sie nicht.

Die Verhandlungen waren nicht gut verlaufen. Sie war davon ausgegangen, dass sie Len gegeben hatte was er wollte. Doch er kam spät, war ungepflegt und mit seinem vom Haargummi dominierten Ausdruck, den er trug, wenn ihm nach Streit war und er auf nichts einging. Warum sollte sie Abfindungszahlungen erhalten? Sie arbeitete doch nicht, oder? Sie bekam doch noch Managementzahlungen von ihrer Mutter. Außerdem waren die Gebäude Millionen wert, von denen sie einen fetten Batzen geerbt hatte. Die gut Zwanzigjährige brachte nur eine halbherzige Verteidigung zustande. Suzanna hatte ein Anrecht auf fünfzig Prozent des Familienbesitzes. Das besagten die Hochzeitsabmachungen für den Fall, dass sie daheim blieb und auf die Jungs aufpasste. Seine Verdienste waren sechsstellig. Für einige Zeit bekam Suzanna eine, in seinen Worten, ‚kompensierende Aufstockung'.
Keine Würfel. Soweit es Len betraf *arbeitete* seine baldige Ex-Frau. Sie hatte ein Einkommen. Er arbeitete. Auch er hatte sein Einkommen, und falls es einen Unterschied ihrer Einkommen gab, so war dies nur Teil des Lebens. Unfair? Sie könnte ihre Fähigkeiten verfeinern und ihren Weg hinauf, wo er sich befand, erarbeiten. Das war fair.
Ihre Cousine Gina versuchte sie während einer Tasse Kaffee zu ermutigen. „Schuldig, schuldig, schuldig. Was macht Dich zu so einer guten Katholikin? Meine Freundin hat all dies durchgemacht. Wollte nichts, wollte nicht. Zerquetschte ihre eigenen besten Interessen. Plötzlich sollten Bettläuse ihr Hauptinteresse sein? Es bringt mich noch um, wie ihr schuldbeladenen Typen nie das wollt, was für euch am Besten ist. Was für Dich am Besten ist, Sweetheart! Du brauchst einen Anwalt. Du glaubst, Len würde den Durchblick erhaschen? Nichts da. Und wo bleibst Du dabei? In einer geförderten Sozialwohnung? Lass mich das mal prüfen."
Logan bringt den Begriff ‚gierig' ins Spiel.
„Gierig? Gierig? Du willst mich verarschen! Was glaubst Du, woher das kommt? Vielleicht befürchtet die Kurvige, dass ihr Winterurlaub durchs Fenster davonfliegt. Also ‚brainwashen' sie die Kinder? Suzanna. Hör auf mich. Glaub nicht diese verlogenen Phrasen. Du brauchst einen Anwalt. Wenn das Thema aufkommst, wirst Du den Jungs sagen, dass die Gerichte darüber entscheiden werden - alle sehr neutral, fast wie Roboter.

Es hängt nicht von Dir ab. Es ist nicht Lens Angelegenheit. Die Richter werden entscheiden."
„OK. OK."
„Du wirst Dich noch dafür bei mir bedanken. Warte es nur ab."
Stille trat ein und Gina schaltete nochmals auf Angriff.
„Du weißt, dass die Firma untersucht wird?"
„Wovon redest Du?"
„Louvain & Sicotte. Werden immerhin vom RCMP gecheckt."
„Warum?"
„Keine Ahnung. Sie kamen letzte Woche ins Büro, verlangten Dokumente und Harddrives. Große Nummer. Von der Führungsspitze trudelten E-Mails ein - ‚Alles Routine. Einfach kooperieren' und all sowas. Irgendwas stimmt da nicht." Gina beugte sich näher zu ihr herüber. „Ich sehe sorgenvolle Gesichter."
„Lens auch, vermute ich."
Ihre Cousine zuckte mit den Schultern und rollte ihre Augen.
„Gina. Lass mich Dich etwas fragen. Ich bin in den vergangenen Wochen sehr beschäftigt gewesen, Gott sei mein Zeuge. Ich sollte die Bankangelegenheiten für das Eigentum meiner Mutter in Acqua Sacra arrangieren und hatte keine Ahnung, was für einen Rattenschwanz an Bürokratie sowas mit sich bringt. So bekam ich diesen wilden Anruf von einem Bauunternehmer, der sauer auf mich ist. ‚Wo bleibt das Geld?' Und solche Sachen. Dann sagt er, *‚Non mi prendere in giro!*[44]' Richtig grob."
Gina schaute überrascht drein.
„Kein Witz! Hast Du sowas schonmal gehört?"
„Non mi prendere in giro?"
„Ja. Ich fragte mich: „Erledigen italienische Männer so ihre Geschäfte?"
„Keine Ahnung. Hast Du einem Vorschuß zugebilligt?"
„Ich denke ja. Vielleicht war das dumm."
„Wenn es ein Teil des Vertrages ist, sehe ich nicht, dass Du eine andere Wahl hattest."
Sie mochte Gina. Humorvoll. Salzig. Ätzend. Sie blickte durch und hielt mit guten Ratschlägen nicht zurück. In den vergangenen sechs Monaten, so lernte Suzann, hatte sie ihrer Patentante im Streit gegen einen

44 Mache keine Witze über mich!

raffgierigen Mexikaner geholfen, der die Maisonette oben gemietet hatte. Der Mann hatte Krebs bekommen, behauptete er zumindest, und er wusste auch, warum. Schimmel aus der Wand ihrer Großmutter. Nun hatte er die alte Dame auf 85.000$ verklagt.
„Warum sollte ich was vermieten?“ hatte die alte Lady ihre Patentochter gefragt. „Helena aus der Nachbarschaft hat seit zwanzig Jahren nichts vermietet. Zu viele Probleme. *Oddio!*[45] Was soll ich nur machen?“
„Mach Dir keine Sorgen, *comare*[46]. Ich werde mich darum kümmern.“
Was sie tat. Sie schickte einen örtlichen Handwerker ins Apartment und ließ ihn sagen, dass sie zu viel Möbel für sechs Personen im Duplex untergebracht hatten. Alles war gegen die Wände gestapelt, die „nicht mehr atmen konnten.“
„*Comare,* wusstest Du, dass da oben sechs Menschen wohnen?“
„Nee! Sechs? Ich begegnete Fremden. Er sagte, es seien Cousins auf Besuch.“
So schickte Gina einen Anwalt zu ihnen, der sie aufklärte, dass sie dran wären, so sie ihre Klage nicht rückgängig machen würden. Ansonsten würden sie wegen aller Schäden am Gebäude verklagt und rausgeworfen.
Die Mexikaner zogen drei Monate später aus.
„Eins beunruhigt mich, Gina, und ich kann keinen Sinn drauß erkennen.“
„Oh? Und das wäre?“
„Warum würde sich Robert Bliss zur Hochzeit meines Cousins in Rom aufhalten? Er hat sich mir dort selber vorgestellt.“
„In Rom?“
„Ja, in Rom. Er bat mich, ihn zu kontaktieren. Ich meine, ich wusste, dass Len wollte, dass ich mich um diesen Job bewerbe. Aber bin ich *so* wichtig? Sie könnten doch jeden nehmen, der sich mit Dateneingaben auskennt. Es muss noch andere Gründe geben, meinst Du nicht auch? Sie haben ihn am Haupttisch neben den Sohn vom Premierminister Libyens gesetzt.“
„*Was* haben sie gemacht?“

45 Oh Gott!
46 Patin

„Du hast richtig gehört. Robert Bliss saß am Haupttisch, direkt neben dem Sohn des Premierministers von Libyen."
Gina dachte einen Moment nach und sagte dann: „Lass mich mal etwas umhören."

13

Hugh Hendricks gab sich nicht gerne mit dem Mob ab. Ebensowenig wie Maurice ‚Moth' Lamothe, um das klarzustellen. Robert Bliss hatte sehr eigene Vorstellungen. Er hielt nichts für übertrieben-katholische Bestattungssentimentalitäten, die Milionen von Blumen, in die Lüfte entlassene weiße Tauben, das Küssen des Ringes, die Kreuze, die Frömmeleien. Er hatte sich vorgenommen, sich diese Rituale anzueignen, sie waren gut fürs Geschäftsleben. Die hatten in Italien sogar jemanden, den sie ‚den Papst' nannten. Gefesselt sprach er zum Gericht als hielte er eine Predigt, er zitierte dabei die Bibel. Wenn die Kirche ihren eigenen Capo haben könne, warum nicht auch der Mob? Doch Bliss kam das Meiste davon seltsam, krankhaft faszinierend vor. All diese Todes-Kulte, Mörder und Fleischfresser, mit Knochen und Stücken von Kaninchenfleisch gefüllte Adlerneste. Kein Wunder, dass die *cosa nostra* Kreuzigungen mochte, die durch menschliche Körper gejagten Nägel, das Trinken von Blut, das Kauen von trockenem Brot. „Nimm und iß. Dies ist mein Körper." Wenn das für Gott gut genug war, so auch für ein totes Monster.

Seltsam, jenseits aller Vorstellungskraft, waren diese mit Blumen bedeckten Cadillacs. Blumen aus ihren Geldwasch-Blumenanlagen, den schicken, vergoldeten Särgen, aus ihren Geldwasch-Bestattungsinstituten. All dies wurde von Dutzenden von Bullen beobachtet und gefilmt. Die Medien posteten von außerhalb des la Chiesa della Madonna della Difesa, diese Mussolini-ähnlichen, aus Steinen errichtete Burg, die die Mafiosi zu ihren spirituellen Headquaters ernannt hatten. Bliss war einmal dort gewesen, kürzlich, zur Beerdigung von Joey Rialtos Vater. Dieser wurde am Küchentisch durchs Herz erschossen, so wie er dreißig Jahre zuvor mit seinem calibrischen Konkurrenten verfahren war. Vergeltung. Rache und eine lange Erinnerung. Wenn du dich im ‚milieu', wie sie es gerne nannten, aufhieltest, wenn du ein ‚Ehrenmann' warst, dann hast du das erwartet. Was du nie erwartet hättest, war ein Bannfluch.

Ab und an, beim Lunch oder einem Drink, den großen Gewinn zelebrierend, rangelte Bliss wiederholt sprachlich mit Hugh Hendricks. Hugh empfand die ‚Ehrenmänner' als eine Bande von geschmacklosen Gaunern. Er liebte Geschichten von der RCMP, die direkt über ihrem Social Club lebten, denn er empfand Mobster als dumm und inkompetent. Noch mehr liebte er die Geschichte von dem kleinen Kredit-Unternehmen, dass direkt gegenüber von einem örtlichen Mafia-Anwalt eröffnet hatte. Vor allem als herauskam, dass das Kredit-Unternehmen vom RCMP betrieben wurde. Der Anwalt hatte eineinhalb Jahre versucht, dort Geld zu waschen. Seine Untergebenen sammelten die Einnahmen aus dem Kokain-Geschäft in Zehnern und Zwanzigern, stopften diese in ihre Golftaschen und schütteten sie auf die Schreibtische, direkt in den Schoß der Bullen.

„Mafia? Das sind Arschlöcher, Robert. Ich sag es Dir. Wenn Du einen siehst, lauf! Renn um Dein Leben!"

„Hugh, Hugh. Komm runter. Glaubst Du, wir hätten diese Fabulous Fourteen ohne sie? Aus vierzehn Bauunternehmern werden sechszehn, vielleicht achtzehn. Was geschieht dann? Keine Räuber mehr auf der Ebene, all die sorgsam geschmiedeten Pläne geraten aus den Fugen. Sieh es so. Jede priviligierte Klasse hat als Verbrecherbande angefangen. Haben nicht die Vorfahren der Queen of England Menschen ermordet? Schau, was aus ihr geworden ist. OK. OK. Ich weiß, dass Du die königliche Scheiße liebst. Ich will Dich nicht beleidigen. Sieh Dir einfach die Fakten an. Wer setzt die meiste Gewalt ein? Regierungen. Sie haben darauf ein Monopol. Geh zu weit, und sie können jederzeit ihre Waffe ziehen und Dich töten. Sag nicht, dass dies nicht wahr sei. Du weißt wie es ist. Was ist also mit Deinen netten Bekannten? Sie errichten eine Art Parallel-Monopol auf Gewalt und, Du glaubst es kaum, erheben Steuern. Ich weiß das. Die kleine *pizzo*[47], nennen sie dies. Und was ist der Quell ihrer Macht? Rate mal. Ihre Bereitchaft zu töten. ‚Keine Steuern ohne Liquidation', könntest Du sagen.

Und weißt Du, was an dieser ganzen die-Welt-hat-sich-verändert-Scheiße so ironisch ist? Nein. Lass mich ausreden. Die Ironie besteht darin, dass je mehr die legitimen Gewalt-Monopolisten auf ihre Vorteile verzichten – ‚Oh, nein, sowas machen wir nicht. Das können wir nicht. Das sollten wir nicht. Es gibt keine militärische Lösung' – um so größer

47 Spitze

werden die Möglichkeiten der gewalttätigen Arschlöcher, die Du davon abhalten möchtest, ihre kleinen Lehensgüter zu vergrößern. Sie machen da inzwischen manchmal eine Show draus! In einigen Plätzen hängen diese Typen Menschen von Brücken, verdammt nochmal. Diese schlimmen Jungs mit ihren dicken Eiern inszenieren ihre Morde als Theater, währen die wahren Autoritäten sich in sich selbst verknoten und beten. „Macht wächst aus dem Lauf des Gewehrs." Wer hat das gesagt, Hugh Baby? Wer hat dies verkündet? Werd erwachsen. Glaube nicht, dass ich nicht wüsste, auf welcher Seite die Butter auf Deinem Brot geschmiert ist. Wir haben alle unsern Vorteil davon."

In letzter Zeit hatte Biss versucht, sich von „Pork Chop" Rialto fernzuhalten. Fast so arg wie von seinem Vater, was nicht weiter schierig war, denn Joey Rialto war berüchtigt ausweichend auf seinen Selbstschutz bedacht. Wann auch immer er befürchtete, erkannt zu werden, senkte er seine Stimme und redete in kaum verständlichen Redewendungen, war unbegreiflich wortkarg. Sein Sohn war umgänglich, wenn auch schwerfällig und ausdauernd. Er haßte den Namen „Pork Chop'", der sich zweifelsohne auf seinen anschwellenden Bauchumfang bezog. Sein jüngerer Bruder Angelino war ein Weichei. „Nenn mich bitte Nicky," sagte er. Aber nur wenige schenkten ihm Beachtung. Er rüstete regelmäßig seine teuren Autos auf und wenn Bliss ihm zu offensichtlich aus dem Weg ging, in dessen Büro hereinplatzte, was Hendricks nicht ausstehen konnte.

„Warum hast Du diesen Sohn einer Schlampe hier reingelassen, Robert? Ist der denn völlig respektlos?"

„Hugh. Ich *muss* mit ihm dealen. Lass mich einfach. Es wird nicht wieder vorkommen. Dieses Mal musste Bliss nachgeben und traf ihn im elegantesten Golfclub der West Islands. Es war ein warmer, herrlicher Nachmittag im September. Bliss war guter Dinge. Ganz im Gegenatz zu „Pork Chop", der auf den ersten Blick aufgeregt und irgendwie neben der Spur erschien.

„Der Druck nimmt zu, mein Freund. Der Druck steigt unermesslich. Sie können nicht glauben, was ich von der Company höre. Tut mir leid. Ich hätte auf diese Einladung verzichtet, wenn es mir irgendwie möglich gewesen wäre, Mister Bliss. Das müssen Sie verstehen."

„Tue ich, Nick. Beruhige Dich. Leg los."
„OK. OK. Sie wissen, Julius Caesar wird nachgeben. Vielleicht nicht nächste Woche oder im kommenden Monat. Doch er wird einlenken. Und dann, was?" Er hielt inne. „Jeezus! Das ist *pathetisch!* Aus dem Scheiß-Rinnsal wird ein Scheißfluss. Das ist, was passiert. Fluss? Ein verfickter Scheiß-Strom!"
„Du hast mich herbestellt um mir dies zu sagen?"
„Also wirklich, Herr Bliss. Machen Sie mal halblang. Die Jungs sind nervös! Sie halten nach einem Anführer Ausschau. Können Sie mir folgen? Die Hexe am Straßenende hat Julius Caesar bei den Eiern. Ich weiß Bescheid. Jeder weiß das. Aber was werden wir nun tun?"
„Dein Vater scheint immer genau zu wissen, was er angesichts von Problemen zu tun hat."
„Was soll das nun wieder heißen?"
„Nichts. Nichts. Das war nicht sehr Gentleman-like von mir. Ich nehme es zurück. Was ich meinte ist, dass wir unsere eigenen Wege haben, mit solchen Dingen umzugehen. Wir machen was wir machen müssen. Verstehst Du mich? Ich weiß, wovon Du redest. Die Jungs müssen beruhigt werden. Doch alles ist schon irgendwie vorbereitet. Komplett vertretbar, könnte man sagen. Absolut und komplett vertretbar. Sie müssen sich um nichts sorgen. Das kannst Du ihnen sagen, von mir ausrichten."
„Das ist eine Hilfe, Mister Bliss. Die Leute in der Firma werden dies gerne hören."
Das war eine bizarre Weitschweifigkeit, an die sich Bliss von diesen Typen gewohnt hatte. Sie alle redeten, als ob sie abgehört würden, das war ihnen zur Gewohnheit geworden. „Hat Deine Freundin die Blumen erhalten?" Übersetzung: „Wurde das Kokain dem Konsumenten problemlos zugestellt?" Ein Dutzend Rosen? Zwei Dutzend?" Übersetzung: „Wie viele Drogenpäckchen?" Hier war der Code oft anders. Die Company war das innere Heiligtum des Mobs, also Joey Rialto in Persoon. Julius Caesar war der Premier von Quebec. Die ‚Schlampe am Ende der Straße', oder auch ‚Versailles' war der Seperatistenanführer der der Majestät loyalen Opposition. Sie lebte zusammen mit ihrem superreichen Quebec Inc. Ehemann in einer mächtigen Villa in der Nähe des Golf-Clubs. Die ‚Typen' waren Mitglieder des Bauherren-Cartells, dem

Fabulous Fourteen. Diese zweigten jährlich hunderte von Millionen vom Transport-Ministerium ab und teilten diese unter sich auf. Dabei gingen sie sicher, dass sie auch jedes Schlupfloch und erkenntliche Kleinkrämereien des Steuersystems, die sie sich vorstellen konnten, ausschöpften. Bliss dachte, dass der wahre Grund des Treffens abgearbeitet war und sie nun noch ein paar Löcher golfen könnten. Doch „Pork Chop" Rialto hatte noch mehr auf Lager.

„Mister Bliss. Dies ist strikt nur für Sie. Verstehen Sie? Andere Leute werden zu ihnen kommen, abe das Office hielt es für angebracht, wenn sie dies zuerst von mir hören. Wir haben ein neues Ding am laufen. Abfall. Recycling. Wir stellen überall in den Städten Mülltonnen auf, in einigen Teilen Torontos klappt das schon. Werbung an den Außenwänden. Sie bekommen die Lizensgebühren. Wir übernehmen die Arbeiit. Alle machen mit, falls Sie verstehen was ich meine. Könnte groß werden. Sehr groß. Wir haben unsere Fühler ausgestreckt."

„Soo?"

„Ja. Vertrauen Sie mir. PNG Communications. Das ist die Ausstattung. Ein Typ wird Sie sehr bald besuchen, ein sehr netter Knabe. Ein wahrer Gentleman. Sein Name: Rino Carlucci. Wenn er klingelt weißt Du also, wo er herkommt.

Robert Bliss nickte. „Nick, es tut mir leid. Ich kann nur noch zwei zusätzliche Löcher spielen. Sie wissen, dass es nicht gut ist, wenn man uns zusammen sieht."

„Ich weiß. Ich weiß. Wir laufen unter den normalen Namen. Da kümmert sich Tommy drum. „Pork Chop" nahm sich ein Neuner-Eisen, hielt inne, und wandte sich ihm wieder zu. „Haben Sie vom Messina Brückenprojekt gehört, Mister Bliss?"

„Ja. Sie meinen die Hängebrücke von Sizilien zum Festland."

„Einhundert Prozent. Einhundert Prozent."

„Ich dachte, das Projekt sei gestoppt worden."

„Ja, aber genau das ist der springende Punkt, verstehen Sie? Die Company sagt mir, vielleicht auch nicht. Berlusconi ist weiterhin daran interessiert. Und wir natürlich auch. Ihr Jungs habt wohl auch ein Interesse daran …"

„Vielleicht. Ich weiß nicht wie, aber ich werde nicht Nein sagen."

„Gut, dass Sie nicht Nein sagen, Mister Bliss, denn die Company - nun, die Company hat ihre Kontakte, falls Sie mir folgen. Sehr nützliche Kontakte."
„Gut. Gut. Halten Sie mich auf dem Laufenden."
„Nun, das würde ich tun, Mister Bliss. Allerdings natürlich nicht direkt. Nicht durch die Tür, aber vielleicht durchs Fenster, wie man sagt. Was bleibt ist, was ihr Anwälte ‚*quid pro quo*' nennt."
„Ah. Und was ist das?"
„Nun, ich höre es gäbe dort drüben Möglichkeiten in der Abfallwirtschaft. Bislang nur ein Gerücht. Aber falls Sie *uns* auf dem Laufenden halten könntetn wie in einer gegenseitig fairen Situation? Sie wissen, wovon ich rede."

14

„Moth“ Lamothe war wütend, als er von ‚Pork Chop‘ Rialtos Verführung hörte. „Woher zum Teufel wusste er was von CENSA?“
„Keine Ahnung. Er hat auch keinen Namen erwähnt. Er weiß einfach, dass drüben in der Abfallwirtschaft irgendetwas vorgeht. Ich habe aus verständlichen Gründen nicht nachgefragt.“
‚Moth‘ Lamothe mochte es, wenn Dinge unterteilt waren. Er war für den dicken Fisch verantwortlich, Bliss und Ted Blake für die kleineren. Das bedeutete, dass provinzielle oder Bundesminister schwammen in „Moth‘s“ Strömungen, bestenfalls mobfrei. Er wusste, dass Mafiosi Wege in die Bundesbehörden wie Transport Canada, die Finanzagentur und vielleicht sogar ins Kabinett erschlichen hatten. Wie sonst ließen sich die zahllosen ‚Mysterien von Ottawa‘ erklären: erbärmlichen Strafzahlungen, verkürzte Haftstrafen und Einbürgerungen und Taubheit gegenüber Italien, das selbst auf Auslieferungsanträge der USA für Mörder und Schläger nicht reagierte. „Moth“ wog den Regierungseifer gegen Terror gegen die allgemeine Nachlässigkeit und Trägheit, wenn es um organisiertes Verbrechen ging. Außerdem kannte er die Spielregeln. In der Politik bedeutet der Auftritt alles. Das Geld der Kampagnen strömte in gut angelegte Kanalisation. Positionen und Arrangements schwammen zurück. Lächelnd und gelassen blieben jene mit unschuldig freundlichen Gesichtern, die sich der Welt zuwandten, nicht schlauer als zuvor, außer ein paar mürrischen Cops und frustrierten Kronstaatsanwälten.
Louvain & Sicotte, die Riesen im Ingenieurwesen, brauchten den Mob von allen Einheimischen am wenigsten. Darauf bestand er. Er behauptete, er besitze seine eigenen Schläger, meist wie Typen aus den Truppen afrikanischer Diktatoren. Die Verwaltung der Justizbehörde war eine provinzielle. Es war hilfreich, dass der Vizepräsident für auswärtige Angelegenheiten mit der Ministerin für Quebecs Innere Sicherheit verheiratet war. Führungskräfte kannten jede Bewegung ihrer eigenen Regierung, von den Sicherheitsbehörden bis zum RCMP.
„Schau. Wir haben keine Probleme, wenn Joey Rialto seine Finger aus CENSA heraushält. Das muss ich Dir nicht erst sagen. Der Bastard saß die vergangenen sechs Jahre in einem Knast im Mittleren Westen der

USA. Seine Organisation ist ein Trümmerhaufen. Toronto ist jetzt wichtiger als er. Seine Leute werden gekidnapt und verschwinden monatlich. Und jetzt will sein Sohn mitmischen? Das kann nicht Dein Ernst sein."
Bliss schaute zu Lamothe und zuckte mit den Schultern.
„Hör mir zu." Lamothe erwiderte den eiskalten Blick. „Bring das in Ordnung."
„OK. OK. Es ist noch nichts rausgedrungen, Zero. Das garantiere ich. Nur Zugangsversuche. Ich kann die Tür geschlossen halten."
Robert Bliss war nur einmal an den lockeren Unterhaltungen mit der Montreal Construction Company beteiligt gewesen. Im Jahr zuvor erhielt er zu seiner eigenen Erbauung eine Einladung auf das Schiff von George Basciano, La Primavera, einen wahrhaftigen schwimmenden Palast Caribbiens. „Paß auf," hatte Ted Blake ihn gewarnt. „Er macht gerne Fotos von seinen Gästen. In komprimitierenden Situationen, falls Du mir folgen kannst." Als Eigentümer der Les Enterprises Basciano, einer Art Konstruktionsfirma, hatte er seine Finger in vielen Dingen und gab sich als Informationszentrum und Chefverteiler von Gefälligkeiten. Auf der La Primavera gab es alles: Schnaps, Spiele, junge Frauen für jene, denen danach war (nicht für Bliss), Wärme gegen den Winter, Drogen, zu ESsen im Überfluß, und, natürlich, lukrative Verträge. Durch korrupte Beamte des Transportministeriums, Bauarbeitergewerkschaften oder der City of Montreal (einige von ihnen hatte er an Bord) erfuhr er immer rechtzeitig von geplanten Projekten, Finanzplänen und geschätzten Zeiträumen.
Im Laufe der Jahre hatten die vierzehn favorisierten Unternehmen das System perfekt manipuliert. Die Besitzverhältnisse waren, wie soll man sagen, undurchsichtig. Außenseiter wurden gewarnt, manchmal durch Drohungen per Telefon, manchmal durch Kondolenzkarten ihrer eigenen Beerdigung. Einem hitzköpfigen Anhänger des freien Marktes schüttete man Benzin über seine Kleidung, zündeten unter seiner Nase ein Feuerzeug an und zeigten ihm ein Foto seiner Tochter. Vom Wettbewerb befreit, wusste er genau, wer für welchen Job geeignet war. Wer würde hoch bieten, wer niedrig und wer bekäme die Pflaume. Gering zu bieten war kein großer Job. Der wahre Profit kam durch Extras, Möglichkeiten der Geldwäsche, unerwartete Kostenüberschreitungen (voll

erwartet), Mehrausgaben für Materialien (Versorgung durch Insider), getürkte Rechnungen. Des Teufels Lied von Tricksereien und Spielereien. Was dabei herauskam? Die Kosten der ‚Infrastrukturen' lagen in Quebec um dreißig Prozent höher als anderswo. Die Paranoia der Nationalisten half gewaltig. Niemand von außerhalb der Provinz erhielt Arbeit. Das erleichterte gemütliche Absprachen und verhüllte das ganze System mit einer Luft reizbarer, patriotischer Verteidigung.

Er erinnerte sich daran, wie Basciano hinten im Schiff zu ihm gekommen war, wo Bliss mit ausgestreckten Gliedern auf dem Deck lag und die perfekte blaue See überblickte. Sie hatten gerade ein Strategietreffen hinter sich, in dem es darum ging, wer was erhielt, Bliss zuerst. Einige städtische Beamte waren anwesend, ebenso wie einige Mitglieder der Wirtschaftselite. Fausto Agostino von Agostino Paving, John Scissa vom Scissa-Bauunternehmen, und von Eco-Terre, einer Firma für Erdentgiftung, Pietro Caruna, der einzigen Siziliens aus Cattolica Eraclea. Alle waren sie verwandtschaftlich, oder zumindest durch Patenschaften miteiander verbunden.

„Geht es ihnen gut, Maitre?"

„Sehr gut."

„Na, ist das ein Leben? Kommen Sie. Seien sie ehrlich."

„Dies ist das Leben, Mister Basciano, ohne Zweifel."

„Nenn mich George."

„Werde ich. Und Du kannst mich mit Bob anreden."

„Das ist besser. Gin und Tonic, bitte! Besser zwei," sagte er, angekommen. „Weißt Du, einige Leute sprechen nicht in schmeichelhaften Tönen über uns. Einige, aber immerhin. Aber was wissen die schon? Wirklich. Was wissen sie? Ohne uns gäbe es keine Straßen. Keine Straßen. Kein Entwässerungssystem. Ich sag es gerne. Kanalasition ist sexy. Ohne eine funktionierende Kanalasition hättest Du jeden Sommer haufenweise Scheiße in deinen Kellern, vielleicht zwei Ladungen. Du glaubst, ich übertreibe? Leute rufen mich an. „Ein Abfluss ist verstopft!" Dabei reißen sie sich die Haare aus. Wer kann es ihnen übelnehmen? Was würdest Du tun, wenn die Stadt jeden Sommer zu Dir käme, um eine Wagenladung Scheiße in dein Wohnzimmer zu kippen?" Ich glaube, du würdest ganz schön durchdrehen. Oder?"

„Darauf würde ich wetten."
„Und aus vollem Recht. Verdammte Krankheitsbedrohung, Bob! Die Leute, die uns nicht mögen? Ich behaupte, wir sind im Umkreis das gesundheitförderlichste Unternehmen." Er schaute zu einer spärlich bekleideten jungen Dame hinüber, die seine Primavera dekorierte. „Optimal gesund und optimal sexy! Was hälst Du davon?"
Die Erinnerung an diese Unterhaltung provozierte ein zynisches Kichern. Just in jener Woche hatte Bliss in einem Macleans-Magazin eine Geschichte gelesen, die Quebec als die meist korrupte Provinz des Landes darstellte. Vier Tage später kamen die Politiker des Unterhauses in Fahrt und verabschiedeten einstimmig eine verurteilende Resolution - wobei das Magazin verurteilt wurde, da sie so etwas publiziert hatten. Korruption? Was für Korruption? Robert Bliss schüttelte den Kopf, lächelte in sich hinein, und ging zurück in sein Büro.

15

Suzanna hatte keine Fähigkeiten zur Geschäftsfrau. So drückte es ihre Schwester Laurella gerne aus. Sie beherrschte sie im Gespräch während der Wochenend-Dinner-Parties ihrer Mutter, obwohl dabei eigentlich nicht über Geschäfte gesprochen werden sollte. Hat sie Harvey den Klempner wegendes Gebäudes am Old Orchard angerufen? Hat sie die Mieten rechtzeitig überwiesen? (Manchmal nicht) Bankiers verdienten an Zinsen und wurden wegen verspäteter Zahlungen nicht zu Wohltätern. Das sollte sie wissen. Laurella machte sie verrückt.
Hinter all der Kritik steckte der latente Machtkampf zwischen Schwestern, die sich nicht alle gegenseitig liebten. Suzannas Ehe hatte sich als unglücklich erwiesen und wurde schließlich beendet. Laurella schien fehlerlos - Töchter, die für ihre Berufe designiert waren - Erika als Medizinerin, Michaella im Rechtsamt, Anna Zahnärztin. Als Suzanna ihre Jungs fragte, was sie denn so vorhätten, zuckten sie nur die Schultern. Sie fühlte sich zunehmend übermäßig besorgt, tantenhaft oder so. „Wie geht es Dir, Robin?", als ob da Zweifel bestehen könnten. Sie lernte sich auf die Zunge zu beißen und zurückhaltender vorzugehen. Gesprächsthemen zu Tisch waren überwiegend die Erfolgsgeschichten der Familie, besonders als Erica, die älteste, einen Lebenspartner mit ins Spiel brachte. Das war gut so. Die Cousinen erfreuten sich aneinander, wie immer scherzten sie und brachten sich auf den neuesten Stand, wie immer. Sie war das Problem. Sie musste ich daran erinnern, die Runde nicht mit ihren eigenen Sorgen zu kontaminieren. Ihre Mutter war glücklich über die um sie versammelte Brut.
Der Anruf von Ignazio Scamurra kurz vor Weihnachten war nicht hilfreich gewesen.
„Ich habe schlechte Neuigkeiten," sagte er. Die Leitung wurde unterbrochen und sie musste zweimal zurückrufen, bevor er sich erklären konnte. „Luca Barbarossa ist tot. Er ist vor zehn Tagen mit seinem Truck von der Straße abgekommen. Zu viel Eis. Vielleicht hatte er seine Reifen nicht gewechselt."
„Tot?"
„Eh, si. Die Beerdigung war letzte Woche."

„Oh mein Gott! Hatte er Kinder? Direkt vor Weihnachten …“
„*Certo, certo. È una tragedia*[48].“
„Was sollen wir nun machen?“
„Nun, das ist Teil des Problems. Ich habe seinen Partner angerufen, aber er hat nicht geantwortet. Ich bin hingefahren um ihn persönlich aufzusuchen. Er lebt in Avezzano. Der Vater kam an die Tür und sagte, sein Sohn sei nicht in der Stadt. Ich fragte, warum er das Telefon nicht beantworte. Er zuckte nur mit den Schultern.“
„Ein Schulterzucken?“
„Ja. Der Vater hat einen schlechten Ruf. Er ist zweimal Pleite gegangen.“
„Du meinst…“
„Bleib ruhig. Ich rufe ein Treffen aller Klienten des Sohnes ein und versende einen Anwalts-Brief in dem ich darauf bestehe, dass D'Orazio anwesend sein muss. Das findet am fünften Januar statt. Dann wissen wir mehr.“
„Und wenn er nicht erscheint?“
„Wir machen einen Schritt nach dem anderen.“
„Einen Schritt. Du meinst sein Partner kann mich um dreiundzwanzig Tausend Euro schikanieren, und D'Orazio macht sich davon, behält die Kohle und beantwortet sein Telefon nicht?“
„Nein, nein. Hör zu. Es gibt Grenzen. Keine Bange. Andere sind bereit einzuspringen. Ich werde Dich auf jedem Deiner Schritte begleiten. Bleib ruhig.“
Scamurra hatte gut reden, er musste nicht mit Laurella dealen. Sie rieb umgehend Salz in die Wunde. Laurella hatte keine Zeit für Acqua Sacra.
„Es stinkt,“ sagte sie.
Suzanna musste umgehend an ihren Ex denken und kniff ihre Lippen zusammen.
„Außerdem gibt es nichts, was wir tun könnten.“
Laurella liebte Kreuzfahrten - Shows, Menschen, Dinner mit Kleidungsvorschriften, die Spielerei. Auch ihre Mutter mochte Kreuzfahrten. Laurella und ihr Ehemann Steve hatten sie auf zwei oder drei mitgenommen. Sie mochte besonders die Geldspielautomaten. Sie parkte sich ein, ließ sich stundenlang von den pinken und lilanen Strobelights bombardieren,

48 Sicher sicher. Es ist eine Tragödie

begleitet von dummen Robotersounds und kam mit einem Bündel Scheine wieder heraus. Einmal gewann sie mehr als neuntausend Euro. Zurück in Montreal besuchte sie das Kasino einmal im Jahr. Setzte einen Großteil ihrer Waschmaschineneinnahmen, lauter kleine Münzen, und verlor alles. Auf See war sie unschlagbar.

Erica, Laurellas Älteste, war einst aus Italien zurückgekehrt und hatte erklärt, dass sie es nicht möge.

„Warum nicht?“ wurde sie gefragt.

„Da ist doch alles alt und zerstört,“ antwortete sie, ganz im Sinne ihrer Mutter.

„Warum gutes Geld für ein Wrack?“ argumentierte sie, als sie erfuhr, dass ihre Mutter daran denke, das Haus zu renovieren. Das Erdbeben hatte ihre Einsichten nur zementiert.

„Schau Dir den Springbrunnen auf dem Platz an,“ sagte sie. „Sie nennen den Platz Acqua Sacra. Vor Zeiten lief eine Art römisches Äquadukt mitten durch den Platz. Und die Brunnenfigur sieht aus, als käme sie direkt aus einer Kollektivfarm in Bulgarien. Zement. Düsteres Grau. Ich meine, wirklich! Es ist dreckig. Oben auf dem Dach tront ein alter Autoreifen. Kids hängen besprühte Banner herunter, auf denen sie zu Geburtstagsparties ihrer Freunde einladen und dann noch dieses verrückte Zeichen direkt neben dem Wasser. *„Acqua non potabile*[49]“. Was macht ein öffentlicher Brunnen für einen Sinn, wenn man kein Wasser daraus trinken darf? Außerdem, wo wir schon beim Thema sind, warum hat Dich der Architekt nicht vor diesen Leuten beschützt? Besonders weil er wusste, dass einer eine Schnecke war und der andere aus einer Familie der Bankrotteure stammte.“

Doch ihre Mutter war unnachgiebig. Sie wollte ihr Erbgut restaurieren lassen. Sie war entschlossen ihr Statement kund zu tun.

Früh im Januar rief Scamurra wieder an. Suzanna hatte recht gehabt. D‘Orazio war nicht zum Meeting erschienen und die anderen sechs beschissenen Klienten waren fassungslos.

„Ich zerbreche seinen hässlichen Schädel“ wiederholte sich einer. „Wenn ich ihn finde, zerdepper ich seinen Kopf!“

---

49 Kein Trinkwasser

Scamurra hatte andere Vorstellungen. Er empfahl einen Anwalt, seinen Schwager.
„Soweit ist es also gekommen," sagte Suzanna gereizt. „Meine Mutter wird enttäuscht sein."
Was sie aber seltsamerweise nicht war. Ihre Mutter schien den Kampf zu genießen. Picelli, der Anwalt, hatte versucht ihr am Telefon zu erklären, wie schwierig dieser Fall sei, schwierig und langwierig. Suzanna wiederholte die Worte sorgsam zum Wohle ihrer Mutter. Ganz zu schweigen von Laurella, die über all ihre Verluste nachdachte und meinte, es dabei bleiben zu lassen.
„Wenn wir gewinnen," sagte ihre Mutter, anfangs etwas zurückhaltend, „Falls wir gewinnen, was kommt dann für uns dabei heraus?"
„Ich habe danach gefragt. Wenn wir gewinnen, haben wir ein Anrecht auf seine Vermögen."
„Vermögen? Was für Vermögen?"
„Seine Firma, wenn er nicht Pleite gemacht hat. Sein Haus. Selbst seine Pension."
„Seine Pension?" wiederholte seine Mutter.
„Ja. Nach italienischem Recht kannst Du die Pension pfänden."
„In Italien bezieht jeder eine Rente," bemerkte ihre Mutter.
„Ja, so ist es."
Das schien die alte Dame sehr zu erfreuen. Sie war davon so fasziniert, dass sie Suzanna bat, das Ganze nochmal zu erzählen.
„Sags mir nochmal. Was erhalten wir, wenn wir gewinnen?"
Und Suzanna ging nocheinmal aufmerksam durch die Liste. Firma. Haus. Konten. Pension. Jedesmal musste sie bei dem Wort ‚Pension' innehalten. Die Chance an jemandes anderen Rente zu kommen, und sei es nur einen Teil, vor allem von einem Betrüger, *„uno truffatore"*, wie ihre Mutter gerne sagte, erfreute sie total.

16

Eine Woche oder später rief Suzanna ihre Cousine Gina an, um diese nach Rat zu fragen. „Ich habe diesen Job noch nicht lange, würde ihn aber gerne behalten," sagte sie. „Doch ich muss nach Acqua Sacra gehen um nach dem Haus meiner Mutter zu sehen. Ist es verrückt, nach einer Auszeit zu fragen?"
„Das ist doch nicht verrückt, Dummchen. Was brauchst Du? Eine Woche? Red mit dem Typen, der Dich ausgebildet hat. Was war noch sein Name?"
„Ted Blake."
„Alles klar. Sprich mit ihm. Die werden das verstehen." Gina legte eine Pause ein und fuhr dann fort, „Sorry, Liebe. Ich sollte Dich in der Sache mit dem libyschen Premierminister unterstützen und habs verdrömmelt. Ich habe auch nicht viel herausgefunden, aber immerhin etwas. Sie bekommen eine Menge Geld aus Libyen. Hast Du das gewusst?"
„Wer?"
„Louvain & Sicotte. Große Pojekte mit spleenigen Namen wie ‚Das große, von Menschenhand erschaffene Fluss-Projekt'. Sowas halt. Da ist Geld stapelweise eingebunden. Und nun fliegt das alles vor ihren Gesichtern in die Luft. Hast Du die Geschichte von dem Jungen in Tunis gehört, der sich durch Feuer des Lebens beraubt hat? Warum? Die Bullen hatten seinen Obstkarren beschlagnahmt. Das war überall in den Nachrichten. Man sagt, dass er es sich nicht leisten konnte, die ortsüblichen Bestechungsgelder zu zahlen. Kannst Du Dir das vorstellen? Mitten auf der Straße goss er sich Benzin über den Kopf. Ein paar Wochen später verdrückt sich der Präsident Libyens nach Saudi Arabien. Viel Bewegung um die Wasserspender, Baby! ‚Libyen kommt als nächstes dran. Libyen als nächstes.' Es wird viel gequatscht. Wie auch immer ... Ich habe keine Ahnung, was das mit dem Preis von Tee in China zu tun hat, aber es könnte erklären, warum der Sohn des Premierministers auf der Hochzeit Deiner Cousine weilte."
„Das verstehe ich nicht."
„OK. Es war halt ein Versuch."
Ganz wie Gina es vorgeschlagen hatte, sprach Suzanna Ted Blake auf die Frage der Woche an. Sie kam gut klar mit ihm. Sie fragte ihn sogar

nach dem Sinn der Spezialkonten seiner Klientel. „Fördermittel, Spendengelder für wohltätige Zwecke, politische Spenden."
„Nun, das ist doch recht großzügig von denen, glaubst Du nicht auch?"
Ted Blake lächelte nur und zuckte mir den Achseln. Er erklärte nicht, was ‚213‘ oder ‚Übersee‘ bedeutete, aber er sprach über die Auszeit mit Robert Bliss. Als sie in sein stilvolles Büro, voller Teak und Edelstahl gerufen wurde, fürchtete Suzanna schlechte Nachrichten, doch dann fand sie ihren Boss erstaunlich entgegenkommend.
„Ich verstehe Sie gut," sagte er. „Aber ich möchte, dass sie dies als eine Geschäftsreise ansehen."
„Ein Geschäftstrip?"
„Genau. Alle anfallenden Umkosten werden erstattet. Natürlich erwarte ich etwas als Gegengabe. Ich möchte, dass Du alles was Dir möglich ist über CENSA herausfindest. Schonmal von ihnen gehört?" Er schaute sie aufmerksam an.
„Ja, das habe ich. Das ist diese große italienische Abfallgesellschaft, richtig?"
„Genau. Die Einheimischen regen sich über die auf. Davon hast Du vielleicht auch gehört. Ich möchte, dass Du alles über ihre Pläne herausfindest."
Verblüfft war sich Suzanna auf Anhieb nicht sicher, was von ihrem Wissen sie enthüllen sollte. Doch der Eingebung des Augenblickes folgend entschied sie, dass Bliss höchstwahrscheinlich allemal die Hälfte schon wusste.
„Ich glaube, mein Architekt ist da involviert."
„Scamurra?"
Sie war überrascht, dass er den Namen kannte.
„Ja. Genau der."
„Er pflegt Kontakte mit der Opposition, aber ich bin mir nicht sicher, wie tief er da drinsteckt." Dann, nach einem kurzen Moment fügte Bliss hinzu, „Keine Einsprüche? Sags mir."
„Naja, vielleicht. Ich bin mir nicht sicher, ob Du mit dem, was ich herausfinden werde, auch zufrieden bist. Ich bin in diesen Angelegenheiten wirklich keine Expertin."
„Um so besser," sagte er, „Um so besser. Tue Dein Bestes."
„Kannst Du mir sagen, warum Du was über CENSA wissen willst?"

„Nun, es handelt sich um wichtige Klienten. Und ich brauche Deine Augen und Ohren. Was auch immer Du herausbekommst, ist für uns von Interesse. Keine besonderen Aufgaben. Kein festgelegtes ‚Ziel'. Nur gute nachbarliche Infos. Ich möchte Dich keinem Druck oder Druckgefühl aussetzen. Mach einfach, was Du da zu tun hast und falls Dir etwas besonderes auffällt, lass es mich wissen wenn Du zurück bist."
Unklar wie es war und blieb, schüttelten sie ob ihres Arrangements die Hände. Das fand Suzanna sowohl wohlwollend wie auch ein bisschen zu formell.
„Du kannst Dir all Deine Ausgaben von Ted verbuchen lassen," rief ihr Bliss hinterher, als sie fast die Tür erreicht hatte. „Gib ihm einfach die Quittungen. Alle Quittungen. Oder Hendricks bekommt einen Anfall.
In jener Nacht rief sie Gina an.
„Weißt Du was über eine Firma namens CENSA?"
„Censa?"
Ja, genau."
Am andern Ende der Telefonverbindung entstand eine Pause.
„Dazu flällt mir nichts ein. Worum geht es?"
„Robert Bliss sagt, das seien große Klienten. Er wüsste gerne, wie arg sie die Menschen in Acqua Sacra verärgern."
„Echt?!"
„Ja. Du weißt, dass ich ihm dort drüben begegnet bin. Er stellte sich mir vor. Und anschließend stellte er mich ein. Das hab ich Dir schon gesagt. Ich fand das merkwürdig und auch jetzt noch befremdlich. Jetzt erwartet er erneut, dass ich Dinge für ihn herausfinde."
„Worum geht es?"
„Alles mögliche. Was Menschen denken. Was sie machen. Wie verrückt sie sind. CENSA ist nicht jedermanns Sache. Schließlich versenken sie organischen Abfall in einem staatlichen Park. Ich sollte allen ein guter Nachbar sein und Bericht erstatten. Ich finde das etwas gruselig. Besonders seit Len involviert war. Zumindest anfangs. Er wollte unbedingt, dass ich diesen Job übernehme. Und nun kannst Du sehen, was geschehen ist."
„Aber Du bist doch eine gute Nachbarin für alle, Honey. Doch ich verstehe, was Du meinst. Etwas zuviel C.I.A? Warum hast Du nicht einfach ‚Nein' gesagt?"

„Das konnte ich nicht machen. Ich hasse es zuzugeben, dass ich das Geld dringend brauchte. Außerdem bin ich wohl etwas töricht. Vielleicht ist an all dem ja auch garnichts dran."
„Darauf würde ich nicht wetten. Aber ich werde mich umhören. CENSA?" Sie buchstabierte ihr nochmal den Begriff. „Du kannst Dich auf mich verlassen. Sieh, was für einen guten Job ich für Dich in der Libyenangelegenheit gemacht habe."
Suzanna war klar, dass es hier nicht um die Qualität der von ihr gesammelten Informationen ging, die sie bedrückte. Gute Nachbarn spionierten sich nicht gegenseitig aus und berichteten darüber.

17

Suzanna rief ihre Jungs, um die sie sich Sorgen machte, vom Flughafen an. Keiner von ihnen hob ab. Sie tröstete sich mit dem Umstand, dass Laurella in der Nähe war, von ihrem Vater und Großmutter ganz zu schweigen. Sie verwöhnte sie noch als reife Teens, organisierte ihre Verpflegung und zahlte die Putzfrau für kleine Gefälligkeiten. Abgesehen davon war ihr klar, dass die Beiden mehr als glücklich wären, wenn sie das Haus selber betreiben könnten. Robin hatte keine Freundin, im Gegensatz zu Logan. Suzanna hatte sich vor einiger Zeit diesbezüglich für eine Politik der milden Verletzung ihrer Sorgfaltspflicht entschieden. Um so wenig wie möglich mit Robert Bliss verbunden zu sein, hatte sie sich ein Zimmer mit Frühstück in Avezzano genommen. Zuvor war sie noch nie im späten Januar in Avezzano gewesen. Sie wusste, dass es kalt war. Zwar nicht die kanadische Kälte, aber trozdem kalt und außergewöhnlich feucht, was wohl ein Nachlass des abgelassenen Sees war. Ein schleichender, grauer Nebel, der das Sonnenlicht verdunkelte. Was sie jedoch am meisten überraschte, war die Mantel-Kultur von Abruzzo. Ladeninhaber trugen Mäntel, weil sie aus Kostengründen ihre Läden nicht beheizten. Wo auch immer Suzanna hinging, ins Cafè, den Gemüseladen, je nach Größe arbeiteten dort zwei oder mehr Angestellte in Mänteln. Sie waren blass, wirkten unbehaglich, zurückgezogen, beschäftigten sich entweder mit den Regalen oder der Kasse. Heizgas war teuer. Ihre Einstellung schien die eines depressiven Stoizismus. Selbst die Treppenaufgänge im Hotel waren nicht beheizt, und manchmal auch unbeleuchtet.

Den Tag ihrer Ankunft richtete sie sich ein Telefon ein und mailte ihre italienische Nummer an ihre Jungs. Dann terminierte sie Treffen mit dem Architekten und ihrem Anwalt. Sie brachte nicht die Energie auf, Acqua Sacra oder Verwandte zu besuchen. Den größten Teil des Nachmittages verbrachte sie damit, den Besitzer ausfindig zu machen, dessen Hund die ganze Nacht hindurch zu bellen schien, und sich zu beschweren, wie kühl das Zimmer war. Er versprach, sich um den Hund zu kümmern und machte sie auf das in einer Ecke versteckte Thermostat aufmerksam. Er gab vor, dass es doch offensichtlich sei, die Themperatur zu regeln.

Das Klingeln ihres Telefons weckte sie mitten in der Nacht.
„Mom! Mom! Du wirst nicht raten, was geschehen ist!"
„Robin! Geht es Dir gut? Ist Alles OK?"
„Ja. Ja. Mach Dir keine Sorgen. Aber Du wirst es nicht glauben. Gestern wurde hier ein Typ erschossen, gerade um die Ecke."
„Erschossen?"
„Ja. Ich sags Dir. Tot geschossen. Direkt auf seiner Veranda."
„Wo?"
„Du kennst das graue Haus, welches sie gerade renoviert haben? Von dem Logan sagte, sie würden es in ein Mafiahaus verwandeln?"
„Das Haus auf dem Mockland?"
„Ja. Logan hat gehört, der Typ hätte seine Tür geöffnet, jemand erschoss ihn direkt und warf die Waffe im Kirchhof gegenüber in den Schnee."
„Das ist das Haus der Camerons." Suzanna erinnerte sich an die kleinen Jungs, die durch ihre Kellerfenster schauten. Auch sie gehörten zur Cameron-Familie, berüchtigte Typen der Unterwelt, die in NDG lebten und sich als normale Bürger gaben.
„Logan kennt sie. Ich meine, nur vom grüßen. Er erzählte mir heute Abend, dass er dort einen Typ neben seinem Auto in der Kälte gesehen hätte. Er sah aus, als ob er weine oder so. Also fragt Logan, ‚Bist Du OK?'. Der Typ beschimpfte ihn und wurde richtig böse. Ich sagte ihm, ‚Hey, red nicht mit diesen Typen. Was hast Du Dir nur dabei gedacht?' und er sagte, dass ich recht habe und dass er blöd gehandelt hätte."
„Ist Logan da?"
„Nee. Er ist ausgegangen. Aber ich werd ihm ausrichten, dass er Dich anrufen soll. OK?"
„Ich bitte darum! Ich muss mit im sprechen. Und bleib von dem Platz fern. Versprochen?
„Keine Bange. Sie haben diese gelben Polizeiabsperrbänder um die Vorderseite des Hauses angebracht. Selbst um den Kirchhof. Kannst Du Dir das vorstellen?"
„Bleib einfach davon fern. Versprich es mir."
Mit ihren durch Handschuhe geschützten Hände, wischte sie am nächsten Morgen den nassen, klebrigen Schnee von ihrem Mietwagen. Das Schneegematsch hing an den Bäumen, von denen einige noch grüne Blätter trugen, im späten Januar! Der allgegenwärtige, dünne, graue

Avezzano-Nebel erstaunte sie erneut. Obwohl es Vormittag war, hatte sie ihre Scheinwerfer an. Dann, keine fünf Minuten später, halbwegs den Berg nach Acqua Sacra, brach die Sonne durch. Die Luft glitzerte, und das Sonnenlicht spiegelte sich an den schneebedeckten Gipfeln im Park. Glorios herausragend Monte Cafornia und Monte Velino. Suzanna wurde klar, dass sie den in unteren Ebenen des Sees eingefangenen Nebeln entkommen war, wie aus dem eingetrockneten Satz in einer uralten Tasse. Sie erbauten Weltraum-Transmitter auf dem Seebett, hatte ihr Scamurra erzählt. Kein Wunder. Das ganze Gebiet bot sich als ein natürlicher Riesen-Satellitenschirm an.

Ein großer, freundlicher Schäferhund begrüßte sie außerhalb des Hauses von Ignazio Scamurra. Drinnen warteten drei *cafoni*[50] geduldig auf sie. Sie waren ihrem Vorgesetzten extrem unterwürfig, sprachen ihn immer entweder mit dottore oder architetto an. Suzanna erkannte in der uralten Abruzzo-Unterwürfigkeit genau das, wovor ihre Eltern geflohen waren. Prince Torlonia ersetzt durch einige verdienstvolle, wohl erzogene Männer. Sie sah die knotigen Hände der Arbeiter, die bescheidene Sitzhaltung, ganz ruhig, jederzeit bereit zu tun, was befohlen wird. Sie konnte die Erinnerung an alte Silone-Zeilen nicht unterdrücken: Am Kopf von Allem steht Gott … Dann kommt Prinz Torlonia, der Herrscher der Erde. Dann die Wächter Torlonias. Dann die Hunde der Wächter von Torlonia. Dann nichts. Nichts. Wieder nichts. Dann kommen die cafoni." Als sie diese Zeilen einmal Len sagte, hatte ihr Ex erwidert, dass ihm da die Einschätzung von blutigen Anfängern bei der Armee eher zusage: „Tiefer als Walscheiße auf dem Grund des Ozeans."

Nachdem, was beim letzte Mal geschehen war, ging Scamurra noch pedantischer vor. All Drei mussten jede einzelne Seite des *computo metrico*[51] unterschreiben. Er ließ ihren Hauptsprecher, Augusto Tredicine vom nahen St. Iona, schwören, dass er nur die Materialkosten im Voraus berechnen werde. Der Nachlass auf die Normen der Regierung war größer denn je. Scamurra fühlte eine Verpflichtung und war beschämt. Sie als *direttore dei lavori*[52]? Suzanna sah ein, dass dies wohl eine Art

50 Bauern

51 metrische Berechnung

52 Bauleiterin

Rückzahlung war. Man führte die vier die Treppen herunter und über die Straße, zu dem Haus und Büro von Marco Picelli, ein Anwalt wie auch der Schwager ihres Architekten. Es gab noch mehr amtliche Papiere zu unterzeichnen, mehr graue Gesichter und bürokratisches Drama, um Tredicini und seine Jeans-Kollegen die Ernsthaftigkeit dieses Unternehmens klar zu machen.
Sie waren froh, diesem Wunsch nachzukommen. Immerhin war doch der Pott mit Gold aus Nord-Amerika eingetroffen. Später, auf der Straße, vernahm Suzanna Worte des Guten Glaubens. „*Noi siamo sinceri. Non ti preoccupare.* Wir sind sehr ehrliche Menschen. Mach Dir keine Sorgen. Alles was wir wollen ist Arbeit." Sie hörte ähnliches im *Antico Muro* Restaurant, in das sie zu einer feierlichen *gocettino,* zu ihren Ehren geladen wurden. Es war großartig, was sie machte. Wenn es doch nur mehr Menschen wie sie gäbe. Acqua Sacra musste renoviert werden, und sie würden das übernehmen. Ob sie wohl Beispiele ihrer Arbeit sehen wolle? Sie würden ihr diese liebend gerne zeigen. Sie würden sie mitnehmen, klar doch. Der jüngste von ihnen hatte ein Smartphone, zeigte Bilder aus Tagliacozzo, eins aus San Popito, von Antrosano. Blendend weißen Zementmauern und Baumaschinen auf der einen, Sandstrand auf der anderen Seite. Sie waren stolz auf ihre Arbeit. Nichts war wichtiger als eine gute Reputation.
Nach einigen Wiederholungen wurde ein neuer Truck das nächste wichtige Gesprächsthema. Ein Truck wäre sehr hilfreich, um Materialien zur Baustelle zu befördern. Keinen zu haben, verlangsamte die Arbeiten. Und ihnen war klar, dass Scamurra auf eine strikte Planeinhaltung bestand. Wenn ihr das klar würde, könnte sie in der Nachbarschaft einen günstigen gebrauchten Truck erstehen. Ein sehr guter Deal, denn es handelte sich um Freunde des Besitzer. Suzanna wollte gerade sagen „Ihr wollt euch also mit *meinem* Geld einen Truck anschaffen?", als sie Scamurra direkt hinter ihnen erblickte.
„*Porca miseria!*[53]" hörte sie ihn rufen. Sie hatte keine Ahnung, woher er wusste, wer sie waren. Er verhielt sich wie ein sprichwörtlicher Priester einer kleinen italienischen Stadt. Jeder schien ihn zu kennen, oder er

53 Verdammt nochmal!

hatte Wege, sie kennenzulernen. Jedenfalls machte er ihren Schutz zu seinem Geschäft und seiner Aufgabe.
„Dies ist mein Klient. Mein Klient! Versteht ihr? Ihr werdet sie nicht um irgendwelches Geld für einen Truck oder irgendetwas ohne meine Erlaubnis bitten. *Capisci? È chiaro?*[54]"
Tredicine schaute auf den Boden.
„*Chiaro?*" wiederholte Scamurra, mit drohender Stimme.
„*Si, architetto. Si. È chiaro.* Wir wollten den Job so gut wie möglich ausführen."
„*Eh … Magari!*"
Scamurra bemühte sich nicht, seine schlechte Laune zu verbergen. „Diese kleine Party ist vorbei. Ich muss mit *la madama canadese*[55] sprechen."
Die Drei verschwanden umgehend. Scamurra breitete ein paar Pläne vor Suzanna aus und ließ seine Meinung zum gerade frisch servierten Espresso aus. Suzanna begrüßte den jungen Tomasso herzlich.
„Wie gehts mit der biologischen Abfallplantage vorwärts?" fragte sie.
„Die interessiert mich nichtmehr," fiel ihr Scamurra ins Wort, da er annahm, dass die Frage an ihn gerichtet war. „Ein erfolgloses Unterfangen."
„Wie das?"
„Frag mich nicht danach!" keifte er. Plötzlich schien er seinen Ärger an den Arbeitern draußen rauszulassen. Etwas schockiert von seinem Auftreten, schreckte sie zurück.
„Sorry. Entschuldige," sagte er. „Das ist mein wunder Punkt. Ich mag nicht darüber reden." Sie nickte ihr Verständnis, und als er verschwand, redete sie mit Tomasso weiter darüber.
„Läuft irgendwas schief?" fragte sie. „Mir kam es so vor, als ob sich Scamurra wegen CENSA und was die so treiben ernsthafte Sorgen macht.
Ihr war die Hilterhältigkeit ihrer Frage bewusst, aber ihre grundsätzliche Neugier überwog.
„Ist er. Ist er. Aber die Dinge sind nicht mehr was sie waren."
„Oh? Warum nicht?"
„Seit Du das letzte Mal hier warst, haben wir versucht, auf Facebook eine Petition gegen das Projekt zu starten. Wir hatten dreihundert Namen

54 Verstehst du? Es ist klar?

55 die kanadische Frau

zusammen. Dann erfuhr die Firma davon und sie fingen an, an alle Unterzeichner Mails zu schicken. Falls sie ihre Namen nicht zurückzögen, würden sie für alle Schäden die der Firma dadurch entstehen würden, haftbar gemacht. Das stimmte zwar nicht und war nichtmals legal. Aber das spielte keine Rolle. Die Leute waren verängstigt und fingen an, ihre Namen zu löschen. Es sind nurnoch dreißig verblieben."
„Oh, mein Gott," weinte Suzanna. „Das ist so, so fürchterlich! Doch warum würde Scamurra nicht dagegen vorgehen? Er kommt mir nicht wie jemand vor, der einfach aufgibt."
„Ahh. Hat er auch nicht. Aber er hat seinen Job an seinen Schwager abgegeben.."
„Den Anwalt?"
„Genau. Je weniger Menschen darüber Bescheid wissen, was sein Bruder plant, um so besser. So sieht es zumindest Scamurra."
„Warum?"
„Nun, weil er glaubt, dass die Arbeiter, die Dein Projekt umsetzen sollten, getötet wurden. Scamurra hat sich davon überzeugt, dass es sich nicht um einen Unfall gehandelt hat."
„Kein Unfall? Da liegt er doch sicher falsch!"
„Ah, ich weiß nicht. Zuerst dachte ich, er würde die Dinge zu perönlich nehmen. Aber er ärgerte sich über mich und sagte mir, dass ich halt nicht das Leben der Menschen auf dem Gewissen habe und dass ich naiv sei, über das, zu dem die Firma in der Lage sei. Ich sagte ihm, dass ich nicht naiv sei."
„Glaubst Du, dass sowas möglich ist?"
„Ja. Glaube ich. Jetzt. Es hat mit Sicherheit Scamurra verstummen lassen. Zudem hat die Firma die Erlaubnis, das Projekt voranzutreiben."
„Erlaubnis vorzufahren? Ich dachte, der Bürgermeister sei dagegen?"
„Vielleicht. Vielleicht auch nicht. Er sagt, es sei nicht seine Entscheidung gewesen."
„Wessen Entscheidung dann?"
„Die Bezirksregierung von Abruzzo. Alles fand seine Zustimmung."
Abends aß Suzanna allein daheim. Wie am Vortag hatte sie keine Lust auf die Verwandtschaft. Scamurras Beklommenheit, und das, was sie von

ihrem Sohn per Telefon erfuhr, besorgte sie. Kurz und auf den Punkt, veranlasste die E-Mail ihrer Cousine keinen Sinneswandel. „Louvain & Sicotte besaßen einen dicken Batzen von CENSA. Ich dachte, das könnte Dich interessieren. Ruf mich an, wenn Du zurück bist."
In dieser Nacht schlief sie schlecht. Sie träumte selten, und wenn sie es tat, konnte sie sich morgens nichtmehr an die Träume erinnern. Doch sie erinnerte sich an den Traum jener Nacht. Sie war zurück im Castello medievale, geplagt von einem bellenden Hund und nicht enden wollendem Gewimmer. Irgendwie öffnete sie eine weitere Tür, hinter der sie ein kehliges Knurren begrüßte. Ihre Augen wurden von Hundezähnen, wie aus einer bombastischen Form eines Alptraums, überwältigt. Mit lähmendem Entsetzen erkannte sie Fiorellas Hund - „*il cane è cattivo*[56]". Im Castello war er angekettet, hier lief er blindwütig frei rum. Da klang aus der Dunkelheit ein anhaltendes Wimmern. Halb vor Schmerz, halb ein Hilfeschrei und dann lag Ettores zerfleischter Körper blutig vor ihren Füßen. Sie schreckte aus dem Schlaf auf und hörte hinten Hundegebell. Der Hotelbesitzer hatte ein Versprechen abgegeben. Er hatte versprochen, die Sache zu erledigen. Aber er hatte nichts unternommen.

56 Der Hund ist schlecht

18

„Mittelerde". Der Begriff stammte von Tolkien, hatte ihm Hendricks gesagt. Hendricks bildete sich ein, ein ‚Leser' zu sein, doch diesen Begriff hatte er einem Beitrag in der *New York Times* über die Mafia entnommen. „Middle Earth," so wurde ein *Mafioso* aus Rom zitiert, „Die Lebenden oben, die Toten unten. Und wir sind in der Mitte." Bliss fühlte ähnlich. Es erinnerte ihn an seine Rolle in der Firma, das konnte Hendricks leicht wahrnehmen. Bliss suchte Abstand zu den Toten, diese Joey Rialtos, der ganze blutige Clan mit ihren Blumengebinden und den Beerdigungen und ihrer Schießereien aus fahrenden Autos, doch er war darin verwickelt, trotz der getürkten Ehrerbietungen, das wusste Rialto. Aus seiner Position in der Mitte hielt Robert Bliss den Kontakt durch George Basciano's La Primavera in zweiwöchigen Semester zu Gebots-Manipulationen mit der kleinen örtlichen Unternehmens-Elite.

Sie mochten wohlhabend sein, aber weit entfernt von den Großen Spielern, Politikern, Kabinettministern, Führungskräften von Louvain & Sicotte. Das war das streng bewachte Spielfeld der Bundesliga Großen, das Hohheitsgebiet von „Moth" Lamothe. Hinter Toren lag das Gelände Nummer 213, zu dem selbst Ted Blake keinen Zugang hatte, obwohl es Teil des Systems war, das er mit ausgeheckt hatte. Doch Blake besaß keinen Zugangscode. Lamothe hatte jemand anderen hinzugezogen, um diese Sache zu organisieren. Bliss wusste jedoch genau, was diese Akten enthielten - Abrechnungen politischer Spenden, alle unter individuellen Namen, keine über 3000$, unter Umgehung der Wahlgesetze von Quebec. Unter der Hand-Zahlungen, Geld, das einem den Zugang zu Informationen aus dem Verkehrsministerium verschaffte, ohne die Firmen wie Louvain & Sicotte nie an ihre Verträge gelangt wären. Der korrupte Organismus, den sie ernährten, würde ohne sie verkümmern. Natürlich erstattete die Firma die Zahlungen an Angestellte, deren Namen sie benutzten. Aus gutem Grund gab es einen zusätzlichen Bonus. Ab und an hatte Bliss das Gefühl, Lamothe würde ihn etwas hochnäsig ansehen, doch verdrängte er seinen Unmut. „Moth" wusste was er tat. Zumindest machte es den Eindruck. Er mischte sich leicht unter die oberen Ränge und erfüllte still ihren grenzenlosen Appetit für

Nebeneinkünfte. Roger Deschamps, vormals ein Top-Berater des Premiers, war nach einem Büro in Paris und einem Büro in Rom. Lamothe gab ihm beide. Norm Blackburn, langjähriger Partner und Kabinet-Minister, zur Zeit Mitarbeiter der Weltbank, hatte das Gefühl, bestimmte afrikanische Regierungschefs würden sich dort wohlfühlen und war vom globalen Netzwerk von Lamothe, Bliss & Hendricks tief beeindruckt. Der ehemalige Stellvertreter des Premiers willigte ein. Die Libyer, noch nicht gänzlich befreit von ihrer kolonialen Vergangenheit, zogen Rom vor. Da lagen dann Verträge im Wert von hunderten Millionen auf dem Tisch. „Moth" Lamothe ging nur zu gerne darauf ein. Selbst nachdem eine junge *reine nègre*, wie er sie nannte, direkt aus La Sorbonne, anfing Fragen über die Korrektheit der Waffengeschäfte zwischen einem ehemaligen kanadischen Politiker und Zenralafrikanischen Diktatoren zu stellen. Hendricks entschuldigte sich, wie gewöhnlich - nicht wegen der Deals, sondern für diese Aufsässigkeiten. Lamothe sagte ihm, er solle sich beruhigen. Sie würde schon einlenken, wenn die Bonuszahlungen fällig würden.

Nie arglos. Bliss wusste mehr über die Probleme von Lamothe' CENSA, als sein Partner hätte vermuten können. Immerhin hatte er seinen eigenen Mann im System. Ted Blake war Len Ricci erstmals begegnet, weil er am Account Nummer 213 beteiligt war. Nicht direkt. Serge Bouthillier, CEO von Louvain & Sicotte erledigte dies, auch mit Hilfe eines Sperrcodes. Doch Ricci war involviert und war ein besserer Gesprächspartner. Auch war er verschwiegener, wenn es um seinen potentiellen Bedarf an Rechtshilfe ging. Blake schaffte es, sich mit ihm zu befreunden und sein Vertrauen zu erlangen. Bliss erkannte ein Wirtschaftsgut, wenn er eines sah. Ricci unterstützte die Hinweise die Lamothe ab und an fallen ließ. Als er wegen einem Briefing der Libyschen Akten in das Büro seines Partners gerufen wurde, musste Bliss sich daran erinnern, angemessen überrascht zu wirken, wenn er erfuhr, was er schon wusste. Er war sich bewußt, wie teuer die Eigentumswohnung war, die Louvain & Sicotte für Saad Mahmudi, den Sohn des libyschen Premiers bereitgestellt hatten. Ganz zu schweigen von der Zwanzig-Millionen-Yacht oder die Bestechungsgelder, damit Mahmudi im Mittelfeld des Fußballteams von Perugia mitwirken durfte. Sein persönlicher Trainer war Anderswo

in Ungnade gefallen, da er kanadische Sprinter gedopt hatte. Als Fußballer war er „der langsamste unter Langsamen“, wie ein italienischer Sportreporter schrieb. Doch der Sohn des Ministers konnte seinen Kopf als Vorsitzender des libyschen Fußball-Verbandes hoch halten. Er hatte schon durchgesetzt, dass im libyschen Staats-Fernsehen keine Fußballer-Namen genannt werden durften, sondern nur die Nummern.
Bliss wusste auch, dass Riadh Abdallah, der in Tunesian geborene Direktor für Internationale Angelegenheiten, die meisten Fäden der schweizer Bankkonten in der Hand hielt. Er konnte dafür sorgen, dass es dem Sohn des Premiers auf seinen regelmäßigen Reisen nach Toronto, Rom oder Dubai an nichts fehlte. Kokain, Bodyguards, Prostituierte und Viagra. Riadh Abdullah hatte gar versucht, Mahmudi in den Aufsichtsrat von Louvain & Sicotte zu befördern, doch war dies durch Immigrationsprobleme verhindert worden. Dann war da die Angelegenheit eines bestechungsgeldschwangeren Vertrages für das riesige Gefängnis außerhalb von Guryan, „das erste nach den Standarts internationaler Human Rights Standarts gebaute Gefängnis im Lande.“ So las es sich in der Pressemitteilung der Agentur, angeführt vom „Brigadier Engineer“ Mahmudi und dem Ehemann der kanadischen Botschafterin. Hinzu kam die abturnende Atmospäre, die das auf zehn Jahre befristete Verbot der Vereinten Nationen, bei Weltbank finanzierten Projekten teilzunehmen auslöste. Es war ihnen eine Geschichte voller bestochener Mitarbeiter in 3. Welt Ländern wie Bangladesh nachgewiesen worden. Bliss erkannte, dass es mehr als genug gab, wo er Überraschung vortäuschen musste.
„Guten Morgen, Bob. Dank Dir, dass Du vorbeikommst. Setz Dich. Setz Dich hin. Wie geht es Clara?“
„Gut.“
„Richte ihr Grüße von mir aus.“
Für Bliss waren diese Nettigkeiten etwas stressvoll, kamen sie doch von Lamothe, dessen Ablehnung seines unkonventionellen Lebensstiles kein Geheimnis war. Bliss hatte keine Kinder, seine erste Frau verließ er wegen einer großen, eleganten, in der Schweiz geborenen Clara. Er betete Clara an, aber sie begann sehr bald eine bisexuelle Affäre mit seiner Ex, welche sich nach einer kurzen Zeit der Trauer als Priesterin der United Church neu erfunden hatte. Clara bestand darauf, dass die Drei miteinander

klarkommen würden. Er willigte pflichtgebunden ein, obwohl es ihn an den Rand eines Nervenzusammenbruches trieb. Heutzutage ging er toleranter mit der Situation um. Er sah das Ganze als Variante der klassischen, attraktiven Excentritäten der britischen Oberklasse, die diese seit Dekaden, wenn nicht Jahrhunderten, perfektionierte. Die drei waren zusammen in den Schweizer Alpen in Urlaub gewesen, Clara und Monica spielten regelmäßig Tennis auf den Staynor Plätzen in Westmount. Ein oder zwei Mal schaute er auf, wurde verlegen, und wiederholte dies nichtmehr.

„Wir haben ein Problem," erklärte Lamothe.

„Oh. Worum gehts?"

„Mahmudi sucht einen Schlupfwinkel. Er will nach Kanada kommen. Mehr denn je." Lamothe hielt ein und schaute aus dem Fenster. „Tja, die gute alte Zeit," grübelte er. Bliss brauchte keine Erklärung. Lamothe hatte ihm die Geschichte mehr als einmal erzählt, wahrscheinlich als Warnung, Distanz zur Mafia zu halten. Die Periode um 1995, als es um das Referendum zur Unabhängigkeit Quebecs ging, war kritisch. Nach einem Bericht in der *New York Times* betrat Minister Alfonso Gagliano das Hohe Haus, während die Opposition die Melodie des Filmes The Godfather summte. Das waren noch Zeiten. Wenn Du jemand nach Kanada einschleusen wolltest, wusstest Du, wohin Du Dich zu wenden hattest.

„Vielleicht können wir da was arrangieren," sagte Bliss. Lamothe schaute zu ihm hin. „Ich habe da jemanden der hilfreich sein könnte."

„Oh? Wen?"

„Riccis Frau. Ich habe sie vor ein paar Monaten angeworben."

„Yeah. Yeah. Die vierzig Jahre alte. Arbeitet mit Ted Blake."

„Das ist sie."

„Wie kann sie helfen?"

„Überlass das nur mir. Ich werde sehen, was ich da zusammenstellen kann."

Lamothe dachte einen Augenblick nach, und sagte dann, „Du weißt, dass es mir eilt?"

„OK. Geb mir ne Woche. Ich halte Dich auf dem Laufenden."

„Schau. Ich weiß dass Du Ricci hasst. Was hast Du gegen seine Frau in der Hand?"
„Ex-Frau, um genau zu sein. Du wirst schon sehen. Ich lasse Dich nicht im Stich."
„Bob, komm schon. Erzähl mir etwas, damit ich in die Gänge komme."
„Ich *weiß* es noch nicht sicher. Ich habe Vorstellungen, die ich gerne in Ruhe durchdenken möchte. Außerdem hat Ted Blake eine Vielzahl von Quellen. Das musst Du ihm zugestehen. Wieviel Druck wird bei euch gemacht?"
„Sagen wir mal, wir befinden uns noch alle auf einer Ebene der Beschwichtigung. Hypotheten. Zeug für den Fall aller Fälle. Doch das Ganze kann platzen - unvorhersehbar wie die Hölle. Du weißt, wovon ich rede."
Als Bliss in sein Büro zurückkehrte, wies er seine Sekretärin an, ein Treffen mit Suzanna Ricci zu vereinbaren, sobald sie aus Italien zurück war. Zwei Tage später sagte ihm seine Sekretärin, dass ein Mister Rino Carlucci ihn sehen wolle. Er sagte ihr, sie solle ihre Fühler ausstrecken, über die Möglichkeit sprechen, ohne Zusagen zu machen. Und eine Menge Mails.

Teil Drei

19

Suzanna kehrte Dienstag abends zurück und wurde von Sohn Robin warm empfangen. Logan war mit Freunden unterwegs. Es erwarteten sie viele Mails.

„Tante Laurella möchte mir Dir sprechen," meine Robin. „Sie sagt, es sei dringend. Genau das hat sie gesagt."

„Dringend. Ihr Lieblingswort. Alles ist ‚dringend', wenn sie mich nerven will."

„Aber Mom, vielleicht eilt es ja wirklich."

Als Suzanan sie anrief, reagierte diese ungehalten.

„Hast Du die Botschaften nicht gecheckt? Ich hab Dir was getextet. *Und gemailt.*"

„Hier in Italien läuft es nicht so glatt, Laurella. Die Verbindungen brechen oft ab. Das Hotel behauptet, sie hätten Wi-Fi Anschluss, aber der Server ist oft unerreichbar."

„OK. OK. Weißt Du dass Mom überprüft wird?"

„Überprüft. Warum das denn?"

„Genau das wüsste ich gern. Genauso Michael, nachdem ich ihm die Geschichte erzählt habe. Er meint, es gäbe wohl einen hinreichenden Verdacht. Ich sprach die kleinen Philipina an, die an Mutters Tür kam. Natürlich war sie verängstigt. ‚Hast Du einen hinreichenden Verdacht?' fragte ich ihn. „Wir brauchen keinen," meinte er. Michael checkte die Sache im Internet, und Du glaubst es kaum. Sie haben keinen. Sie können Dich aus Jux und Dollerei überprüfen, wann immer sie wollen. ‚Dein Name tauchte auf unseren Computeraufzeichnungen auf', meinte der Blödmann. ‚Alles Routine.' *Routine!* Er will jede Abschlussrechnung und Bankaufzeichnungen der vergangenen zwei Jahre. Deine auch, da sie ja quasi Teil von Moms Konto sind. Und er will alles bis Freitag."

„Freitag!"

„Ja, Freitag. *Frei-tag.* Gibt es noch einen Wochentag der mit F anfängt?"

„Werd nicht abfällig."

„OK. OK. Ich dreh' halt durch. Außerdem will er alles bis zwei Uhr nachmittags von Renè Lésque in sein Büro gebracht bekommen. Er sagt, das sei alles nur eine ‚vorläufige Prüfung'. Er sagt, die Vollmacht gäbe ihnen das Recht, alle unsere Bank-und Geschäftsunterlagen einzusehen.

Vergiss Mutter. Selbst ohne Deine Sachen werden sie am Freitag entscheiden, ob uns eine ordentliche Revision bevorsteht."
„Warum in Gottes Namen müssen die das machen?"
„Er meint, dass wir vielleicht Dinge verheimlichen, uns selber versteckte Zahlungen überweisen. Sie haben wahrscheinlich eine ganz genaue *„Analyse unserer Kontrolldaten."*
„Das glaubst Du doch selber nicht."
„Ich spaße nicht. Jede Zeile wird analysiert. Alles was wir nicht erklären können unterliegt der Einkommenssteuer, und wir alle müssten zahlen."
„Freitag! Laurella, ich arbeite. Zählt das nicht?"
„Das habe ich ihm gesagt. Er meint, dass er Deine Sachen vielleicht nicht bis Freitag braucht, da er ja erstmal meine hat. Doch das Treffen am Freitagnachmittag ist nicht verhandelbar. Also musst Du erscheinen."
„Na, herzlichen Dank CRA. So mitfühlend. Haben sie keine dickeren Fische an der Angel, dass sie auf unser kleines Familienunternehmen losgehen müssen?"
„Glaubst Du, ich hätte das nicht gefragt? ‚Was ist mit diesen Mafia-Faulenzer, die in ihren BMWs das Viertel umkreisen?' fragte ich. Die haben ganze Straßen voller Villen in Montreal, und dann geht ihr auf uns los?' - ‚Wir suchen uns keine Leute raus, Madame,' meint der kleine Typ. ‚Das ist reine Routine. Es hängt einfach davon ab, ob Ihr Name auf unserer Liste steht.' - ‚Könnt ihr keine bessere Liste bekommen?' fragte ich ihn. Und dann fiel mir ein, dass wir vor drei Jahren ja schonmal von der Regierung Quebec geprüft worden waren. Erinnerst Du Dich? Diese Frau aus Hawaii, die uns wegen unserer eingebauten Champgagner-Küche befragte und unterstellte, wir hätten einen ganzen Weinkeller installiert. Ich sagte ihm, dass bei der Untersuchung nichts herauskam und wir keinen Cent zu bezahlen hatten. ‚Warum machen Sie das zweimal?' fragte ich ihn. Er sagte ‚Die Provinzregierung und die Bundesregieung arbeiten seperat.' *Seperat!* Meinen Sie, dass Sie nichtmals miteinander reden?"
Am folgenden Morgen rief Robert Bliss Suzanna zu seinem Briefing. Unaufrichtig entschuldigte sie sich dafür, dass sie nicht viel zu erzählen hätte. Außer Scamurras neuentdeckter Zurückhaltung bei dem ganzen Projekt, zum Beispiel die langsame Entfernung von Unterschriften und

die Gründe hierfür. Scamurras Schwager erwähnte sie nicht. Bliss schien auch so sehr zufrieden mit dem, was sie ihm mitgeteilt hatte.
„Dank Dir, Suzanna. Das war sehr hilfreich.", sagte er. Sie konnte sich nicht vorstellen warum. „Während Du unterwegs warst, haben wir jemanden gefunden, der Dich sehr gut ersetzen kann."
Ihr Gesicht hatte sich wohl bewölkt, denn er fuhr umgehend fort, „Wir möchten aus Deinen Recherchefähigkeiten Vorteile erschaffen, Suzanna. Hast Du einen Hintergrund in italienischer Geschichte und Literatur?"
„Hab ich."
„Nun, das ist ein Projekt welches Du beaufsichtigen sollst. Bekommst Du mit, was in Libbyen passiert?"
„Nicht viel."
„Dann bring Dich umgehend auf den laufenden Stand. Wir brauchen eine angemessene Lagebeschreibung, die die gegenwärtige Regierung rehabilitiert. Sie sind in den Medien unfair und grausam behandelt worden, wie auch letzthin in Regierungskreisen. Unsere Klienten haben Geschäftsinteressen in Libyen, und wir wollen sie absichern. Verstehe, es geht um hunderte von Millionen die in Gefahr sind. Gutes Geld und gute Verträge aus Kanada."
„Ich verstehe."
„Großartig! Ich möchte, dass die Kritiken durch Reaktionen des Regimes entkräftet werden. Kommst Du damit klar?"
„Ich denke schon. Bin jedenfalls gewillt, es zu versuchen."
„Klasse! Aber Du hast nur zwei Wochen Zeit. Ich brauche das Ergebnis am Vierzehnten. Ich möchte, dass die libysche Familie des Premiers, besonders der Sohn - Du hast ihn in Rom kennengelernt - in gutem Licht erscheinen. Da ist noch jemand, den Du treffen solltest. Ich habe einen Termin für Freitag festgelegt."
„Meine Güte! Ich hätte es sagen sollen. Mir ist gerade ein persönliches Problem eingefallen. Ich wollte es Dir schon gesagt haben. Ich brauche den Freitag Nachmittag für mich."
„Oh? Was für persönliche Probleme?"
„Es ist peinlich. Wirklich. Ich verwalte einige der Bürgschaften, also Mietshäuser, meiner Mutter, mit. Sie wird überprüft und ich muss für die erste Festlegung anwesend sein."

„Ah," Bliss dachte einen Augenblick nach. „Suzanna, Du weißt, dass wir hier eine der besten Steuerbehörden Kanadas haben. Falls Du irgendwelche Probleme hast, Sorgen - dieses Büro steht zu Deiner Verfügung. Kostenlos, selbstverständlich."
„Echt? Ich weiß garnicht, was ich sagen soll. Das ist sehr, sehr großzügig von Dir."
„Kein Problem. Wir möchten unseren Angestellten beistehen. Das ist hier eine Grundregel. Ich möchte, dass Du das verstehst."

20

Suzanna rief ihre Cousine in der folgenden Nacht an, aber Gina war aus, also konnte sie nur eine Botschaft hinterlassen. Im Winter absolvierten sie gerne eine ‚Indoor-Wanderung' im örtlichen Shopping-Zentrum. Hätte sie am Samstag Morgen Zeit? Suzanna widerstand dem Drang, das Wort ‚dringend' zu benutzen.

Len, der Buchhalter der Familie, hatte sich immer um Rechnungen und Steuerzahlungen gekümmert. Seit der Trennung hatte Suzanna versucht, Lens System zu übernehmen: Infos von der Bank aussortiert und in beschriftete Umschläge geordnet, alle in einem Karton verstaut, den sie auf dem Dachboden deponiert hatte. Sie war sicher, alle *bella figura*[57] Prüfungen zu bestehen, also brachte sie die Box zur Verabredung um zwei Uhr am Freitag. Doch da wurde sie heftig enttäuscht. Laura brachte ihre Unterlagen, ordentlich in drei lila Mappen abgelegt. Nun lagen sie vor dem jungen Prüfer auf seinem Schreibtisch. Er wurde von seiner Vorgesetzten, einer französisch-kanadischen Lady, deren Englisch im Vergleich zu Masaya, wie er genannt werden wollte, dürftig war.

„Wir sind beeindruckt, Frau Reynolds. Sehr wenige Menschen kommen so gut vorbereitet."

Laurella strahlte innerlich.

Masaya stellte seine Kollegin vor, schüttelte Suzannas Hände und übernahm ihre vergleichsweise kleine Box. Schon fühlte sie sich minderwertig.

„Das ist doch ein guter Anfang," bemerkte er umgänglich. „Sehr gut, aber ich befürchte es wurde beschlossen, eine grundlegende Prüfung vorzunehmen."

„Eine ordentliche Revision?" antwortete Laurella verdattert. Warum? Haben Sie hier alles was Sie brauchen?"

Masaya beriet sich kurz mit seinen Vorgesetzten, dann schaute er sie beide an. Er war wohl als Übersetzer vorgesehen.

„Nein. Ich befürchte, die Geschäftsführung erwartet eine komplette Überprüfung."

Umgehend befand sich Laurella auf dem Kriegspfad.

57 schöne Figur

„Das ergibt für mich keinen Sinn. Warum können Sie uns nicht einfach Fragen stellen? Ist mir völlig gleich, welche. Wir werden antworten und Sie werden erkennen, dass hier alles seine Ordnung hat."

„Es tut mir leid, aber so funktioniert das nicht."

„Das kann ich nicht nachvollziehen. Ich meine, wir haben das Ganze doch schon vor drei Jahren mit der Provinzbehörde durchgekaut. Habt ihr so viel Geld, dass ihr es an kleinen Betrieben wie unserem verschwenden könnt? Was ist, falls sich wieder nichts ergibt? Geht man so mit Steuergeldern um?"

„Tut mir leid, aber die Entscheidung ist nunmal gefallen."

„Und wie lange wird das Ganze dauern?" fragte Laurella verschnupft, offensichtlich verärgert.

„Drei bis sechs Monate," sagte Masaya.

„Drei bis sechs Monate! Also wirklich, echt! Unfassbar! Ihr werdet uns in den kommenden drei bis sechs Monaten mit Fragen belästigen?"

„Es könnte auch länger dauern. Kommt darauf an, wie die Dinge laufen."

Laurella hatte sich noch nicht wirklich beruhigt, als sie das Büro verließen.

„Am liebsten würde ich diesen Unsinn aus ihm herausprügeln. Drei bis sechs Monate voller bürokratischer Idiotie.

„Robert Bliss hat uns den Service seiner Rechtsabteilung kostenlos angeboten."

„Das sagst Du mir jetzt? Nun, was hast Du ihm gesagt?"

„Ich bin bislang noch nicht darauf eingegangen."

„Nicht darauf eingegangen? Spinnst Du? Du hast legalen Beistand, der uns beiden helfen wird. Und trotzdem überdenkst Du sein Angebot? Was wird hier gespielt?"

„Das ist nicht so einfach."

„Warum nicht?

„Weil das nicht Alles ist. Darum. Er erwartet dass ich Dinge für ihn erledige und ich bin mir nicht sicher, ob ich seine Erwartungen erfüllen will."

„Was für Sachen?"

„Einen Report. Einen Forschungsbericht. Eine komplizierte Angelegenheit. Da muss ich erstmal drüber nachdenken." Sie erwähnte nicht, dass sie mit Gina sprechen wollte.
„O-K," sagte ihre Schwester in einer abwertenden Sangesstimme. „Dein gutes Recht, meine ich. Lass, mich wissen, wenn Du Deine Überlegungen abgeschlossen hast."
„Sei nicht sauer, Laurella. Vertrau mir. Es ist nicht einfach. OK?"
Am Samstag Morgen war Gina mehr nach reden als zu wandern. Also setzte sich Suzanna auf einen Kaffee zu ihr.
„Hier geht etwas seltsames vor. Wirklich seltsam, meine Liebe," sagte sie. „Lass es mich sagen. Etwas wirklich seltsames."
„Was?"
„Nun, zuerst erhält jeder hier eine dicke Moralcode-Broschüre und ein weiteres, wichtig aussehendes Dokument - und man verlangte unter alles unsere Unterschrift. Was hat das zu bedeuten?"
„Weiß ich nicht. Was war der Inhalt?"
„Oh, BlaBlaBla Zeug. Jedes Jahr senden sie eine kleinere Version davon rum. Aber diesmal trug die Broschüre strahlende Fotos der Beglegschaft und seitenlange Beiträge über Geldwäsche und Bestechungsmethoden, und ein fett unterstrichener Absatz den sie ‚Meldepflicht' nennen. Normalerweise hätte ich sowas keine größere Aufmerksamkeit geschenkt. Aber uns allen wurde mitgeteilt, nicht am Freitag von vor zwei Wochen zu erscheinen."
„Du verarschst mich."
„Nein. ‚Komm nicht rein', heißt es auf dem Schreiben. Und letzte Woche sprach sich rum, dass das Gebäude am Freitag zuvor von Polizei umschwärmt war. Nicht irgendwelche Cops. Schweizer Polizei."
„Schweizer?"
„Genau. Schweizer Polizei. Zusammenm mit der RCMP. Seltsam! Letzte Woche spielte ich mit Freunden Bridge. Einer, ein algerischer Typ, ist mit einer Mitarbeiterin verheiratet. Ich kenne ihn nicht wirklich, aber ich habs aus der Gerüchteküche. Also wagte ich den Versuch und fragte sie. Sehr einfühlsam. Manchmal kann ich liebenswürdig sein. Und sie erzählte mir, dass ihr Mann vor zwei Wochen entlassen wurde."
„Warum?"

„Nun, das ist die Sache. Sie sagt, dass er etwas Unstimmiges herausfand und damit zu seinen Vorgesetzten ging. Nichts geschah. Er fragte nach. Und es wird ihm mitgeteilt, dass dieses Dossier nicht seine Angelegenheit sei. Du weißt. Einfach weggewischt. Nun, er recherchierte weiter, stellt alle Dokumente zusammen, E-Mails, Bankauszüge, alles zu dem er Zugang hat und gibt es an die Vorgesetzten seiner Vorgesetzten weiter. Ich meine, dies ist die Abteilung eines Tunesiers. Der große Boss der Firma, ein goldener Junge, bekommt einen verdammt hysterischen Anfall. Er staucht seine Sekretärin zusammen. Ruft den Eheman meiner Freundin an und veranstaltet mit ihr einen Schreiwettbewerb. Wirft sein Telefon frustriert den Korridor entlang. Hebt es wieder auf und zerlegt es in seine Kleinteile. Hat schon ein Gewissen. Oder?"

„Nimms nicht persönlich, Schatz. Man nennt es das Leben der Erwachsenen."

21

Robert Bliss war auf seine Begegnung mit Rino Carlucci gut vorbereitet. Ted Blake hatte ihm die Informationen wie versprochen zwei Tage zuvor zukommen lassen.
„Ndrangheta," sagte er. „Definitiv."
„Die Kalabrier?"
„Yup. Wahrscheinlich von Toronto geleitet. Oder er leitet *sie* an. Ich weiß nicht genau. Wie auch immer, es handelt sich um große italienische Verbindungen."
„Was macht Dich so sicher?"
„Oh, ein kleiner Vogel hat es mir zugeflüstert. Ich habe meine Quellen."
„Erinnerst Du Dich daran, als der Mob in den 80ern diesen Bankier des Vatikan erledigte? Man fand den Typen unter einer Brücke in London erhängt, seine Taschen waren voller Backsteine. Nun, seine Tochter lebt hier. Wusstest Du das?
„Seine Tochter? Hier in Montreal?"
„Genau. Und sie weiß *eine Menge.* Wirklich viel. Ist sehr motiviert."
„Hast Du mit ihr gesprochen?"
„Lass es mich so sagen. Ich habe Freunde die Freunde haben."
„Ted Blake, Du bist genial. Hab ich Dir das schonmal gesagt? Ein verdammtes Genie!"
Blake lächelte.
„Was weißt Du über diesen Carlucci?"
„Du erwähntest, dass Rialto seinen Namen erwähnt hat?"
„Genau. Und immerhin im Zusammenhang mit den CENSA-Akten."
„Nun, das würde Sinn machen ... bis zu einem bestimmten Grad. Der Mob von Kalabrien beherrscht die Abfallwirtschafts-Projekte in Abruzzo. Die Camorra jene in Neapel. Aber es sind vor allem die Calabresen, die es nach Norden drängt."
„OK. Und wo kommt Rialto ins Spiel?"
„Du hast mir gesagt, dass er dabei sein will. Aber das ist nicht alles. Man munkelt, dass es Torono 'Ndrangheta war, die seinen Großvater umbrachte, während der Vater im Knast saß."
„Vergangenes Jahr? Der Hit durchs Küchenfenster?"

„Ja, Sir. Und das hat eine lange Vorgeschichte. Der alte Typ ließ einen *Capozzi capo*[58] abknallen, vor dreißig Jahren. Ein Scharfschütze schoss durch ein Fenster."
„Vor dreißig Jahren," sinnierte Bliss.
„Alte Erinnerungen, Mister Bliss. Der Mob hat ein gutes Gedächtnis."
„Jesus Christ."
„Was keinen Sinn ergibt ist, warum ein Enkel versuchen würde, sich mit jemandem der ‚Ndrangheta' zu verbinden, wenn sein eigener Vater für sie Waffen benutzt."
„Aber sein Vater sitzt im Knast, Herrgott nochmal."
„Das macht nicht den leisesten Unterschied, Sir, falls Du mir erlaubst, das zu sagen. Vor vier Jahren, als sie *alle* im Knast saßen, klagte ihn so wie vier weitere Rialto-Typen der Anti-Mafia Staatsanwalt in Rom an. Ein riesiger europäischer Bestechungsskandal, siebenhundert Millionen wurden beschlagnahmt. Überall, hier wie in Europa, waren Mafiosi drin verwickelt, selbst die politische Partei, die der italienische Kronprinz zu gründen versuchte. Der italienische *Dancing with the Star Typ?* Wie hieß das noch? *Valori e Futuro.*" Blake kicherte. „Werte und die Zukunft? Du willst mich verkohlen. Sein politischer Vorgesetzter war ein Verbindungsmann der Rialto, auch festgenommen. Ein großer Fisch im Exportgeschäft Italien – Kanada. Also schau. Knast ist keine Hausbesetzung. Sie arbeiten aus dem Knast heraus. Sie lassen Leute vom Knast aus eliminieren, mit Gift oder was anderem. Sie bekommen ihre dicken Steaks in den Knast geliefert. Was für mich keinen Sinn ergibt, ist, was ‚Pork Chop' zu tun glaubt. Es sei denn, er ist fehlerhaft geworden und glaubt, dass es sich bei diesem Treffen um eine Art Calabresisch-sizilianisches Friedensangebot handelt. Bei einem können Sie ziemlich sicher sein, Sir. Carlucci runs the show. Und nicht ‚Pork Chop'."
Groß, gleichmäßig gebräunt, die Spitze seines zur Glatze neigenden Kopfes umgeben von einem silbergrauen Haarschopf, hätte er auch als ein Diplomat der EWG durchgehen können. Sein Anzug war tadellos; seine Schuhe und sein Aktenkoffer, mit dekorativ genähten und gestickten, vielen kleinen Täschchen - ein Einblick in die italienische Modewelt.

58 Capozzi-Chef

„Es tut mir leid, wenn ich ihre Zeit beanspruche, Mister Bliss," fing er an und streckte seine Hand vor. „Aber ich denke, wir sollten uns treffen, da wir offensichtlich ähnliche Interessen in Abruzzo haben."
„Das könnte durchaus sein, Mister Carlucci. Willkommen. Bitte setzen Sie sich. Einen Espresso für unseren Gast, Doreen."
„Nein, nein. Herzlichen Dank. Ich habe gerade im Hotel gefrühstückt. Was für ein schönes Büro, Mister Bliss! Ein schönes Büro in einer wunderschönen Stadt. Ihr Berg und ihr riesiger Fluss beeindrucken mich. In Italien haben wir keine so großen Flüsse."
Bliss lächelte anerkennend. Er war wiederum von Carluccis geschliffenem EWG-Englisch, das er bislang meist in TV-Interviews gehört hatte, beeindruckt. Er bewunderte dieses moderne Latein, die *lingua franca*[59] der intellektuellen Elite.
„Ich verspreche Ihnen, nicht viel ihrer Zeit in Anspruch zu nehmen, Mister Bliss," wiederholte er sich. „Aber uns ist bewusst, dass Sie sich mit Dingen in Acqua Sacra beschäftigen. Wir billigen das. Sie haben unsere ganze Unterstützung. Das Projekt darf nicht gefährdet werden. Die Menschen, für die ich spreche, haben viel in Acqua Sacra inverstiert und haben ein großes Interesse daran, dass der Zeitplan eingehalten wird."
„Natürlich. Natürlich."
„Normalerweise agieren wir als Stille Partner, falls Sie mich verstehen. Doch unter diesen Umständen muss ich Ihnen mitteilen, dass ich autorisiert bin, ihnen jegliche gewünschte Unterstützung zuzusagen. Wir wissen, dass es Gegner gibt. Diesen stehen bestimmte Möglichkeiten zur Verfügung, welche umgangen werden sollten."
„Ja," erwiderte Bliss, der verstand, was Carlucci meinte. „Mir ist bekannt, mit was gearbeitet wurde. Gute Arbeit. Sehr gute Arbeit." Sein Verstand übernahm und er entschied, seine Karte auszuspielen.
„Da gibt es etwas, das Sie für uns untersuchen könnten, Mister Carlucci."
„Raus damit. Wir werden unser Bestes tun."
„Unsere Klienten, Louvain & Sicotte, ich bin sicher, Sie kennen sie. Eine ihrer Schlüsselfiguren ist in die Vorgänge in Nord-Afrika verstrickt. Im Notfall möchten sie ihn aus Libyen extrahieren."
„Aus Libyen?"

59 Verkehrssprache

„Ja. Es gibt Befürchtungen, dass die Dinge aus dem Ruder geraten."
„Hmm." Carlucci überlegte einen Augenblick, nahm seine Aktentasche und stand auf. „Überlassen Sie das mir, Mister Bliss. Lassen Sie mich sehen," sagte er und schaute auf seine Uhr. „Heute ist Montag. Geben Sie mir, sagen wir, bis Mittwoch dieser Woche Zeit. Würde Ihnen das passen?"
Pünktlich um Zehn Uhr Morgens, erschien Rino Carlucci am Mittwoch in Bliss' Büro. Er brachte gute Neuigkeiten.
„Wir können uns um Alles kümmern. Vorausgesetzt die Rahmenbedingungen sind korrekt."
„Wie das?"
„Während einer Schlacht können wir keine Untersuchungen durchführen. Ihr Klient sollte sich rechtzeitig auf so eine Situation vorbereiten und einstellen. Vorzugsweise weit im Voraus."
„Ich verstehe. Ach, übrigens, es sind Klienten. Plural. Wir reden mit zwei Frauen und einem Kind."
„Hmm."
„Und wie genau soll das bewerkstelligt werden?"
„Mit dem Schiff. Wir haben die Möglichkeit. Wir würden sie mit der Yacht entführen und dann sicher in angemessener Entfernung auf einem Flüchtlingsboot unterbringen."
„Und wie angemessen ist die Entfernung?"
„Nahe genug bei Lampedusa. Das kann alles arrangiert werden. Absolut sicher, egal wie es sich anhören mag."
„Und was geschieht auf der Insel?"
„Keine Angst, Mister Bliss. Unsere Leute kontrollieren Imigrationstore. Wir können die notwendigen Ausweispapiere organisieren."
„Können wir das irgendwie kontrollieren?"
„Natürlich. Wen auch immer sie mögen. Wir stehen einer Zusammenarbeit offen gegenüber. Aber natürlich hat Alles seinen Preis."
„Und der wäre?"
„Zwanzig Millionen Euro."
Zwanzig Millionen Euro. Weniger als die Hälfte der Rechnung für Mahmudi's Yacht.

„Aber verstehe, dass dies noch nicht die Kosten deckt, die aufkommen, wenn auch das Geld ihres Klienten aus dem Lande geschmuggelt werden soll."
„Oh? Und wieviel wäre das?"
„Ein Drittel des Wertes vom Bankkonto."
„Ein Drittel des Wertes? Ein bisschen unverschämt, oder?"
Carlucci lächelte süffisant. „Was sagte uns schon die Bibel? Von dem viel gegeben wurde, wird viel erwartet. Es sei denn, ihre Klienten zögen es vor, wenn die UN alle Guthaben von Libyern einfrören, was für Schäden sorgen würde, wie ich das sehe."
Der Mann war gut vorbereitet erschienen.
„Und wo würde das Geld deponiert werden?"
„Es ist noch zu früh, das ich darüber etwas sagen könnte."
„Kommen Sie schon, Rino. Ich *muss* Mahmudi doch *irgendwas* sagen."
Carlucci überlegte kurz und fuhr fort, „Unserer Erfahrung nach arbeiten die Menschen der Vatikan Bank sehr unabhängig und glaubwürdig. Sie halten ihre Versprechen. Obwohl wir eventuell Wyoming untersuchen sollten."
„Wyoming?"
„Ja. Im Gegensatz zu allen Erwartungen, sind die Staatsauthoritäten seit kurzer Zeit sehr diskret." Carlucci reichte ihm eine Karte. „Wenn Sie weitermachen wollen, ist hier die Kontaktstelle."
„Ich danke Ihnen." Bliss schaute kurz auf den Namen. „Und was ist mit ihrer?"
Carlucci wurde zurückhaltend. „Nein, tut mir leid, aber ich kann nur hier erreicht werden. Wenn Sie weitere Fragen haben, ist dies der beste Weg sie zu stellen."
Rino Carlucci stand auf, um zu gehen. Bliss stand ebenso.
„Noch etwas Mister Carlucci. Wir würden es vorziehen, wenn die Rialto Familie nicht mit hineingezogen würde. Ich hoffe, das muss ich nicht betonen."
Carlucci brach in ein breites Lächeln aus.
„In diesem Punkt stimmen wir absolut überein, Mister Bliss. *Piacere*, wie wir sagen. Es war mir ein Vergnügen."

22

Robert Bliss hatte keine Absichten, für sein Arrangement mit Rino Carlucci eine Genehmigung von Lamothe einzuholen. Er dachte nach, ob er die ganze Sache Hugh Hendricks überlassen sollte, entschied sich dagegen, änderte seine Meinung, saß an seinem Scheibtisch und quälte sein Hirn. Er stand auf, lief vor der spektakulären Aussicht aus seinem Büro auf und ab. Wie könnte er allein vorgehen? Er wusste, dass er dazu nicht in der Lage war. Doch die Aussichten, einen seiner Partner von einer Zusammenarbeit mit dem italienischen Mob zu überzeugen, entmutigte ihn. Welche anderen Möglichkeiten blieben ihm? Er stellte sich Hendricks glatte, glaubwürdige Stimme vor, seine zwangsläufig gelassene Haltung und war schon verärgert, bevor sie auch nur ein Wort miteinander gewechselt hatten. Das Geheimnis war, nicht in die Offensive zu gehen, wie ungeduldig er auch immer sein würde. „Sei so ruhig wie er," sagte sich Bliss immer wieder. Ihm war bewusst, dass diese Einstellung gegen sein Naturell verstieß. Er würde sich aufregen und etwas sagen, das er anschließend bedauern würde, dessen war er sich sicher. „Was zum Teufel," sagte er sich schließlich und durchquerte die Halle.
„Hugh, ich muss mit Dir sprechen."
„Auch Dir einen guten Morgen, Bob. Was steht an?"
„Großspuriger kleiner Pimmel," dachte Bliss.
„Wir haben Probleme."
„Oh?"
„Lamothe möchte einen Ausbeutungsplan für Saadi Mahmudi. Ich habe da was aufgesetzt, aber keiner von euch beiden wird es mögen."
„Warum nicht?"
„Weil es die italienische Mafia involviert."
„Oh, verdammt nochmal, Bob. Bitte nicht solchen Scheiß. Das packe ich nicht."
Er holte eine Schachtel Pillen aus seiner Schreibtischschublade und schluckte eine. „Bitte habe Geduld mit mir. Ich glaube nicht, dass wir eine Alternative haben."
Bliss erklärte die Situation so unkontrovers wie er nur konnte. Doch ohne Erfolg.

„Bob, Bob. Bitte! Darf ich einen kleinen Einspruch erheben? Man nennts Integrität. *In-te-gri-tät*, Bob. Wir sind eine Anwalts-Kanzlei, für den Fall, dass Dir das entfallen ist. Wir arbeiten in Grenzgebieten. Nichts ist perfekt, das kann ich Dir garantieren. Aber der Mob? Echt. Wir reden hier von Killern, oder? So wie Mörder?"
„Kannst Du mal von Deinem hohen Roß runterkommen? Nur für eine Minute? Willst Du mir etwa sagen, dass der Präsident der Vereinigten Staaten keine Mordtaten in Auftrag gibt? ‚Löscht den Terroristen X aus.' und schon ist der Vergangenheit. Manchmal gar mit seinen Kindern. Das nennen sie dann Kollateralschaden; das nur nebenbei. Und denk daran. Hier wird niemand ermordet. Die werden gerettet."
„Du vergisst etwas, Bob."
„OK. Und was?"
„Eine kleine Angelegenheit namens ‚Rechtmäßigkeit'. Ist Dir das nicht aufgefallen? Der Präsident der Vereinigten Staaten wird gewählt. Wann wurde dein örtlicher Mob-Boss gewählt?"
„Oh. Gewählt? Was hat denn das damit zun tun? Sie kaufen Stimmen, beschmutzen das ganze System. Ihre korrupten Handlanger spenden wie verrückt und sie bekommen noch Bonusse von der Firma. Alles verbotene Aktionen, total illegal und dann drehen sie sich um und erzählen Dir, dass keine ihrer Aktionen irgendwie die Politik des Staates beeinflussen wird. Lass mich erstmal tief durchatmen. Eine Farce, ein Affentheater um Einfluss zu gewinnen. Mir ist es gleich, welches Land, welche Rechtssprechung. Du glaubst, sowas geschähe nur in runtergekommenen Läden wie Nigeria, wo jeder Cop seine Hand ausstreckt und wenn Du sie nicht füllst, wirst Du in den Kopf geschossen. Wie sieht es in New York aus? Was ist mit dem gesammten blutgetränkten Kabinett von Brasilien? Was ist mit den 95% krümeligen Diktaturen, die die UN führen? Glaubst Du, die seien alle so rein wie Du? Hugh? Die leben doch nicht in einem Elfenbeinturm. Und wenn Du sie fragst, was sie machen, jeden Tag, jeden Monat eines jeden Jahres, so lügen sie. Lügen, lügen, lügen bis die Kühe heimkommen. Wir haben Deinen größten Kunden an der Leine, dabei geht es um hunderte von Millionen - und Du möchtest Mary Poppins spielen? Was glaubst Du denn, wie man in diesen Orten Geschäfte betreibt? Werd realistisch, mein Gott."

„Nur ne Minute."
Robert Bliss hatte seinen Partner schon in ähnlichen Situationen erlebt. Hendricks atmete tief ein, hielt den Atem für einen Augenblick, und atmete anschließend langsam aus. Diesen Vorgang wiederholte er, rollte seinen Kopf sanft von einer Seite zur anderen, und atmete erneut tief ein. „Asthma," sagte er, etwas würgend. „Gib mir Zeit bis morgen Vormittag, OK? Dann können wir das erledigen."
Bliss stand auf, klopfte Hendricks auf die Schulter, nickte wortlos, und verschwand.
Am Tag darauf versuchte Hugh Hendricks nochmal einen zumindest symbolischen Widerstand vorzubringen, bevor er einlenkte. Immer mehr junge Türken in den europäischen Büros hinterfragten die afrikanischen Waffengeschäfte von Roger Deschamp. War es weise, sich auf noch mehr Skandale einzulassen? Für seinen Teil war Bliss nicht immun, was die Ängste seines Partners betraf. Er verbrachte einen langen Abend in seinem Büro und dachte über seine Optionen nach. Er wusste wie jeder, dass unschuldige Menschen Brücken herunterstürzten und starben. Wollte er in so einem Ort leben? Ganz zu schweigen vom öffentlichen Interesse. Wenn er zur Bank ging, konnte er sich sicher sein, dass seine Aufträge ausgeführt wurden. Das war für ihn selbstverständlich. War das anderswo genauso? Wie wäre es, eine Bank zu besuchen und sich darüber nicht sicher zu sein?
Im Stadtteil in dem er lebte war das Alltagsleben nicht durch Bestechungen oder einen Teufelskreis von Einbrüchen und Räubereien bestimmt, es wurde nichtmals offensiv gebettelt. Und trotzdem wusste er, dass er falsch handelte. Er handelte offen und aus freiem Willen, schloss sich mit anderen der selben Überzeugung zusammen und brachten weitere Kollegen durch fadenscheinige und haktlose Argumente dazu, zu kollaborieren. Unsinn. Er unterstützte ein sorgfältig ausarbeitetes Schema öffentlichen Unfugs. Hendricks hatte mit seinem Hinweis auf seinen Anwalts-Eid recht gehabt. Er war ein Rechtsanwalt, auf das Gesetz eingeschworen und nun verriet er diesen Eid. Doch er war überzeugt, hatte sich selbst davon überzeugt, dass die Vorrichtungen robust, komplex, und absolut widerstandsfähig gegen einfache persönliche Zweifel. Es war, als ob er eine andere Zone betrat, eine Zone mit ihren eigenen Regeln, wie ein Kriegsgebiet. Im Laufe der Jahre

drang er immer tiefer vor, davon ausgehend, dass bis er einen Punkt erreichte, an dem er mit einer gewisssen Verzweiflung davon ausgehen musste, dass zarte Bedenken und außergewöhnliche Nettigkeiten zum Untergang führten.

23

Mit Ted Blake's Hilfe gelang es Suzanna, für ihren Boss einen schonungslosen, positiven Libyen-Report zu verfassen. Anfangs verspürte sie Widerstand, doch nach einigem Zaudern kam sie in die Gänge. Sie fand all ihre Forschungsunterlagen ihrer Universitätszeit, als sie sich mit italienischer Geschichte und Kultur beschäftigt hatte. Sie schob ihre Einsprüche zur Seite und es fing an, ihr sogar Spaß zu bereiten. Sie stellte die Möglichkeiten von Regierungsaufträgen heraus, die Gefängnisse, die sie erbauen wollte, die Ausbeutung von Grundwassergebühren, die besondere Stellung geplanter High-Tech-Städte, das Verschiffen von Waffen. Saadi Mahmudi war zeitgleich Chef von Libyens Verband der Ingenieure, des Fußball-Verbandes und Einkäufer der Verteidigungswaffen. Wie erwünscht, wurde er überschwänglich gelobt. Bliss machte sie auf eine mögliche Militärintervention der NATO aufmerksam und eine Flugverbotszone. Suzanna förderte das gegenwärtige Regime als Bollwerk gegen Terrorismus, religiösen Extremismus und die drohende Aussicht, auf einen gescheiterten Staat. Sie wurde aufgefordert vorzuschlagen, dass der Libysche Premierminister über Neuwahlen kontemplierte. „Es wird erwartet, dass ich dies bis zum Valentins Tag fertig habe", scherzte sie zu Ted. „War das nicht so ein berühmtes Massaker?" Nach einer Pause fügte sie hinzu, „Ich kann mir nicht helfen. Schau, was ich gefunden habe. Ich denke baue es mit ein."
Offenbar hatte Saadi Mahmudi auch schon als Autor publiziert, eine Sammlung von ‚Bewusstseins-Geschichten', mit dem Titel *Ein Besuch in der Hölle,* aus denen anerkennend zitierte. Sie erwähnte seine Sensibilität, seine Liebe zur Wüste, sein Hass auf Städte und sein beständiges Mitgefühl für das Volk der Beduinen.

Gestern wurde ein Junge auf der Straße, auf der er spielte, überfahren. Im vergangenen Jahr zerriss ein Zu-Schnell-Fahrer ein kleines Mädchen, das die Straße überquerte. Ihre zusammengetragenen Einzelteile wurden im Kleid ihrer Mutter eingesammelt. Ein anderes Kind wurde von professionellen Gangstern entführt. Ein paar Tage später wurde sie vor ihrem Elternhaus abgesetzt, nachdem man ihr eine Niere entnommen hatte! Ein anderer Junge wurde in einem Spiel von Kameraden in einen Karton gepackt, welcher versehentlich von einem Auto überrollt wurde.

Sie lieferte Bliss ihre Arbeit vier Tage vor dem abgemachten Termin und wartete auf eine Antwort. Am folgenden Abend war sie bester Stimmung. Ihre beiden Jungs kamen zum Dinner, während dem sie etwas von ihrem Projekt erzählte.
„Saadi Mahmudi?“ fragte Logan. „Der miese Fußballer?“
„Genau der,“ Sagte Suzanna.
„Mies? Warum mies?“ fragte Robin.
„Weil er dafür gesorgt hat, dass er Juventus helfen soll, darum.“
„Juventus?“
„Der zwielichtigste professionelle Fußballverein in der italienischen Geschichte, Schwachkopf. Sie verschaukelten mehr Spiele als die Chicago Black Sox. Hast Du das gewusst? Und was ist mit den schmutzigen Schiedsrichtern, die sie für ihre Spiele haben?“
„Tut mir leid, gefragt zu haben. Sorry.“
Als das Telefon klingelte, erwartete Suzanna Robert Bliss‘ Meinung zu ihrem Report, doch es war ihr Ex.
„Kannst Du sagen, was zum Teufel los ist?“ verlangte er zu wissen.
„Wovon redest Du?“
„Warum zum Teufel stehen CRA-Agenten vor meiner Tür, die Auskünfte über die Firma erwarten?“
„Oh mein Gott. Dich belästigen sie auch?“
„Du kannst Dein Leben drauf verwetten, dass sie mich nerven. Hab ich Dir das zu verdanken?“
„Himmel! Nein! Wirklich! Sie sagten, dass sie meine Mutter überprüfen. Das musst Du mir glauben. Das haben sie mir gesagt. Dann schleppten sie Laurella und mich runter in ihr Büro und fragten alle möglichen Fragen. Dann verkündeten sie, dass auch wir überprüft werden müssten, da wir Bankunterlagen für Mom‘s Eigentum besäßen. Das war alles. Wirklich!“
„Nun, sie nutzten den Zugang zu Canada 03947. Begreifst Du, was das bedeutet?“
„Len, Du bist der Buchführer. Woher sollte ich wissen, was das zu bedeuten hat?“
„Das bedeutet, dass sie ihre Nasen tief in die Scheiße stecken, Suzanna. Und das kann ich derzeit nun wirklich nicht brauchen, verstehst Du?“

„Warum schiebst Du mir die Schuld zu? Ich habe das doch nicht vorbereitet. Das warst Du. Ich habe nicht darum gebeten, darin verwickelt zu werden. Du hast darauf bestanden. ‚Einkommens-Teilung', sagtest Du. Erinnerst Du Dich nicht? ‚Einkommens-Teilung'. Du warst damit sehr zufrieden."

„Rede mit Bliss."

„Was meinst Du mit ‚Rede mit Bliss'? Was hat er denn damit zu tun?"

„Du weißt verdammt gut, was er damit zu tun hat. Rede mit ihm. Morgen!"

Dann legte er auf.

Am nächsten Morgen kam Suzanna spät ins Büro. Sie hatte nicht gut geschlafen und schaute verhärmt auf. Ted Blake versuchte sie aufzumuntern.

„Ich höre, dass Du jetzt das neue Miau der Katze bist, Partner." Und als sie ihn fragend ansah, sagt er, „Das ist, was ich höre."

„Oh? Und warum?"

„Darum, Suzanna. Du wirst schon sehen."

Zögerlich versuchte sie wieder die gutmütige Stimmung des Vortages herzustellen.

„Ich habe noch andere Dinge herausgefunden, weißt Du. Zum Beispiel," sagte sie und las von einigen Notizen in ihrer Hand. „Hier. Wusstest Du, dass Ayatollah Khomeini ein Poet war?"

„Ayatollah Khomeini? Ein Poet?"

„Bei meiner Pfadfinderehre. Er schrieb darüber, wie langweilig es wäre, ein shiitischer Pedant zu sein. Und wie sehr er danach sehnte, in Bars in Paris völlig besoffen zu sein. Hör Dir die an:

Ich bin eingefangen worden, meine Liebste, vom Wärzchen auf Deiner Lippe!

Ich sah Deine verschwommenen Augen und wurde durch Liebe krank.

Ich wurde in die Verzweifelung getrieben und wurde zum Gesprächsthema im Bazar!

Öffne die Kneipentür und lass uns ein, Tag wie Nacht,
Denn die Moschee und die Seminare machen mich krank und müde.

„Jesus H. Christus."

Als sie ins Büro von Robert Bliss gerufen wurde, war dieser, ihren Report in seinen Händen, überschwänglich.

„Die Familie ist entzückt, Suzanna. Danke, vor allem auch die literarischen Ergänzungen. Sehr tief geblickt."
Bliss fiel ihre Zögerlichkeit sofort auf.
„Stimmt was nicht?"
Sie schaute auf den Boden.
„Nicht wirklich. Doch erinnerst Du Dich an Dein Angebot einer Assistentenstelle? Ich würde Dich gerne beim Wort nehmen. Len ist involviert. Und nicht sehr glücklich."
„Wer kann unter diesen Umständen schon happy sein? Natürlich können wir helfen. Das weißt Du. Möchtest Du, dass ich ihn anrufe?"
„Würdest Du das tun?"
„Darauf kannst Du Dich verlassen. Wir werden das in kurzer Zeit beigelegt haben. Wart's nur ab."
„Danke. Ich weiß zu schätzen, was du für mich tust."
„Kein Problem. Überhauptkeins. Und nun habe ich noch Neuigkeiten für Dich. Gute Neuigkeiten, hoffe ich. Die Partner möchten, dass Du zurück nach Italien gehst. Du und Ted Blake."
„Italien? Warum?"
„Wir haben da eine sehr spezielle Aktion am laufen und möchten, dass Ihr diese überwacht. Mir liegen noch nicht alle Details vor, aber gegen Ende des Monats könnte es soweit sein, vielleicht auch schon früher. Ich möchte, dass Ihr vorbereitet seid."
Als sie zurückkehrte fragte sie Ted Blake, was er dazu wisse.
„Ich weiß ein wenig. Ende des Monats. Aber ich bin nicht befugt, jetzt schon mehr darüber zu sagen."

24

„Moth" Lamothe von den Tugenden einer calabrischen Mob-Extraktion für Saadi Mahmudi und seine zwei Frauen zu überzeugen verlief reibungsloser, als es Robert Bliss erwartet hatte. Es war hilfreich, dass die Mahmudi-Familie zunehmend verzweifelte. Es hieß, dass mit einer NATO Intervention und UN-Sanktionen zu rechnen sei, Reisebeschränkungen für Offizielle des Regimes, eingefrorene Konten und Flugverbotszonen.

„Riad Abdallah von Louvain & Sicotte haben mich angerufen," Lamothe kündigte ein eilig angesetztes Drei-Partner-Treffen an. ‚Tue das für mich, Du wirst es nicht bereuen'. Dann ruft mich Mahmudi direkt an. Der Typ ist außer sich. Als ob er morgen erschossen würde. Du kannst ihn quasi durch die Leitung schwitzen hören, um Christi Willen."

Die Partner schoben alle Einwände zur Seite und authorisierten Bliss, die Verhandlungsbedingungen mit Rino Carlucci auszuhandeln. Bevor dieser einwilligte, bestand er darauf, dass Bliss eine Cellphone-Verschlüsselungs-App installiere. Als er dies getan hatte, empfand Bliss ihn als knapp und präzise.

„In der Familie rumort es über die Insel Djerba," erklärte Bliss. „Was kann daran sein?"

„Unmöglich. Djerba liegt in Tunesien. Außerdem ist es überfüllt von revolutionären Agenten und mit der Kateb Al Amn Polizei. Steht ihr Klient der Familie nah oder eher entfernt? Nicht jeder möchte der Heimat entkommen."

„Sie haben nur gefragt."

„Fragen können sie, aber das ist auch alles. Du kannst eine wunderschöne Villa an der calabrische Küste für sie finden. Ende der Geschichte. Wenn ihnen das nicht zusagt, können sie jemand anderen für den Job finden."

„Beruhige Dich. Ich bin hier nur der Bote."

„Das weiß ich zu schätzen. Aber ihre Klienten müssen kooperieren. Das ist keine leichte Aufgabe. Tripoli ist riskant. Wir wissen nicht, wie die italienische Flotte reagieren wird. Die Operation selber ist vertrackt. Sie wissen, dass sie unter die Migranten infiltriert werden müssen. Also müssen sie entsprechend aussehen. Sie können nicht wie ein zerquetscher Daumen herausragen."

„Dafür kann gesorgt werden.“
„Gut. Und wann?“
„Zum 1. März.“
„Exzellent. Vorausgesetzt, das Wetter hält sich. Ich notiere es mir.“
„Mahmudi möchte wissen, ob er seine eigene Jacht benutzen dürfe.“
„Auf keinen Fall. Was für ein Idiot ist er denn? Wir sorgen für alles. Außerdem erwarten wir die Digitalüberweisung innerhalb von drei Tagen. - auf der spezifische Konto. Sie haben die IBAN. Zur Hälfte. Die andere Hälfte folgt, wenn die Identitätspapiere in Polozza ausgeliefert werden, wie abgemacht.“
„OK. Die Frauen möchte wissen, wie viele Reisetaschen sie mitnehmen können.“
„Jede eine Tasche. Nicht mehr. Die Koffer bleiben natürlich auf dem Boot. Sie werden später ausgeliefert.“
„Gut.“
„Ich möchte, dass Du die restlichen Details des Arrangements mit Pietro Vellini aushandelst. OK? Hier ist seine Nummer. Geh sicher, dass Deine Männer genau seinen Anweisungen folgen.“ Da er seine Hände sauber halten wollte, delegierte Robert Bliss die Tagesplanungen an Ted Blake. Saubere Hände. *Mani pulite.* Er lächelte in sich hinein. War es derselbe Typ oder Hugh Hendricks gewesen, der ihm gesagt hatte, dass Pontius Pilatus Abruzziner war? In Rom hatte er erfahren, dass *Mani pulite* der Name einer Anti-Korruptions-Bewegung der 1990er war. Sie hat zahlreiche gute Rufe ruiniert, politische Parteien zerstört und mehr als einen hochrangigen Selbstmord provoziert. „Italiener,“ sagte er sich. „Konnten noch nie ihre Angelegenheiten regeln.“
„Wie hat sie es aufgenommen?“ fragte er Blake.
„Oh, anfangs nicht so leicht, Sir. Ich schlug ihr vor, das Ganze als Abenteuer anzugehen. Sie schaut auf ihr Haus in Acqua Sacra. Wir cruisen mit einer Luxusjacht durch das Mittelmeer. Dann spielen wir Immobilienmakler und finden für die Mahmudi-Familie eine prächtige italienische Villa mit Blick über den See, alles inbegriffen. Kein schlechtes Stück Arbeit.“
„Du hast sie also besänftigen können?“
„Das können Sie sagen, Sir.“

„Gute Arbeit, Ted."

Zwei Tage später platzte „Pok Chop" Rialto an Bliss' Sekretärin vorbei ins Büro. Er war wütend und hatte nichts für Doreen's Proteste übrig.

„Tut mir leid, wenn ich Ihnen zu nahe trete, aber ich kann diesen Disrespekt nicht würdigen. Können Sie ihrer Hexe sagen, abzutreten? OK?" Er zwinkerte Doreen zu. „OK?"

Bliss gab ihr still zu verstehen, den Raum zu verlassen.

„Schauen Sie, Mister Bliss. Ich mag alles im Leben mit einer gewissen Faireness anzugehen, besonders mit meinen Freunden. Ich habe Sie in Verbindung mit einer sehr wichtigen Gruppe gebracht. Nennen wir sie einfach so, ‚wichtige Verbindung'. Das geschah nicht ohne ein persönliches Risiko für mich, wenn Sie mir folgen können. To my fucking self, wenn Sie mir mein gottverdammtes Französisch erlauben. Und sie agieren hinter meinem Rücken, maitre? Uncool. Ich sage ‚*Nicht cool!*' Lassen Sie uns Klartext sprechen. OK? Glatte Ansage. Sie kochen ein eigenes Süppchen mit meinen Freunden, *meinen* Freunden, mit denen ich Sie bekannt gemacht habe? Ich erwarte etwas Dankbarkeit, die mir via ASAP zukommen sollte."

„Und wenn ich dem nicht zustimme?"

„Und wenn Sie nicht einwilligen? Mister Teufelskerl willigt nicht ein? Sie wollen nicht wirklich wissen, was für Unstimmigkeiten das auslösen könnte, Mister Teufelskerl, denn meine Leute können äußerst unangenehm werden. Sehr unangenehm."

„Das klingt wie eine Drohung, ‚Pork Chop'."

„Hör auf mich verfickten ‚Pork Chop' zu nennen, alter Knabe. Mein Name ist Nicky. Du willst das als Bedrohung auffassen? Macht nur so weiter, Scheißkopp. Allerdings wirst Du mit besonderen Gedanken nicht mehr weit kommen, wenn Dein Gesicht durchlöchert ist."

Robert Bliss griff nach dem Telefon.

„Sicherheitsdienst?" fragte er auf Französisch. „Wir haben ein Problem in 316."

„Sie haben ein viel größeres Problem als 316, Maitre, ‚Pork Chop'" rief Rialto, als er hektisch sein Büro verließ. „Ein großes, beschissenes Problem, das kann ich Ihnen versprechen."

Robert Bliss griff erneut zum Telefon und ließ Rino Carlucci wissen, was gerade vorgefallen war.

25

Suzanna überlegte sich, ein Treffen mit ihrer Cousine Gina zu arrangieren, sobald Ted Blake sie über die Italienpläne informiert hatte. Doch dann überlegte sie es sich besser. Es würde mehr Sinn machen, gegen Teds Pläne zu protestieren, das Projekt als Teil einer Kreuzfahrt zu verhökern. Aus anderen Gründen wäre es indiskret, Gina noch mehr einzubinden oder gar Ted Blake mehr zu verraten. Gina arbeitete für Louvain & Sicotte. Warum sie komprimittieren? Ted arbeitet für Robert Bliss. Suzanna wusste, wo seine Loyalitäten liegen würden.
Mit einer großen Tasse Tee ausgestattet verbrachte sie die Nacht mit einer Liste von Dingen, die sie störten. L&S und einer ihrer Controler aller Geschäftbereiche, ihr Ex. Sie waren in ein Abfall-Management Konzept verstrickt, das höchstwahrscheinlich gegen Gesetze verstieß. Scamurra war davon überzeugt. Der junge Tomasso ebenso. Ihr Architekt war so besorgt, dass er sich selbst davon überzeugt hatte, dass tödlich verlaufene Arbeitsunfälle Intrigen der italienischen Mafia seien. Ihr Boss forderte von ihr die Flucht einer Schlüsselfigur des libyschen Regimes zu überwachen. Der Typ hatte wiederum seine eigenen Verbindungen zum Arbeitgeber ihres Ex, einem Regime, das sie unter allen Umständen entlasten und reinwaschen sollte. Wieviel Blut klebte an ihren Händen? Hinzu kam diese mysteriöse Überwachung, die immer weiter in ihre Familie vordrang - ihre Mutter war nun mit hineingezogen wie auch ihre Schwester, sie selber und ihr Ex-Ehemann. Sie hatte Bliss um Rat gebeten, doch auch seine Ratschläge klangen nicht ganz uneigennützig. Suzanna überlegte, ob sie zur Polizei gehen solle.
Und was sollte sie denen erzählen, falls sie das machte? Eine große kanadische Firma war in die Konstruktion eines korrupten Abfallbeseitigungs-Projektes, das alle behördliche Unterstützung hatte, verwickelt. Einen geflohenen Sohn eines Diktators und seine Familie auf ein Flüchtlingsschiff zu bekommen, war nicht illegal. Doch der Fakt, sie auch mit falschen italienischen Ausweispapieren ausgestattet zu haben, war Grund genug für genaue Untersuchungen. Davon musste sie ausgehen. Sie fragte sich, was ihr geschehen würde, falls Bliss herausbekam, wer geredet hatte. Sie würde zweifelsohne ihren Job verlieren. Machte ihr

das etwas aus? „Sag einfach ‚Nein',“ hatte ihr Gina gesagt. Das beinhaltete das Risiko, gefeuert zu werden. Für einen Augenblick erwägte sie, die Demütigung, nicht für ihre Jungs sorgen zu können und die Hilfe ihrer Schwester und ihrer Mutter anzurufen, hinzunehmen. „Du hast einen Job gefunden und jetzt gehst Du und hast ihn wieder verloren?“ Sie konnte schon hören, wie sie die Schuld zugewiesen bekam, und den damit durchklingenden Sarkasmus: „Oh, aus gutem Grund, aus guten Gründen.“ Suzanna entschied, dass es kein Fehler sein müsse, sicherheitshalber die Polizei einzuschalten.

Samstag besuchte sie vormittags die örtliche Wache. Ein junger kanadischer Wachtmeister nahm ihre Aussagen auf, doch hielt er inne, als sie ankündigte, eine ‚mögliche kriminelle Handlung' anzuzeigen.

„Eine ‚mögliche krinminelle Handlung', Madame?“

„Jawohl. Eine Tat, die noch nicht begangen wurde, aber die noch geschehen kann.“

Schon jetzt kam sie sich lächerlich vor.

„Aha. Und wo wird sich dieses mögliche Verbrechen abspielen?“

„In Italien.“

„Und warum wenden Sie sich nicht an die italienische Polizei?“

„Weil es von Kanadiern geplant wird.“

„Einen Moment bitte, Madame,“ sagte er, und verschwand. Als er zurückkehrte, führte er sie ins Büro vom Kriminalmeister Fernand Langevin, der fortfuhr, ihr nochmal ähnliche Fragen zu stellen. Er hielt erst inne, als sie ihm erzählte, was an ihrem Arbeitsplatz geplant wurde.

„Sie sind also eine Angestellte von Lamothe, Bliss & Hendricks?“

„Ja.“

„Und haben Sie ihre Vorgesetzten davon alamiert?“

„Was meinen Sie mit ‚Vorgesetzte alarmiert'?“

„Genau das. Sie verstehen doch, dass sie nach gültigem Gesetz zuerst ihre Vorgesetzten informieren müssen.“

„Warum, das ist doch absurd!“ erklärte sie. „Wie kann ich meine Vorgesetzten informieren, wenn sie in die Angelegenheit selber verwickelt sind?“

„Sind Sie sicher, dass alle involviert sind?“

„Woher soll ich das denn wissen?“

„Sie könnten die oberste Ebene ansprechen. Das ist, was wir vorschlagen, vor allem bei einem Fall von möglicher Kriminalität. Wenn Sie danach nich zufrieden sind, können Sie zu uns kommen."
„Sie machen Witze."
„Tut mir leid, meine Dame, aber Sie sind ihrem Arbeitgeber verpflichtet."
Sie ging, kopfschüttelnd.
Am Montag klingelte es um acht Uhr Morgens an ihrer Tür. Sie hatte sich gerade für die Arbeit vorbereitet. Robin robbte die Treppe hinauf, um sie zu holen.
„Mom. Es ist die Polizei."
„Woher weißt Du, dass das die Polizei ist?"
„Weil der Typ einen Button trägt. Der ist von der Polizei."
Sie durchkämmte schnell ihre Haare und ging in die Vorhalle runter, wo der Beamte auf sie wartete.
„Frau Ricci?" fragte er.
„Ja."
„Ich bin Inspektor John Richardson von der Somerled Einheit. Könnten wir irgendwann heute Abend mit Ihnen sprechen?"
„Hier?"
„Hier oder auf der Wache."
„Wann?"
„Sagen wir, sieben Uhr? Passt Ihnen das?"
Sie stimmte zu und er gab ihr seine Karte.
„Es handelt sich um das, über das ich am Wochenende sprach?" fragte sie.
Er nickte. „Ja."
Abends saßen ihr am Tisch zwei Personen gegenüber, Detektiv Richardson und seine weibliche Mitarbeiterin Antoniette Bacardi. Das erste, was Suzanna fragte, war, warum die Beiden sich jetzt für ihre Geschichte interessierten, wo doch ihre Kollegen vor zwei Tagen keinerlei Interesse daran gezeigt hatten.
„Das war ein Fehler," erklärte Richardson einfach.
„Ein Fehler?"
„Ja. Sergeant Langvin hatte nicht die Wichtigkeit der Situation verstanden."

„Nun, das ist ja mal ein hübsches Zugeständnis. Und was haben Sie nun vor zu tun?"
„Wir bitten Sie, nach Plan vorzugehen."
„Entschuldigen Sie?"
„Wir wollen nach Plan vorgehen und alles aufnehmen, was mit ihrem Telefon zu tun hat."
„Das kann doch nicht ihr Ernst sein?"
„Absolut ernst."
„Und was ist, wenn ich mich weigere?"
„Nun, können Sie beschwören, dass Sie in keinster Weise an den Planungen beteiligt waren, in welcher Form auch immer?"
„Ich schrieb einen Report zur Entlastung der Regimes und der Mahmudi-Familie insbesonders. Zählt das?"
„Das könnte es, unter bestimmten Umständen."
„Tut mir leid. Aber ich bin etwas verwirrt. Ich kam zu ihnen. Sie wiesen mich zurück und verwiesen mich an meine Vorgesetzten. Dann tauchen Sie hier auf, erklären alles Vorgefallene zu einem Fehler und befehlen mir, für Sie undercover zu arbeiten, da ansonsten die Gefahr einer Verurteilung besteht, obwohl ich nichts gemacht habe. Habe ich das richtig verstanden?"
„Leider ja."
„Das ist haarsträubend. Wirklich entsetzlich! Welche Optionen bleiben mir dabei?"
„Kaum eine, soweit ich das überblicke."
„Und wenn ich mir einen Anwalt nehme?"
„Das steht ihnen frei, Frau Ricci," mischte sich die Detektivin ein. „Dann wird sich unser Deal auf dem Tisch auflösen."
„Deal? Was für ein Deal?"
„Sie kooperieren mit uns und jegliche Gefahr einer Verurteilung verschwindet. Das ist der Deal," sagte sie.
Suzanna hielt kurz inne und fuhr mit ihren Händen wiederholt perplex durch die Haare.
„Kann es wirklich sein, dass ich sowas höre?" rief sie. „Ich glaube nicht, dass sie das Recht zu sowas haben! Ich bin eine unschuldige Bürgerin."
„Sie sind eine unschuldige Bürgerin, die sich in eine sehr bedrohliche Situation gebracht hat," sagte die Frau besänftigend. „Wir verstehen Sie.

Aber der Weg nach vorn beinhaltet Ihre Hilfe zu unserem Job. Machen Sie einfach, was Sie allemal getan hätten. Wir rüsten Sie aus und sorgen für Rückendeckung. Sie begehen kein Risiko. Überhaupt keins. Und wenn die Zeit der Aussagen kommt, erwarten wir, dass Sie unter dem Schutz des Gerichtes die richtigen Worte finden."
Nervös, aufgebracht, wie ein Lamm auf dem Weg zum Schlachthaus, hielt Suzanna inne, von dem Angriff geschwächt.
„Bekomme ich zumindest etwas Zeit, darüber nachzudenken?"
„Aber natürlich! Aber nur einen Tag oder so. Wir müssen uns um unsere Vorbereitungen kümmern, und laut ihrer Beschreibung bleibt uns nur ein kleines Zeitfenster. Und bitte: totale Verschwiegenheit. Das können wir nicht oft genug wiederholen. Sprechen Sie mit niemandem, auch nicht mit der Familie. Dann werden alle in Sicherheit bleiben."

26

Als Suzanna später im Monat nach Acqua Sacra zurückkehrte, war es für diese Jahreszeit ungewöhnlich warm. Sie vermied, Gina aufzuklären, warum sie gekommen war. Laurella fertigte sie mit ein paar Entschuldigungen ab, ihre Mutter und die Kids ebenso. Es gab keinen Grund, sie aufzuregen. Außerdem hatte sie es nicht nötig, die zusätzliche Last komplizierter Erklärungen zu tragen. Zumal diese früher oder später in kleine Lügen mutierten und in unausbleiblichen Erwiderungen endeten. Sie musste sich disziplinieren, zumindest glaubte sie das. Stoisch würde sie ausführen, was sie musste, und so wenig wie möglich sagen. Als sie auf die schneebedeckten Berge zusteuerte, bemerkte sie, einfach und kühn, eine Mandelblüte oder zwei auf einem Feld anbei. „Jeremiah, was siehst Du? Ich sehe den Ast eines Mandelbaumes." Ein Vorbote, dachte sie, entschlossen, voller Hoffnung zu sein. Ihre jüdischen Freunde hatten sie aufgeklärt, dass Mandeln Zeichen des wachsamen Gottes seien, und seinen Versprechungen seinem Volke gegenüber. Arme *Zia Imma*[60]. Sie hatte ihre Stickereien mit Muscheln dekoriert, doch die Priester bevorzugten Schlangen.

Das Haus war eine Katastrophe. Außerhalb standen ein paar gelbe, halbgefüllte Umzugskisten, die teilweise die enge Gasse blockierten. Ein in zwei Teile gerissener Fallschirm baumelte aus einem offenen Fenster oben. Auf einem Sandhaufen trohnte eine verrostete Schubkarre. Donnerstag vormittag, und niemand bei der Arbeit. Suzanna ging herein. Ein platter Reifen lehnte gegen eine graue Zementwand, feucht und kalt. Ein Treppenhaus, auch in Zement nachgebaut, führte zu den oberen Stockwerken. Alles war mit Trümmern, Zigarettenstummeln und Sandwichverpackungen übersät. Der ganze Ort war unheimlich still.

Draußen traf sie eine Nachbarin, die sich für sie zu schämen schien. „*Non lo so.* Ich habe keine Ahnung," sagte sie und zuckte mit den Schultern, als Suzanna sie fragte, ob hier jemand gearbeitet habe.

Santina würde es wissen, sagte sich Suzanna. Wie Priester und Weise, alte Nonnen mit wachsamen Augen, die alles wussten. Als sie ihren Weg herauf zur *via dei Pastori* zu dem kleinen Haus mit rauchendem

60 Tante Imma

Schornstein bahnte, warf sie einen qualvollen Blick auf die Reihenhäuser, die die Römer in den vergangenen Jahren umgebaut hatten. Santina heizte ihre Küche immernoch mit einem Holzofen.
„Hier ist seit Wochen niemand gewesen," stellte sie fest. „Niemand. Wir wollten Deiner Mutter nichts sagen, weil Scamurra so aufgebracht war. Die Ambulanz musste für Gaetana kommen. Doch die Straße war blockiert. Du weißt, dass sie im Krankenhaus ist? Ja. So jung und so krank. Schon bald mag sie bei den Engeln sein. Möge *Santa Maria* Erbarmen mit ihr haben!
Scamurra war so verärgert. Er fluchte. Ich hörte ihn am öffentlichen Telefon in der Piazza. Fluchend! Beleidigte Tredicini mit den übelsten Namen. Die kann ich wirklich nicht wiederholen! Er will das Beste für Dich, Suzanna. Und nun weiß niemand, was zu tun ist."
Suzanna wusste, was zu tun war. Sobald sie die Chance hatte, rief sie Tredicinis Mutter in Abruzzo an. Böse Jungs besuchten immer ihre Mütter, die Pasta war dort besser.
„Er ist nicht hier," sagte Mamma.
„Weißt Du, wann er zurück kommt?"
„Woher soll ich das denn wissen? Was willst Du von ihm?"
„Er sollte ein paar Arbeiten für mich abschließen."
„So, sei geduldig. Er wird es fertig machen."
„Sehen Sie. Ihr Sohn hat sich seit drei Wochen nicht auf der Baustelle sehen lassen. Wie kann er etwas fertig machen, wenn er nie auftaucht?"
„Sie müssen von dem Haus in Acqua Sacra sein, oder?"
„Das stimmt."
„Das Haus ist gefährlich. Wollen Sie, dass mein Sohn umkommt? Sie zahlen ihm nicht genug für die Arbeit dort."
„Was meinen Sie damit, ich würde ihm nicht genug zahlen? Er bekam, was ihm zustand."
„Nicht genug!"
„Aber Signora Tredicini, ihr Sohn hat einen Vertrag unterschrieben."
Suzanna erinnerte sich an die Seiten, jede unten signiert.
„Was wollen Sie damit sagen? Ein Stück Papier ist das Leben meines Sohnes wert? Sie zahlen ihm nicht genug!"
Und sie hängte auf.

Suzanna saß eine Weile in ihrem Wagen, um sich zu beruhigen und einen klaren Kopf zu erlangen. Gegenüber des Platzes stand das Familienheim ihrer Kindheit, ein weiteres teilweise renoviertes Abruzzo-Projekt, fensterlos, wie ein leeres Versprechen. War dies der Grund, warum ihre Eltern fortgezogen waren? In zwei Tagen erwartete sie Interpol in der Botschaft in Rom, um ihr Smartphone neu zu konfigurieren. Und im Tausch für eine Nichtverurteilung in Kanada, musste sie ein vertrauliches Abkommen unterzeichnen, jede Seite unten mit ihren Initialien versehen. Ted Blake, der nichts von Rom wusste, erwartete sie zwei Tage später in Capo Vaticano. Er hatte ihr schon E-Mails mit Bildern von drei calabrischen Villen gemailt, alle drei geeignet für den Ausreißersohn eines libyschen Diktators. „Mir gefällt dieses," hatte Ted geschrieben. „Ich hoffe, Du stimmst mir zu. Drei Tage für einen Abschluss. Ich hoffe, dass in Acqua Sacra alles OK ist."

Doch in Acqua Sacra war nichts in Ordnung. Auch nicht Suzanna Ricci. Sie hatte keine Ahnung, was mit ihr geschehen war. Sie hatte versucht ein dezentes, ordentliches Leben zu führen. Ein Heim mit Garten, mit vorherrschenden Blumen. Doch auch ihr war trotz ihrer unschuldigen Fassade bewusst, dass sich Stiefmütterchen und Tulpen ebenso nach Sonnenlicht sehnten, wie Biester des Dschungels, sie rangen mit ihren Wurzeln.

„Du bist so POGG," hatte sie Ted Blake eines Morgens gereizt. „Total, einhundert Prozent POGG."

„Ich habe keine Ahnung, wovon Du redest."

„Pogg, Suzanna. Worauf Kanada aufgebaut wurde. Der Grund, warum wir keine Amerikaner sind. Steht für ‚Peace, Order, and Good Government.' Der BNA Act von 1867. Wusstest Du davon? Nicht Freiheit. Kein Wilder Westen. Pogg. Du magst in Italien zur Welt gekommen sein, aber Du bist Pogg, durch und durch."

Sie lächelte abwehrend, mochte nicht, was er sagte, doch plötzlich wurde ihr klar, dass es vielleicht die Wahrheit war. Len dachte dasselbe über sie. Sie war keine Spaßfigur, mochte keine Achterbahnen, hatte Höhenangst, weigerte sich, Skifahren zu lernen. Sie fuhr extrem langsam, unerträglich selbst für Robin, doch es war sein Bruder der sagte, „Tritt aufs Gas, Mom. Wir wollen doch noch heute ankommen, OK?"

Selbst auf italienischen Super-Autobahnen wechselte sie nicht auf die Überholspur. Kopflichtblinkende Speed-Dämonen würden direkt auf sie auffahren und sie nötigen, ihnen umgehend Platz zu machen, weil sie nicht schnell genug fuhr. Zum Frühstück bestellte Suzanna Haferbrei, und alle drei, auch Len, würden sich über sie lustig machen. Sie hatte an diesem Morgen sogar Tomasso gebeten, welchen für sie herzurichten und er schaute sie an, als sei sie von einem anderen Planeten gelandet. *Schafe sollten sicher grasen.* Sie war durch und durch Pogg, wie Len gesagt hatte. Und was sie jetzt tat, machte sie körperlich krank.

Ihr dämmerte, was ihr Körper ihr sagte. Sie litt unter Schlafstörungen, wachte immer wieder in der Nacht auf, litt unter einem anhaltenden Sodbrennen. Manchmal wachte sie röchelnd und hustend aus einem Traum auf und verbrachte die folgenden dreißig Minuten damit, ihre Lunge zu säubern. Zwei Tage vor ihrem Abschied fiel sie auf der Toilette in Ohnmacht, kippte einfach um und schlug mit dem Schädel an die Kachelwand. Sie hielt diesen Stress nicht aus und hasste sich für ihre Schwäche. Sie ging ihren Jungs auf die Nerven, regte sich über sie auf, drängte sie zum Friseur, störte sich an ihren nicht sitzenden Krägen und unpassenden Hosen. „Mom, halt Dich da raus, OK?“ explodierte Robin. Sie entschuldigte sich und fing gleich wieder von vorn an. Sie sagte niemandem, was sie bedrückte, hielt es in sich, wissend, dass sie ihre Gesundheit und ihr inneres Gleichgewicht zerstörte, ohne zu wissen, was sie dagegen unternehmen könne. „Falls während meiner Abwesenheit etwas passiert, ruft Tante Laurella an. OK? Versprecht es mir.“

„Es wird schon nichts passieren,“ antwortete Logan. „Ich verstehe nicht, warum Du so nervös bist. Du machst noch alle verrückt damit.“

Ihr Telefon klingelte. Es war Scamurra. Zehn Minuten später traf er ein. Das neue Team war mit der Arbeit gut vorangekommen. Die meisten Wände waren wiederaufgebaut, versicherte er ihr. Doch dann wurden sie im zweiten Stock mit einem Problem konfrontiert, das alle schnellstens abhauen ließ.

„Gefährlich,“ stotterte Ignazio. „Sehr gefährlich. Bislang lief alles gut, aber sie wollen nicht weitermachen.“

„Was meinst Du damit, ‚sie wollen nicht weitermachen?‘ Ich habe einen gültigen Vertrag.“

Scamurra zuckte nur.
„Seit wann schwänzen sie die Jobs?"
„Zwei, drei Wochen. Wenn ich sie anrufe, hebt niemand ab." Sie wog dies gegen das, was Sanatina ihr erzählt hatte ab.
„Warum haben wir keine anderen Arbeiter verpflichtet?"
„Das ist nicht so einfach. Du hast einen Verrag, wie Du sagst. Kein anderer Arbeiter wird da reingehen, solang sie noch ihre Werkzeuge dort rumliegen haben."
„Aber Ignazio! Mein Haus muss unbedingt fertig werden" Ich habe ihnen ihr Geld doch schon im Voraus gezahlt."
„Nein, nein!" fiel er ihr ins Wort. „Nicht wie beim letzten mal. Du hast sie nur für ausgeführte Arbeiten bezahlt. Nicht mehr."
„Schön und gut. Und was nun?"
„Wir müssen ins Büro in Avezzano und die Verträge aufheben lassen. Bevor das nicht geschehen ist, kannst Du niemanden neu einstellen."
„Aufheben lassen?"
„Ja, weil sie den Arbeitsplatz verlassen haben. Nur Du kannst das unterschreiben."
„Oh, wundervoll. Und wer räumt diese Schweinerei auf?"
„Keine Bange. Da werde ich mich drum kümmern."

27

Für Suzanna war es eine Lehrstunde des einsatzfähigen italienischen Staates: Verschroben, altmodische Computer und gelangweilte, oft verwirrte Bedienstete, ungeduldig, wenn sie Deinen Namen nicht gleich verstanden und vom ständigen Ausfüllen dieser Formulare genervt.
„Familienname?“
„Ricci.“ Sie könnte ihn zurück in ihren Mädchennamen, Michetti, ändern.
„Anschrift?“
Er schien von ihrem Englisch irritiert.
„Was war das?“
Suzanna wiederholte.
Er fragte nach ihrer italienischen Steuernummer und schien erneut irritiert, als sie ihm sagte, keine zu haben.
„Grund?“
„Verzicht auf einen Arbeitsplatz,“ mischte sich Scamurra ein.
Suzanna fühlte sich unbegreiflicherweise erleichtert. Der Angestellte ging hinaus, um den Vertrag zu kopieren und kehrte erst nach einer viertel Stunde zurück.
„Warum tun Sie das?“ fragte sie, so langsam die Geduld verlierend. „All diese Leute die hier herumsitzen, die all diese nutzlosen Informationen kopieren und mich davon abhalten, meine Arbeiten zu erledigen, während sie ihre dahinschleppen. Wirklich, Ignazio. Ich habe keine Ahnung, wie man hier Dinge erledigt. Wenn in Kanada ein Unternehmer seinen Job nicht macht, feuerst du ihn. Und besorgst dir jemand anderen. Hier kommt man sich vor, als ob man internationale Abkommen unterzeichnen müsse.“
Scamurra lächelte.
„Ich sollte ihnen etwas sagen, was ich vor ein paar Wochen herausgefunden habe,“ fuhr sie fort. „Wissen Sie, dass die Firma meines Ex-Mannes große Anteile von CENSA besitzt?“
Ignazio schaute zu ihr hinauf, teils fragend, teils alarmiert.
„Ich hatte davon keine Ahnung, falls es das ist, worauf Du hinaus willst.“

Es war eine Lüge. Sie wusste, dass es eine Lüge war oder zumindest eine Halbwahrheit und fühlte sich dafür etwas schuldig. Sie erzählte ihm nicht, dass sie glaubte, ihre CENSA-Verbindung sei der Grund, dass ihre Arbeitgeber sie angestellt hätten.

„Dank Dir, dass Du mir das gesagt hast," flüsterte er in ihr Ohr. „Ich werde das meinen Schwager wissen lassen." Er machte eine Pause, schaute sich um und fügte hinzu: „Sei vorsichtig!" Scamurra legte seinen Zeigefinger an eine Nasenseite. „Vorsichtig! Sprich mit niemandem. Mein Schwager führt sie und ihre Abruzzo Region Puppen in die EU." Er nickte emphatisch. „Wir werden sehen," sagte er. „Wir werden sehen."

Suzanna verließ das Taxi vor der Villa Grazioli, 243 via Salaria. Ihr war nicht bewusst gewesen, wie nahe die Kanadische Botschaft der Villa Torlonia lag, dem römischen Palast des Seetrockners, ironischerweise nicht weit vom Vicolo della Fontana gelegen. Sie war sich der Kosten für Gartenarbeiten an den Häusern ihrer Mutter bewußt, Tausende pro Jahr. Und für den Unterhalt dieser exquisiten blütenüberströmten Blumenwunderpfade voller Mosaike? Zehntausende? Hunderttausende? Sie schaute zum Wandgemälde über den Fenstern des ersten Stockes hinauf. Sankt George war dabei, den Schlangendrachen hinzuschlachten.

Drinnen war sie ähnlich beeindruckt, ja, eingeschüchtert. Licht strömte durch die selben vier Meter hohen Fenster und blinzelte und spiegelte eine Unmenge von sonnengleichen Deckendekorationen. Sie spürte ihren Herzschlag und konnte nichts dagegen machen. Zu stark war die Macht dieser Hallen. Am Telefon wurde ihr gesagt, man hätte die Botschaft ausgewählt, damit sie sich näher daheim fühle.

Während sie auf ihre Verabredung wartete, wanderte ihr Kopf rüber zu der anderen Villa die Ted Blake erwähnt hatte. Er hatte ihr einige Fotos gemailt: himmelblaue Mauern auf einem Hügel, mit Blick auf die See, eine gepflegte Umgebung, Gitter so hoch wie hier, wenn nicht sogar noch höher und eindrucksvoller. Sie kannte den Unterschied. Die Botschaft war ein Gebäude des kanadischen Volkes, denen es zustand, angemessen repräsentiert zu werden, dachte sie zumindest. Mitarbeiter waren einfach nur Angestellte, selbst die Botschaften waren nicht mehr als Kapitäne. Wie lange hin, bis sie ersetzt und ins tägliche Leben entlassen wurden? Anders gesehen handelte es sich bei dem himmelblauen Anwesen um Diebesgut, ein Blutgebäude, von Generation zu Generation vererbt, obwohl es sich bei den Bewohnern oftmals um Kriminelle und Diebe handelte. Sie hatte keine Probleme mit moralischen Bedenken, sie stärkte sich nur für das, was kommen könnte. Was, falls jeder in Botschaften wie dieser entweder kriminell oder ein Dieb oder dessen Freund oder sein Verteidiger war? Sie stellte sich das Leben in Libyen oder Tunesien und ähnlichen Gesellschaften vor und ihr wurde umgehend schlecht.

Als es soweit war, gab es drei Menschen die bereit waren sie zu empfangen, ein junger kanadischer Konsular-Offizier und zwei italienische Polizistinnen, voller Ermutigungen und Bestätigungen. Sie stellten sich ihr als ihre ‚Assistentinnen' vor. Wegführerinnen wäre wohl angebrachter gewesen. Dann gingen sie alle Informationen durch, die sie kannten und verstanden: Der Bootsname (La Mostra), wer höchstwahrscheinlich an Bord sein würde, den Treffpunkt des Yacht Clubs, der erwartete Ablauf. Die Autoritäten wären immer präsent, aber unsichtbar und ein Eingriff von ihnen war nur für den unwahrscheinlichen Fall vorstellbar, dass man den Kontakt mit ihr verlöre. Alles würde genau wie nach Plan ablaufen. Nur an ihrem Telefon müsste man nochmal was justieren. Hat sie es dabei? Dann könnten sie das gleich erledigen. Man hatte ihr empfohlen, ihr Smartphone immer angeschaltet zu haben. Es würde aufnehmen, natürlich, aber auch als Tracking Sender dienen. Zur Sicherheit steckten sie auch noch einen in ihren Schuh.

Natürlich musste sie ihr Einverständnis dazu unterzeichnen.

„Und was bedeutet das?" fragte Suzanna.

Einer erklärte. Es gab zwölf Klauseln. Zum Beispiel hätten mögliche Verletzungen nie etwas mit der Polizei oder der Küstenwache zu tun. Kein Gesetz zu brechen, außer es diene der Beschaffung von wichtigen Informationen. Keine Waffen zu tragen, jeglichen Gewaltaktionen aus dem Wege zu gehen. Kein Drogenhandel. Keine Versuche, Menschen durch Sexangebote zu kriminellen Taten zu zwingen. Sie willigte auch ein, dass sie die Kompensation die sie für ihre Dienste erhielt akzeptiere und sie bestätige, künftig keine weiteren Forderungen an die italienische Küstenwache oder die *Carabienieri*[61] zu stellen. Schlussendlich stimmte

61 Gendarmerie Italiens

sie zu, dass sie zu diesem Arrangement völlig freiwillig, ohne Zwang eingewillgt habe - letzteres eine offensichtliche Lüge.
Suzanna unterschrieb.
„Vielen Dank, Signora Ricci. *Avete fatto bene,*" erklärte die Polizistin. „Sie haben das richtige getan."
Der junge Konsularangestellte lächelte und nickte zustimmend.
„Vergessen Sie die Kriesennummer nicht," fügte der Kollege hinzu. „Falls irgendetwas schief läuft. Sechs, sechs, sechs. Die können Sie nicht vergessen."
„Warum kann ich die nicht vergessen?" fragte Suzanna.
Die Frau lachte.
„Weil es die Nummer des Teufels ist."

28

Suzanna war gut im Smalltalk. Das hatte Len oftmals etwas geringschätzig festgestellt. Wenn es bei einer Konversation Lücken zu füllen gab, sie konnte sie füllen. Im eigenen Bewußtsein war sie kein Plappermaul, sondern sozial nützlich. Nicht so der sozial unnütze Ted Blake, zurückhaltend, schüchtern, der ein Gespräch kaum länger als ein Lächeln halten konnte. Auf der Straße von Reggio Calabria nach Punta Vaticano fiel ihr die Rolle der Unterhalterin zu. Sie hatte keinen Bock auf den Trip gehabt, dachte, um ihre Anschaffung bewilligt zu bekommen würden ein paar durchs Telefon gejagte Mails ausreichen, doch Ted wollte die Zustimmung der Frau in Person, nicht virtuell. Unterwegs fragte sie nach ihrer Begleitung, erhielt aber nur einsilbige Antworten. Also redete sie über ihre Jungs, nie über die Ehe, über Scamurra, nie über die CENSA, über das Haus in Acqua Sacra, mit all seinem Trübsal, nie darüber, wo sie wohnte. Im Gesprächsmodus erzählte Suzanna Ricci viel, gab aber wenig preis, wie ein Octopus, der sich hinter seinem Tintenschleier verbirgt. Das zumindest hatte eine wenig schmeichelhafte Person gesagt. Vielleicht stammte das auch von ihrem Ex, der nie auf bürgerliche Allüren aus war.
Nachmittags, zwei Tage später, am Pozolla Porto Fossa Yacht Club gab sie sich überschwenglich über das fabelhafte Schiff, das dort wartend lag, gepflegt, modern, in königlichem blau und silber an den Außenseiten, diverse sich aufbauende Decks in schneeweiß. Ein Spielraum, ein Esszimmer, eine Küche wie aus dem Designerhandbuch, und eine sechsköpfige Crew.
„Hab's doch gesagt, oder? Eine Mittelmeer Cruise. Ich habs gesagt." Ted Blake schien tanzen zu wollen. „Ich hab's gesagt. Schau Dir das mal an." Er führte sie eine Treppe hinunter.
„Ihre Suite, Madame. Sind Sie beeinduckt?"
„Beeindruckt?" sagte sie. „Natürlich bin ich beeindruckt. Ich fühle mich wie eine Art Mafia-Queen!"
Sie hatte keine Ahnung, warum dies so aus ihr herausplatzte, aber dem Ausdruck auf Teds Gesicht nach zu urteilen, hatte sie was falsches gesagt.
„Warum murmelst Du immer so einen Unsinn?" rügte sie Len. „Was überkommt Dich da?"

Zu ihrer Verteidigung antwortete sie etwas lahm: „Ich habe einfach den Drang, die Wahrheit zu sagen, da kann ich mir nicht helfen.," worauf er sie über die Wichtigkeit von Diplomatie als Zugabe im erwachsenen Leben belehrte, die meist nur knapp an Lügen vorbeischrammte.
Nachdem sie sich mit Ted dem Kapitain und der Mannschaft, inklusive der sehr arabisch aussehenden Dame, ihrer Gastgeberin, vorgestellt hatten, ging es hinaus auf See und Suzanna war auf Wiedergutmachung aus. Ted hatte in einer Schublade ein Fernglas entdeckt und schaute damit über Steuerbord.
„Kannst Du die sehen?" fragte er und reichte ihr das Fernglas.
„Wo?"
„Gleich rechts. Ein paar Seeschwalben."
Nach einer kleinen Anpassung konnte sie die Schwalben in ihrem eleganten Grau und Weiß gut sehen. Ihre Schwanzfedern ragten schlank nach hinten heraus.
„Ich hatte keine Ahnung, dass Du Vögel magst, Ted."
„Oh, ich mag sie fliegen sehen. Sie sind anmutig und rein. Auf natürliche Art frei. Ich beneide sie."
Eine Schwalbe stürzte aus großer Höhe herab, direkt ins Wasser und flog anschließend zurück zu ihrem Partner.
„Neid?" Sein Umfang und der Computer sorgten für Bodenhaftung, das konnte man auf den ersten Blick erkennen. „Ted Blake! Ein unfreundlicher Mensch würde behaupten, Du wärest bereit, Dein Strebetum gegen einen Schnabel einzutauschen."
Er lächelte matt, noch nicht wirklich für Späße bereit. Zwischen ihnen trat Ruhe ein, die er erst nach einer längeren Pause unterbrach.
„Du musst darauf achten, was Du sagst, Suzanna. Über dieses ganze Mafiazeugs. Es könnte sein, dass sie zuhören und wahrscheinlich verstehen sie Englisch."
Sie antwortete mit einem demütigen Unterton: „OK. Ich werde sorgfältiger aufpassen."
Allein in einem Liegestuhl, nahm sie seine Zurechtweisung stärker auf als das Sonnenlicht. Sie hatte gesagt, was sie gesagt hatte, weil sie nervös war, auch wegen ihrer Unterhaltung mit Tomasso zwei Tage zuvor auf

der *Antico Muro*[62], die sie noch beschäftigte. Aber Len hatte recht. Ted hatte recht. Ihr fehlte ein bestimmtes Maß an Besonnenheit. Sie wanderte die *via dei Pastori* hinauf, bis sie in einen Traktorenweg überging, der zu den meisten Feldern und zu den Bergen führte. In der Wärme entdeckte sie eine kleine harmlose Schlange, die auf einem Felsen ruhte. Von der ihr eigenen Schönheit angetan, nahm sie mit ihrem Smartphone ein Foto auf, das sie nach ihrer Rückkehr Tomasso zeigte. Der schaute sie sich an und seine Augen vergrößerten sich während er sprach.
„Eine Aspisviper," erklärte er. „Du glaubst, sie sei winzig, wie ein Schlangenbaby, aber in diesem Fall erhöht die Winzigkeit ihre Gefährlichkeit. Du erinnerst Dich an Cleopatra?"
Sie nickte bedröppelt und schaute auf den Boden.
„Die alten Männer tragen bis an die Knie reichende, lange Lederstiefel, wenn sie in die Berge gehen. Genau darum. Heute macht das kaum noch jemand, aber man sollte es. Jedes Jahr werden Menschen gebissen und sterben. Die alten Männer haben lange Stöcke bei sich, mit denen sie die Steine abklopfen. Die Schlangen bemerken die Vibrationen und machen sich aus dem Staub."
Suzanne nutzte die Gelegenheit ihn zu fragen, warum er das Gefühl habe, die ganze italienische Regierung sei vom Mob unterwandert. Sie erinnerte sich, dass Scamurra die Einstellung Tomassos auf das Thema ein wenig zu extrem empfand, ähnlich ihrer eigenen.
„Haben Sie von Giovanni Falcone gehört?" fragte er sie. „Paolo Borsellini?"
Sie schüttelte mit dem Kopf.
„In Italien sind die ziemlich bekannt.", sagte er. „Ich glaube, weil sie hier bekannt sind und es auf das Cover vom *Time Magazine* geschafft haben, gehen wir davon aus, dass sie überall bekannt sind." Er hielt einen Moment inne und trank vom Espresso, den er für sie beide gemacht hatte. „Falcone kämpfte gegen die Mafia. Er war zu gut. Also deponierten sie, was heute als ‚*Improvised Explosive Device*' auf die Autobahn A29 nach Palermo, und sprengten die komplette Straße. Sein komplettes Gefolge starb, seine Frau, er selber, seine Leibwächter. Jeder. Zwei Monate drauf töteten sie seinen Kollegen Borsellini durch eine Autobombe, direkt

62 Alte Mauer

neben dem Haus seiner Mutter. In seinem letzten Interview warnte er alle und jeden vor den Mafia-Verbindungen zur Politik und Medienbaronen wie Berlusconi, unserem Premierminister. Natürlich hat dieses Interview kaum jemand wahrgenommen, denn es wurde nur selten gezeigt.
Ted sagte ihr, dass ihr Trip etwa zwölf Stunden beanspruchen würde. Kurz nach Acht am selben Abend, kurz vor ihrer Landung, erhielt Suzanna einen Anruf ihrer Jungs. Sie waren beide am Apparat, normalerweise war es nur Robin.

„Mom, es ist was passiert. Jemand hat mit ner Schrotflintenkugel durch das Wohnzimmerfenster geschossen."

„Was meinst Du mit ‚Schrotflintenkugel'?"

„Nichts ernsthaftes, Mom," mischte sich Logan ein. „Die Polizei meinte, das seien wohl Kids gewesen."

„Aber natürlich ist das was ernsthaftes! Habt ihr Tante Laurella davon erzählt?"

„Ja, haben wir. Sie war hier, als die Bullen erschienen."

„Und warum glauben die, dass es Kids gewesen seien?"

„Weil sie ein Luftgewehr benutzten. Außerdem haben sie die Garagentür und Frau O'Neills Wagen besprüht."

„Frau O'Neills Auto?"

„Das stand in unserer Auffahrt. Erinnerst Du Dich? Du hattest gesagt, sie können unsere Auffahrt benutzen, solange ihre Renovierungsarbeiten liefen. Das haben wir Dir getextet."

„Ihr meint, es sah so aus, als ob es unser Wagen sei?"

Stille am anderen Ende der Leitung.

„Verlasst das Haus und geht zu Tante Laurella."

„Mom! Das waren nur Kids," wiederholte sich Logan verzweifelt.

„Du hast keine Ahnung, ob es nur Kids waren. Ruf Tante Laurella an. Sofort. Du darfst auf keinen Fall - auf keinen Fall! - dort bleiben. Fang nicht an mit mir zu streiten!"

29

Der Saadi Mahmudi der am späteren Abend auf der Yacht erschien, zeigte wenig Ähnlichkeit mit der kupfergetönten Lichtgestalt, die Suzanna auf der Hochzeit von Constanzas Tochter in Rom aus der Entfernung gesehen hatte. Er war schmächtig, gestresst und abgelenkt. Er gab Befehle an seine kleine Tochter, die diese jedoch umgehend ignorierte. Es gab keine Leibwächter, keine Huldigungen, keine westlichen Anzüge, nur Jeans und getragene Lederjacken gegen die Abendkühle. Suzanan hörte, wie er Englisch in sein Smartphone sprach.

„Ja. Sie hat es versucht, aber die Regierung von Malta hat das Flugzeug nicht landen lassen … aber ich sag es Dir doch! Sie ist meine Schwester und sie haben sich geweigert, sie landen zu lassen." Eine Pause, nach dem Mahmudi entnervt fortfuhr. „Weil es hier in den Straßen zu Schießereien kommt, Mann! Glaubst Du, dass ich es zulasse, dass meine Familie umgebracht wird? Die Amerikaner haben Mittwoch dreihundert ihrer Landsleute herausgeholt. … Ja, mit dem Schiff! Mit dem Flugzeug klappte das nicht. Was glaubst Du denn?!"

Mahmudis Frauen trugen eintönige Kleider und schwarze Hidschabs. Eine war etwas so alt wie er, die andere, offensichtlich schwanger, mehr wie eine Tochter und offensichtlich die Mutter seines Kindes. Sie versuchte, dass das kleine Mädchen den Schlammtupfer auf ihrer Backe akzeptiere, doch die Fünfjährige war störrisch und weigerte sich zu kooperieren.

„Mama, ich will nicht schmutzig sein," winselte sie und drehte sich weg. Die arabisch aussehende Begleiterin intervenierte umgehend.

„Komm, Aisha. Lass uns ein Spiel spielen."

Das Mädchen schaute sie mit verdächtigen Blick an, obwohl diese Araberin ihr doch sehr familiär bekannt war.

„Es wird Spaß machen. Wer kann schmutziger sein - Du oder ich?"

Das kleine Mädel schaute sie erneut an.

„Du nimmst etwas Schlamm auf Deinen Finger. Schau her, genau so. Siehst Du? … und den schmierst Du dann auf Zaynab's Gesicht. Siehst Du wie dreckig?"

Das kleine Mädchen lachte.

„Nun bin ich dran. Nur ein wenig, genau so ... Wunderschön!" Sie zog einen kleinen Spiegel aus ihrer Tasche. „Sieh, wie schmutzig! Schau hin."
„Jetzt bin ich dran! Ich bin dran!"
Das Kind brauchte keine Hilfe. Sie steckte ihre Finger in den Schlamm, schmierte ihn in Zaynab's Gesicht und brach in Gekicher aus.
Am folgenden Morgen klopfte es sanft an ihre Tür. Es war Ted. „Sie machen sich fertig, Suzanna." Sie zog sich schnell an, vergewisserte sich, dass ihr Smartphone eingeschaltet war, schnappte sich das Fernglas aus der Schublade und machte sich auf zum Heck. Drei Mitglieder der Crew senkten einen Anker ins stille Wasser. Zaynab und Mahmudi halfen der Familie an Bord. Suzanna konnte das Kind sehen, halb erwacht, überrascht und verunsichert, das kleine Gesicht noch vom Schlaf verschwollen. Im Osten stieg eine perfekte gelbe Scheibe über das Blau und strahlte ein mattes pink-orange über den Himmel. Der Außenbordmotor startete, und über die sanften Wellen hinweg konnte sie ihr Ziel ausmachen, ein schwarzer Klecks am Horizont. Das Fernglas war sehr gut und offenbarte das Objekt im Detail - ein weiterer Zodiac, viel größer, sanft grau, schwankte auf dem Wasser, anscheinend im Ruhezustand. Er war voller Afrikaner, zum Schutz gegen die Kälte aneinandergedrängt, einige mit Schwimmwesten, die meisten ohne.
Sie sah zu. Ted eilte um seine eigenen Ferngläser zu holen, wo er sie am Tag zuvor hatte liegen lassen. Als er zurück kam merkte Suzanna an: „Die haben dies sehr gut organisiert. Wie weit bis Lampedusa?"
„Etwa zwanzig Meilen."
Als sich der Zodiac der Mahmudi Familie näherte, machte sich im anderen Bestürzung breit. Männer gestikulierten, in den Gesichtern der Frauen spiegelten sich Ängste. Die beiden Zodiacs lagen nebeneinander, und die Afrikaner wappneten sich gegen die Eindringlinge. Viel Geschrei, abstoßende Gesten. Sie versuchten klar zu machen, dass kein Platz mehr an Bord sei und sie könnten nicht weiter zusammenrücken, als einer der Italiener eine Pistole zog. Trotzdem wichen die Männer nicht. Ein Crew-Mitglied versuchte an Bord zu gelangen und wurde gewaltsam auf sein Boot zurückgestoßen. Chaos folgte. Ein Mann wurde erschossen und sein Körper über Bord geworfen. Zwei Crew-Mitglieder kamen an Bord, der eine schwenkte seine Pistole. Eine Frau und ihr Kind wurden

ins Wasser geworfen, gefolgt von dem Afrikaner, der den meisten Widerstand gezeigt hatte. Suzanna sah sie, schreiend, hilflos platschend. Niemand konnte schwimmen.
„Ted! Gott nochmal, sie ertrinken!"
„Es gibt nichts, was wir hier machen können, Suzanna. Komm von Deiner Panik runter. Es gibt nichts, was wir hier tun können."
Die Frau mit ihrem Kind verschwand unter den Wellen, tauchte wieder auf, hustend. Für einen Augenblick konnte Suzanna einen schockierten Blick der Benommenheit, einer übernatürlichen Zerbrechlichkeit, der Resignation und des Horrors auf dem Gesicht erkennen, als würde es fragen „So also ist der Tod?". Und dann verschwand sie ein letztes Mal, mit ihrem Kind in den Armen.
Suzanna langte in ihre Tasche, zog ihr Smartphone heraus und wählte sechs-sechs-sechs.
„Die werfen Menschen ins Meer!" Die Worte überwältigten sie absurderweise und sie wiederholte sie, „Mayday! Mayday!"
Ted Blake schaute sie überrascht und verärgert an.
„Was zum Teufel machst Du da?" Für einen Augenblick drehte er seinen Kopf und schaute zur Kapitänsbrücke herauf.
„Ich versuche Hilfe zu holen! Und Du kannst Dich mal wieder nicht entscheiden. Entweder bist Du auf meiner Seite, oder auf der anderen. Wenn Du auf meiner bist, lege ich ein gutes Wort für Dich ein. Bist Du bei denen, bist Du gottverlassen auf Dich allein gestellt."
Ted stand stockstill. Dann breitete er seine Hände über sein Gesicht, das Fernglas schaukelte an seinem Hals wie ein Pendel. „Jesus Christ," sagte er wiederholt. „Jesus Christ."
Weniger als fünf Minuten später erblickte sie drei schnelle, rotgestrichene Schiffe der italienischen Küstenwache. Sie hörte die Yacht starten, dann war es plötzlich still. Die italienische Crew war nicht organisiert. Einer steuerte mit dem kleineren Zodiac weiterhin auf die Yacht zu. Als sie sich näherten, realisierten die Migranten, wer da auf sie zu kam. Die Afrikaner zeigten auf sie, stimmten Jubelgesänge an, wedelten mit nach oben gestreckten Armen ihre Hüte. Nach einem kurzen Augenblick des Triumpfes wandten sie sich ihren Peinigern zu. Sie packten und entwaffneten die beiden Crew-Mitglieder. Andere umkreisten Mahmudi und

seine Frauen. Anspannung und Zorn beherrschte ihre Gesichter. Als ob all die Jahre der Unterdrückung und impotenten Frustration, die sie letztendlich auf diesem beschissenen Schlauchboot zusammengebracht hatte, schlussendlich bereinigt und erledigt werden könnte. Einer schlug einen der Italiener an den Kopf, dann einen anderen. Wäre es ihnen möglich gewesen, davon ging Suzanna aus, hätten sie beide totgeprügelt und ihre Körper in einer gewaltigen Racheanwallung über Bord geworfen. Schüsse erklangen vom näherkommenden Boot. Niedergekauerte Migranten hielten die Arme der Crew auf deren Rücken gedreht. Während andere emphatisch gestikulierten, um den Behörden klar zu machen, wer wirklich zu Verantwortung gezogen werden müsse.
„Gott sei Dank," murmelte Suzanna zu einem stillen Ted Blake, der ihrem Blick auswich. Sie sah Taucher auf einem der Boote der Küstenwache. Sie sammelten die Körper ein, die kleinen zuerst. Ein anderes hängte langsam den Migranten-Zodiac hinten an *La Mostra* an. Mit erzwungenem Lächeln kamen die Afrikaner an Bord, immer zwei gleichzeitig. Der Geruch all dieser Körper auf engstem Raum war so überwältigend, dass sich Suzanna die Nase zuhalten musste. Doch sie hörte die Seufzer der Erleichterung und Verzückung. Einige saßen selbstbewusst auf silbernen Klappstühlen und lachten frohlockend mit ihren Freundinnen, die weißen Plastiktüten, in denen all ihr weltliches Hab und Gut verstaut waren, an ihren Seiten. Andere erkundschafteten die Treppenhäuser. Das versprochene Land! Das war ihnen klar. Sie wussten, wenn sie beim Glauben blieben, wäre der Erfolg auf ihrer Seite. Und hier waren die Beweise, massenweise Reichtümer, auch wenn Suzanna da anderer Meinung war. Ihr waren diese schwarzen Bettler in Italien begegnet, an Kreuzungen oder auf Parkplätzen wurde ihre Privatsphäre angegriffen. „Nur drei Euros!" Socken im Winter, Schirme bei Regen - und ‚Nein!' war für sie keine Antwort. „Ich brauche was zu essen. Meine Familie braucht etwas zum essen." Und sie wusste, dass dies nicht das gelobte Land war.

30

Suzanna und Ted stiegen aus ihrem rotwandigen Küstenwachenboot aus, nachdem die Toten, in blauen Körpertaschen, zum Büro der Hafenbehörde gebracht worden waren. Hinter ihnen marschierten Mahmudi und seine Familie. Mit lautstarker Stimme missbilligte er das Vorgehen der Beamten die ihn begleiteten. Er war ein Diplomat und unterstand diplomatischer Immunität. Hatten sie sich schon die Mühe gemacht, seine Papiere zu prüfen? Er verlangte Asyl. Wie konnten sie es nur wagen, ihn und seine Familie wie Lumpengesindel und Kleinkriminelle zu behandeln? Verstanden sie denn nicht? Gaddafi ließ Migranten mit Waffengewalt auf Boote bringen. Hatten sie denn kein TV gesehen? Er hat schon damit gedroht, das christliche Europa in ein muslimisches und schwarzes zu verwandeln. War es das, was sie wollten? „Schaut euch um, ihr Narren! Schaut euch eure Zukunft an!"
Ungewollt gehorchte ihm Suzanna. Was sie sah war herzzerbrechend, beängstigend und abscheulich. Verrottete Boote lagen verlassen im Hafen. Einst ein makelloser Ort, doch nun von Schwärmen leerer Plastikflaschen bedeckt.
Mit Hoodies und Tennisschuhen bekleidet und planlos saßen die Afrikaner dicht gedrängt am Strand. Es gab keinen Ort, an den sie gehen konnten. Neuankömmlinge, wie die gerade von der Yacht, wurden von der Polizei hinter Gesichtsmasken in Empfang genommen. Einige von ihnen waren wohl Ärzte. Diese trennten offensichtlich Kranke von Gesünderen durch entsprechende Buttons. Örtliche Frauen gingen an ihnen vorbei. Schon angekommene Migranten johlten und spotteten und prahlten mit lüsternen Gesten. Suzanna konnte die Ängste und Abwehr in den Augen der Mädchen erkennen.
Andere Afrikaner brüllten die Polizisten in Arabisch an, andere auf italienisch. Man drohte, das überfüllte Empfangszentrum abzubrennen. „Ein Ort für Hunde und Schweine! Und vielleicht deine Mutter!" Die italienischen Behördenvertreter ignorierten sie, scheuchten einige hin zu der übermüllten Zeltstadt, die sie am Hang des Hügels aus Plastikplanen und verrosteten Öltonnen errichet hatten. Wenn die Situation außer Rand und Band geriet, mussten sie lange Märsche absolvieren, einer hinter dem andern, jedermann die Finger auf der Schulter seines

Vordermannes. Es war ein Platz des Chaos und der Verzweiflung, dachte Suzanna, eine Insel der Verdammten. „Wir schlafen wie Hunde!" schrie ein anderer Mann. „Aber wir können warten. Europa ist groß. Da gibt es für alle von uns Platz!"

Männer der Küstenwache setzten Ted und Suzanna neben einem kleinen Raum der Hafenbehörde ab. Die Mahmudi-Familie wurde anderswo hingebracht. Die Tür war offen, und Suzanna konnte die beiden Polizistinnen aus Rom hören, wie auch den ernsthaften Protest des jungen kanadischen Botschaftsbeamten.

„Sie haben ihre Dubliner Verpflichtungen, klar. Das verstehen wir. Sie müssen sie abwickeln, weil sie hier gelandet sind. Alles worum wir bitten ist, dass Sie uns eine Einsicht in den Themenbereich ‚Internationaler Schutz' gewähren. Sie können sie nicht nach Benghazi retournieren. Sie sind nicht aus Benghazi und hier nicht sicher."

„Das werden wir sehen," sagte eine der Frauen. „Das werden wir sehen. Vielleicht werden sie ja nach Niger geschickt. Sie sind mit der Regierung befreundet."

„Niger?"

„Möglicherweise. Diese Entscheidung haben andere zu fällen. Man munkelt, Berlusconi käme nach Lampedusa." Suzanna konnte hören, wie sie sich der Tür näherte. „Vielleicht löst er ja das Problem." Es schallte ein unterdrücktes Gelächter. „Er und Gaddafi sind befreundet."

Nachdem sie die Tür geschlossen hatte, wandte sich Ted Blake zu Suzanna.

„Du solltest die E-Mail sehen, die ich gerade von meinem Boss bekommen habe."

„Du meinst Bliss?"

„Genau den. Ich habe das Vergnügen Dir mitteilen zu dürfen, dass uns beiden gekündigt wurde."

„Gefeuert?"

„Du hast richtig gehört."

„Ich kann mir nicht vorstellen warum."

„Nun, ich denke neben anderer Dinge, weil wir ‚skrupellose Arbeitnehmer' sind, die, und das folgende ist ein Zitat, OK, ‚sich zu ihrem eigenen illegalen Gewinn, gegen einen unterzeichneten Ethik-Code, in eine Verschwörung verwickeln lassen, die Sicherheit eines international erkannten Flüchtigen und Kriminellen zu gewähren. Und das ohne die Autorisation oder das Wissen des Managements von Lamothe, Bliss & Hendricks.' Uns wurde - Ehre wem Ehre gebührt -, jawoll, gekündigt. Gott, ich liebe dieses Wort. ‚gekündigt'. Noch ein Zitat. Jegliche Benefits oder Nebeneinkünfte die mit der Arbeitsstelle einhergehen, wie Rückerstattungen für Mahlzeiten, Unterkünfte, Flugtickets, verlieren am Datum des Briefes ihre Gültigkeit'."

„Das glaub ich nicht, Ted. Ich kann es einfach nicht fassen," stotterte Suzanna, ihren Kopf schüttelnd. „Skrupellose Arbeitnehmer ...".

„Meine Skrupellosigkeit gegen dein Pogg, Suzanna. Was kann ich sagen?"

Der junge Konsular-Beamte holte sie ab.

„Geh sicher, dass Du alles sagst wenn Du dran bist."

Suzanna wiederholte das Vorgefallene akribisch. Die *Carabenieri* dokumentierten alles, der junge Kanadier bestätigte die Übersetzungen. Sie stellte sicher, dass sie Ted Blake als einen willigen Komplizen ihrer Bemühungen darstellte, wofür man ihr in der Runde kongratulierte. Aber am Meisten interessierte sie Mahmudis Beteiligung.

„Hast Du gesehen, ob er den Männern vor den Schüssen Zeichen gegeben hat?"

„Nein."

„Half er in irgendeiner Weise bei der Entfernung der Menschen aus dem Boot?"

„Nein. Hat er nicht."

„Hast Du irgendetwas intrigierendes über die Vorsätzlichkeit, was die Überfüllung des Migrantenbootes gehört?"

„Nein."

Sie fragten die selben Fragen über ihren Arbeitgeber. Hatten sie irgendwelche Notfallpläne für die Eventualität einer Überfüllung ausgearbeitet? Suzanna erwiderte, dass dies nicht zutraf. War ihnen bewusst, dass die Männer auf der Yacht bewaffnet sein würden? Suzanna antwortete einfach, dass sie nie an diesem Projekt teilgenommen hätte, wenn sie soetwas auch nur für möglich gehalten hätte.

„Aber das war doch nicht schwer vorauszusehen," warf der kanadische Offizier ein.

Suzanna dachte etwas nach. Dann sagte sie, „Sie haben recht. Ich hätte es wissen müssen. Genau wie Sie," fuhr sie fort, während sie die Polizistin anschaute, die jedoch nicht reagierte.
Die andere Frau mischte sich ein.
„Wir haben gute Nachrichten für Sie, Frau Ricci."
Suzanne schaute auf.
„Die Yacht wird vom italienischen Staat beschlagnahmt, da sie ja aus kriminellen Aktivitäten finanziert wurde." Sie schaute zum jungen Kanadier. „Machen Sie so etwas?"
„Manchmal," sagte er.
„Hier machen wir das oft. Manchmal hat die Agentur, die sich um sowas kümmert, mehr Geld zur Verfügung als sie unterbringen können. In diesem Fall werden Sie etwas davon abbekommen, Frau Ricci."
„Für mich?"
„Ja. Für ihre Hilfe. Ich weiß nicht, wieviel es sein wird. Sie müssen nach Rom kommen. Das müssen Sie allemal, weil noch einiger Papierkram ansteht."
„Ich verstehe."
Während Ted Blake seine Auskünfte gab, schritt Suzanna nervös durch die Empfangshalle. Sie schaute durch Bürofenster, schnappte auf der Straße etwas frische Luft und kehrte zurück, um die Nachrichten zu verdauen. Irgendetwas würde sie erreichen. Sie fragte sich, was sie damit anfangen würde, zerschlug jedoch diesen Gedanken, denn sie war überzeugt, dass nichts geschehen würde. Dies war immerhin Italien. Sie kreuzte erneut die Empfangshalle und steckte ihren Kopf in einen kleinen Raum, dessen Tür offen stand.
Vor ihr waren zwei Reihen Särge aufgebahrt. Sie zählte zwölf, jeder mit einer gelben Rose auf dem Holz. Neben ihnen, geschmückt von Teddybären, standen zwei kleine weiße Särge. Bald würden es drei sein.
Sie seufzte und kehrte zu ihrem Sessel zurück. Konnte man noch irgendetwas tun? Eine Welle gefühloser Gleichgültigkeit durchflutete sie. Sie musste ihre Jungs anrufen. Sobald sie hier draußen wäre, würde sie ihre Jungs anrufen. Aber sie konnte sich von dem, was geschehen war, nicht frei machen. Mahmudi und seine Familie erhoben ihre Ansprüche. Zweifellos würden sie das Asyl, das sie suchten auch bekommen. Wenn nicht in Europa, dann anderswo. Sie müssten einiges von ihrem

Angesparten herausrücken, wenn auch nur einen kleinen Teil um zu überleben. Sie würden ihr Leben in relativ entspannter Ruhe leben. Wie alte russische Emigranten mit ihren gepflegten Erinnerungen an grandiosere Zeiten. Was hatte die Welt verändert? Reichtum schützt vor Strafe. So war es schon immer gewesen. Und die Reichen unterstützten den Glauben, Teil ihrer Strategie des Ausweichens.
Verzerrte afrikanische Gesichter, wutentbrannt, aufgebracht durch die, die einfach nahmen - Arbeitsplätze, Güter, Raum und Leben. Für einen Augenblick ergab sie sich ihrem Blutdurst. Am Liebsten hätten sie die italienischen Crewmitglieder zu Tode geprügelt, die einzelnen Rippen herausgerissen. Rohe Gerechtigkeit, Blut für Blut, ohne Vorwarnung. „Die Vergeltung ist mein, ich werde sie zurückzahlen, sagte der Herr." Um sich zu beruhigen, sich daran zu erinnern, wer sie war, keine verrückte Pariser Marktfrau. Sie wiederholte diese Phrase immer wieder, wie ein Mantra. Doch sie konnte sich nicht helfen, sich zu wundern. Kein Krimineller würde aus Nachsicht die andere Backe hinhalten. Sie trugen ihre Geldlust wie einen Selbstmordgürtel; sie würden dafür sterben und viele mit sich nehmen. Warum Nachsicht walten lassen? Wer weinte schon um die Unschuldigen? Die Geschichte war grausam mit Tyrannen umgegangen, der Mob noch grausamer: die Guillotine für Marie Antoniette, der Fleischerhaken für Mussolini, die Showeinlage mit Saddam Hussein am Galgen. Sie wiederholte sich. „Die Vergeltung ist mein, ich werde sie zurückzahlen, sagte der Herr."

31

Als Suzanna an jenem Abend ihre Jungs anrief, holte ihre Schwester Logan an den Apparat.

„Ist alles OK, Mom. Sie haben das Fenster repariert. Frau O'Neill war wirklich richtig sauer, aber ihr Wagen steht nun in der Garage. Wann kommst Du heim?"

„Bald. Ich muss nur noch Acqua Sacra checken und dann einen Flug buchen. Bald. Ist Robin OK? Wo steckt er?"

„Ich bin hier, Mom," hörte sie auf der anderen Leitung.

„Weißt Du," fuhr Logan fort, „dass es in der Nähe eine weitere Schießerei gab?"

„Wovon redest Du?"

„Reg Dich nicht auf. So nahe war es nun auch nicht. Die war in der Upper Lachine Street. Du erinnerst Dich an das Restaurant, in das Dad und Du uns gerne mitgenommen habt?"

„Das mit dem pinken Logo?"

„Genau das. Auf dem Parkplatz. Der Sohn von einem großen Mafia-Fuzzy. Er wurde bei offenem Tageslicht direkt neben seinem Wagen erschossen."

„Schau. Bleib bei Tante Laurella, OK? Steck Deine Nase nicht in das Haus bis ich zurück bin. Versprich mir das."

„Was geschieht hier, Mom?" fragte Robin etwas zögerlich. „Du bist da nicht in etwas verwickelt, oder?"

„Spinnst Du? Kein Grund zur Sorge. Die Jungs haben eine großartige Zeit. Aber kannst Du mir genau sagen, was Du da drüben treibst?"

„Das werde ich, Laurella. Aber nicht am Telefon. Ich werde Dir alles erklären, wenn ich zurück bin."

„Wir machen uns Sorgen. Ich hoffe das ist Dir klar."

„Ich weiß. Ich weiß. Ich werde es erklären, nur nicht jetzt."

„OK. Etwas erfreuliches. Der philipinische Einfaltspinsel kam dieser Tage zu Besuch. Ich sollte ihn nicht so nennen, er ist wirklich sehr nett. Es ist alles geklärt. Ich dachte, das würde Dich beruhigen. Uns alle. Und Dich auch."

„Was meinst Du mit ‚es ist alles geklärt'?"

„Er sagt, dass alles geklärt sei. Sie haben sich die Dokumente angeschaut. Wir schulden niemandem was."
„Das meinst Du nicht ernst?"
„Doch. Ich kann es ja selber kaum fassen. Du kennst mich. Ich konnte mich nicht zurückhalten, also sagte ich, ‚Ich hab es Dir gesagt. Ich sagte Dir, Du hättest Dich um die großen Gebäude für die Mafia kümmern sollen'. Weißt Du was er gesagt hat?"
„Was?"
„Er sagte, ‚Wie macht ihr das? Ich meine, all die Güter die ihr verwaltet. Das würde ich auch gern tun. Ist es schwer, ungeliebte Mieter loszuwerden?' Also gab ich ihm eine Unterrichtsstunde als Vermieter."
„Echt?"
„Ja, es ist wahr, ich schwöre. Ich gab dem Typ eine Lektion als Vermieter."
Der junge kanadische Beamte half beiden bei der Buchung eines Fluges von der Insel und der Buchung einer Übernacht-Unterkunft in Rom.
„Sie reisen zusammen?" fragte er.
„Ja." meldete sich Suzanna. „Jeder ein Zimmer für sich."
„Natürlich seperate Zimmer." mischte sich Ted ein. Im Flugzeug saßen sie zusammen, der junge kanadische Diplomat ganz vorn, allein für sich. Ted wandte sich ihr zu.
„Ich möchte Ihnen für das, was Sie getan haben, danken."
„Oh, das ist schon OK. Ich glaube gerne, dass ich eine gute Seele erkenne wenn ich auf eine treffe."
„Das ist nett gesagt von Ihnen. Ich bin mir nicht sicher, ob ich das auch verdiene."
Er fummelte mit seinem Taschentuch herum, versuchte es sich im Sessel bequem zu machen, der seinem Körperumfang angemessen war. Er wischte sich über die Stirn. Er war nervös, unsicher.
„Ich weiß, ich habe sie mit Pogg und all dem gehänselt. Das hat sie nicht gerade glücklich gemacht."
„Oh, das können Sie vergessen. Das war ein Scherz. Und vielleicht nebenbei auch die Wahrheit."
„Nein, das glaube ich nicht. Sie sind mich bald los. Keine Angst. Sie müssen sich um alles mögliche kümmern, ihr Haus und all das. Aber ich wollte gesagt haben, dass - da uns beiden gekündigt wurde - …, dass ich gerne mit ihnen zusammengearbeitet habe. Ich würde es mögen.

Ich fände es schön," sagte er, mit einem Blick auf sie, als er seine Hand ausstreckte, „wenn wir Freunde sein könnten."
Sie nahm seine Hand in ihre und schüttelte sie unbeholfen gegen ihren Sicherheitsgurt.
„Natürlich, Freunde, Ted."
„Ich sollte das vielleicht nicht sagen", fügte er nach einer Pause hinzu. „Wahrscheinlich werden Sie auf mich sauer sein, aber wissen Sie was ich dachte, als ich Sie das erste Mal gesehen habe?"
„Keine Ahnung."
„Gott, das ist fürchterlich..."
Er hielt inne und fuhr nicht weiter fort.
„Nun?" sagte sie, halb lächelnd, halb gespannt.
„Sie kennen das alte Bild von dem Farmer und seiner Frau?"
Sie schaute verwirrt.
„Wissen Sie. Er hat eine Mistgabel. Sie trägt diese in der Mitte geteilte Haartracht. Menschen aus dem mittleren Westen. Zweihundertprozentige Protestanten."
„Also?"
„Ich dachte, es würde sich um Sie handeln."
„Ich bin katholisch, Ted. Und Italienerin."
„Ich weiß, *ist mir klar.* Es ist verrückt. Was ich sage ist *verrückt.* Aber das ist, was ich dachte, Pogg. Zweihundert Prozent Pogg."
Sie schaute weg.
„Ich wusste, es würde Dich verrückt machen, aber das sollte es nicht. Wir brauchen mehr Protestanten der Alten Schule, Suzanna. Das ist, was ich versuche Dir zu vermitteln. Vernünftige Menschen, auf die man sich verlassen kann. Menschen mit Rückgrat. Wirklich. War das nicht der ursprüngliche Grund, warum ihr Protestanten wurdet? OK. Sie sind Katholikin. Aber sie wissen, woher ich komme. Vielleicht bin ich etwas zu nachsichtig gewesen."
„FYO - damit Du es weißt," grinste sie nach einem Augenblick. „Unser Typ wurde der Großinquisitor genannt."
Am Gepäcklaufband verabschiedete sich der junge Kanadier.
„Lassen Sie die Polizei wissen, wo Sie sich aufhalten," sagte er. „Mir ist aufgetragen worden, Sie entsprechend zu unterweisen. Zu ihrer eigenen

Sicherheit. Die Polizei möchte, dass die Überwachungssender in Funktion bleiben."

„Warum das?"

„Für den Fall der Fälle", sagte er unverbindlich. „Eine Vorsichtsmaßnahme."

Ted Blake erhielt von dem Polizisten, der ihre Hoteltür überwachte, die selben Antworten.

32

Die Woche war ein perfekter Problemsturm für Robert Bliss, vor allem aber für Len Ricci gewesen. Um seinen Arbeitsplatz besorgt, kam er schon frohgelaunt früh am Montagmorgen. Was musste gemacht werden? Es war eine Katastrophe. Die schweizer Polizei mischte sich in Riadh Abdallahs Angelegenheiten ein. Es war nur eine Sache der Zeit, bis sie den Zahlungen auf die Spur kamen.
„Ich habe eine Ahnung, aber klär mich bitte auf, über was für Zahlungen wir genau reden."
„OK." Riccis Ungeduld wies darauf hin, dass er Bliss unterstellte, auf dem neuesten Stand zu sein. „L&S lenkt Geld durch Abdallah zur Mahmudi-Familie. Das geht schon seit Jahren so. Wie glaubst Du ist die Vorauszahlung an Deinen Typen vorgenommen worden.?"
„Carlucci."
„Richtig. Carlucci. L&S zahlt Konsultationsgebühren an Abdallahs Firmen. Donel Securities und Dinero International, beide auf den britischen Virgin-Inseln zuhause. Diese Firmen zahlen wiederum an Mahmudis Camden Investments. Alle Schecks laufen über schweizer Konten - große Schecks, Zigmillionen, und alles vermeintlich geheim, gell? Aber auch nicht so richtig geheim. Das wird nun von der Schweizer Polizei untersucht. Riad hat einen Vogel. Ich meine, wer wusste davon? Ich sagte ihm ‚Lass Deine Sachen von Bliss verwaltern. Das ist wahrscheinlich sicherer.' Er lachte mich nur aus. ‚Sicherer als die Schweizer?' sagt er, als ob er genau Bescheid wüßte. Nun, er weiß nicht alles. Es bricht zusammen, Mann, das sag ich Dir!"
„Beruhige Dich, komm runter … Und hier wird nicht geraucht."
Ricci steckte seine Zigaretten weg. „Sag mir. Wer wusste über das, was Du hier beschrieben hast, Bescheid?"
„Wer informiert war? *Jeder wusste es.* Der Präsident, Luc Archambault, der Verwaltungsrat. Vielleicht versuchen sie jetzt den Anschein zu erwecken, dass sie nicht Bescheid wussten, aber es war kein Geheimnis, wie man Geschäfte in Nord-Afrika abwickelte. Es ist ein Scheisshaus. Wer in einem Scheißhaus arbeitet, stinkt wenn er rauskommt."
„Schadensbegrenzung, Len. Schadensbegrenzung. Wer sitzt da im Vorstand?"

„Im Vorstand? Fast jeder der Jemand ist. Der Präsident der Gryphon Resources, wie heißt er noch? Hawkes, Frank Hawkes. Ein Alberta Typ. Senatoren. Typen vom Order of Canada. Bosse, Bob. Dicke, fette Bosse."
„Kein Problem. Falls sie Bescheid wüssten, hätten sie sich selber um Schadensbegrenzung bemüht. Mein Rat an Dich, vermeide jegliche Kontakte zu jenen, die auf höherer Ebene direkt involviert sind. Sie sind gegangen. Riadh? Weg. Archambault? Wahrscheinlich gegangen als er Dinge unterschrieb, es blieb ihm nichts anderes übrig. Ich kenne Frank Hawkes. Lass mich mit ihm sprechen."
„Sicher. Aber was werden Sie ihn fragen?"
„Ich werde ihm sagen, dass Sie mir wichtige Informationen zugespielt haben, was er wissen sollte. Wir sind die Rechtsberatung des Betriebes, also steht uns das Recht zu. Eine interne Untersuchung ist in Ordnung - auf Armeslänge. Wir arbeiten doch auf Armeslänge, oder? Die Rechtsabteilung entdeckt Ungehörigkeiten derber Arbeitgeber. Nach Ihren Beschreibungen paßt Abdallah perfekt ins Bild. Grobe Arbeitgeber werden gefeuert. Selbst wenn es Archanbault betrifft. Neue Codes der Ethik-Abläufe werden eingeführt. Erinnern Sie sich. Dies ist eine Firma, die einen Preis für gute Führung verliehen bekam. Hawkes massiert die Teilhaber. Hoffentlich, Ende der Geschichte."
„Und Sie werden sich darum kümmern?"
„Natürlich schaue ich mir das an. Das habe ich doch gerade vorgeschlagen, oder? Doch ein kleineres Problem. Die interne Untersuchung wird direkt von meiner Firma Robert Bliss & Associates durchgeführt. Nicht von Lamothe, Bliss & Hendricks."
„Warum?"
„Vertrauen Sie mir. Das ist die bessere Vorgehensweise."
Am Donnerstag der Woche bekam Robert Bliss Besuch von RCMP-Agenten. Sie wollten mehr über Suzanna Ricci und Ted Blake erfahren.
„Sie waren sich also bewußt, dass der Vorfall mit dem Sohn des libyschen Premierministers zu tun hatte?" fragte einer der Offiziere.
„Ja."
„Und waren Sie da irgendwie drin verwickelt?"
„Absolut nicht."
Der andere Agent schaute ihn skeptisch an.

„Ich wiederhole. Absolut nicht. Wir haben in keinster Weise autorisiert oder gebilligt, was Frau Ricci und Herr Blake planten. Ihr Vorgehen liegt in ihrer eigenen Verantwortung."

„Und Sie wissen was vorgefallen ist?"

„In groben Zügen, ja. Ich hörte, es habe Menschenleben gekostet."

„Mmm. Und wie haben Sie von dem Vorfall erfahren?"

„Durch Len Ricci."

„Suzanna Riccis Ex-Ehemann?"

„Korrekt."

„Und wie hat er davon erfahren?"

„Bin mir nicht sicher. Das müssen Sie ihn schon direkt fragen. Es klang so, als könnte es eine Verbindung zwischen Louvain & Sicotte und der libyschen Familie geben."

„Erwähnte er mehr über die Verbindung?"

„Der Name Riadh Abdallah fiel. Das deutet erstmal in eine mögliche Richtung."

„Ich sehe. Wussten Sie, wo sich Frau Ricci und Herr Blake zu jener Zeit aufhielten?"

„Nicht wo genau im Mittelmeer, falls Sie das meinen. Wir hatten sie auf eine Faktfindungs-Mission für ein Abfallprojekt mit dem sich Louvain & Sicotte beschäftigten geschickt. Ihr Fokus sollte ausschließlich auf die Abruzzo-Region gerichtet sein."

„Und dieser Riadh Abdallah arbeitet ebenfalls für Louvain & Sicotte?"

„Ja. Ihre Angelegenheiten im Mittleren Osten und Nordafrika, glaube ich."

„Haben Sie Frau Ricci und Herrn Blake beauftragt, in Kontakt mit ihm zu treten?"

„Nein. In keinster Weise."

„Ich sehe. Also was auch immer sie unternommen haben, geschah dies ohne Ihr Wissen und Einverständnis."

„Exakt."

„Ich danke Ihnen, Herr Bliss, sagte der Agent, das Gespräch abrupt unterbrechend. „Falls wir weitere Fragen haben, werden wir auf Sie zukommen."

Fünf Minuten später hing Robert Bliss mit einer Nachricht für Len Ricci am Telefon.

„Len, was auch immer sie Dir sagt oder sagen wird, ihre Verbindung zu Mahmudi kam durch Riadh Abdallah zustande. Niemand sonst. Wahrscheinlich rottet er in einem schweizer Knast vor sich hin. Geschieht ihm recht. Ruf mich nicht an. Für den Augenblick sollte das für Dich reichen."
Nachmittags marschierte Maurice Lamothe in sein Büro.
„Dies ist ein königlicher Schmerz im Arsch. Was zum Teufel haben wir uns nur gedacht?"
Er fuhr fort zu erzählen, was er alles in den Medien über den Mord an „Pork Chop" Rialto erfahren hatte.
„Du weißt, dass sie es auch auf seinen Partner abgesehen hatten? Das weißt Du doch, oder?"
„Nein, das wusste ich nicht."
„Oh, ja. Graziani steuerte seinen SUV runter von der Cavendish Avenue in einen Baum. Bumm, Bob. Vier Einschusswunden. Vielleicht überlebt der Bastard, vielleicht auch nicht." Für einen größeren Effekt legte er eine kurze Pause ein, bevor er erneut attackierte. „Wisst ihr irgendwas hiervon? Ich meine Sie und ihre Toronto Partner? Das ist doch nicht etwas, dass sie selber ausgeheckt haben? War der Schlamassel mit Mamudih Teil davon?"
„Ich glaube nicht. Nein. Und jetzt kommen Sie mal wieder runter, um Gottes Willen." Bliss stieß seine folgenden Worte eins nach dem anderen aus. „Ich habe nichts von alledem gewusst, OK. Habe … nichts … gewusst. ‚Pork Chop' ist ein Arschloch. Kam vor zwei Wochen vorbei und beschwerte sich, dass er nicht genügend vom Kuchen abbekkäme. Stieß unanständige Drohungen aus. Ich sagte ihm, er solle ein Seil anpissen. Außerdem machte ich den Fehler, Carlucci davon zu erzählen. Ich weiß nicht, ob das irgendetwas mit dem was passiert ist zu tun hat. Aber ich weiß, dass der Sizilianisch-Calabrische Vorfall um den es geht, gut vierzig Jahre oder länger zurück liegt. *Wir* sind es nicht. Sie sind es. Das machen sie."
Lamoth saß auf seinem Stuhl vor dem Schreibtisch, die Arme über der Brust verschränkt, mit resolutem Blick auf den Boden. Dann fuhr er fort, „Verdammte Scheiße, Bob. Das muss ich Dir nicht erzählen. Und was ist mit dem Mahmudi-Fiasko? Was ist da passiert?"

Bliss erzählte die Geschichte so gut er konnte, gab seine Quelle preis, einen sehr verärgerten Rino Carlucci.
„Das hat Dir Ted Blake erzählt?"
„Ja." log Bliss. „Bevor ich ihn feuerte."
„Sie haben Ted Blake rausgeworfen?"
„Natürlich. Wie konnte ich denn feststellen, dass er kein Doppelagent war? Das hätte ich nicht erwartet. Das habe ich nicht erwartet, aber siehe da … jemand hat der Polizei einen Tip gegeben."
„Jesus! Jesus! Jesus! Sag schon Bob! Wie lange braucht es, bis das zu uns zurückverfolgt werden kann?"
„Schadensbegrenzung, ‚Moth'. Schadensbegrenzung," antwortete er sanft. „Das ist mein Job, OK. Das sind Arbeitslose - schuften für den eigenen Profit. Sie können behaupten, nach unseren Anweisungen gehandelt zu haben, aber wenn wir das Gegenteil behaupten, wem wird man Glauben schenken? Bleib ruhig und lass die Dinge einfach ihren Lauf nehmen. Es wird schon gutgehen."
„Du redest, Bob. Du redest und das kannst Du. Aber ich habe am Montag Morgen einen Termin bei Roger Deschamps und die Zeichen stehen nicht gut."
„*Unser* Roger Deschamps?"
„Sie sagen es. Irgendwas liegt in der Luft."
„Möchten Sie, dass ich zu Ihnen komme?"
„Nein. Lassen wir erstmal das Eine zum Andern kommen. Ich lasse Sie wissen, was er sagt."
Bliss spielte mit einigen Papieren auf seinem Schreibtisch herum bevor er fortfuhr.
„Tun Sie mir bitte einen Gefallen. Falls Sie Hendricks bislang noch nicht eingeweiht haben, unterlassen sie dies. Noch nicht. Ersparen Sie mir das Moralitätenspiel. Zumindest übers Wochenende."
Lamothe lächelte, schaute einen Moment aus dem Fenster und drehte sich herum. „Übrigens habe ich das Schlimmste für den Schluss aufbewahrt."
„Oh? Worum gehts?"
„Der Premier öffnet eine Untersuchung."
„Heilige Scheiße! Ich dachte sie seien absolut dagegen."

„Dinge ändern sich. Es wird noch nicht morgen passieren, aber es wird kommen.“

Er schaute erneut aus dem Fenster. Wissen Sie, dass Bernstein bei L&S zurücktritt?“

„Der internationale Vize-Präsident?“

„Und seine Frau verliert ihre Bodyguards. Nächste Woche. Große Ankündigung.“

33

Suzanna sagte dem Polizisten, der vor der Tür ihres Hotelzimmers Wache stand, dass sie einen Tagesausflug nach Acqua Sacra plane. Der Beamte hielt das für keine gute Idee und teilte es ihr mit.

„Tut mir leid. Aber ich muss mich um mein Haus kümmern," erwiderte sie und wollte zurück in ihr Zimmer. Doch der Polizist stoppte sie.

„Einen Augenblick," sagte er. Er rief in seinem Büro an, erhielt einige Instruktionen, die er an Suzanna weitergab. „Lassen Sie das Tracking-System an," sagte er „und rufen Sie die selbe Nummer an, falls Sie in Schwierigkeiten geraten. Mein Vorgesetzter möchte mit Ihnen sprechen. Ist das OK?"

Sie hielt das Telefon an ihr Ohr und erkannte die Stimme der weiblichen Carabinierie am anderen Ende der Leitung. Suzanna wurde am folgenden Tag zurück in Rom erwartet. Es war wesentlich, dass sie den Kontakt hielt.

Sie wartete bis Ted zum Frühstück herunter kam. Sie bat ihn, sie zu begleiten. Er war sowohl erfreut wie auch verlegen, nicht sicher, wie er diese Einladung interpretieren solle. Er könne fahren, sagte Suzanna. Hatte er sie nicht an der calabrischen Küste herumgeführt? Sie waren Freunde und es gab keinen Grund, nun getrennte Dinge zu unternehmen. Es war sein Job, beide zurück nach Hause zu bringen. Hatte er nicht gesagt, dass es schwierig sei, einen billligen Flug zu ergattern? Ein Flug, zwölfhundert Dollar. Wie bescheuert war das denn? Hatte er nicht diesen halbwegs zahlbaren Deal mit dieser türkischen Fluglinie, mit einem vierundzwanzigstündigem Zwischenstop in Paris?

Ted stimmte zu. Während sie fuhren, schaffte sie es, etwas mehr über den Menschen Ted zu erfahren. Sie wusste dass er aus West-Kanada stammte, zur McGill gegangen war, dort ausdropte und sich gegen seinen Strich und sein bescheidenes Französisch, als Student des Rechtes an der Universite de Montreal einschrieb. Er schaffte es, wurde von Robert Bliss angestellt und nutzte seine technische Ausgebufftheit wie sein chaotisches Leben zu großen Vorteilen, als privates Auge ebenso wie als Junior-Partner in einer Kanzelei.

„Natürlich werde ich es vermissen," beantwortete er ihre Frage. „Ich hab den Job geliebt. Hätte ich nicht machen sollen, das weiß ich. Die

ganze Zeit in Bars und Clubs rumhängen. Ich werde Sie nicht anlügen. Ich führte ein *fürchterliches* Leben. Ich war besoffen. Verbrachte mehr Zeit mit Saufgelagen als mit Essen. Naja, eigentlich mehr Junk. Nichts außer Junk. Meine Unterkunft ist ein Saustall. Meine Schwester kann ihn nicht ausstehen und besucht mich nie. Darüber sollte ich überhaupt nicht reden. Aber Sie haben gefragt. Ich bin ein Fall, Suzanna. Was kann ich sagen?"
Sie schaute eine Weile aus dem Fenster. Ted schwieg, fuhr dann aber fort.
„Mir war klar, dass Bliss mit seinen Aktivitäten auf keinem aufsteigendem Ast saß. Ich wusste es. Machte aber trotzdem mit. Alle spielten mit. Das war das Leben. *Pathetisch.* Niemand kümmerte sich um was. Außer ein paar Patzer zu hinterlassen. Dann sorgten Sie sich. Geld kam rein. Geld ging raus. Ende der Geschichte."
Er dachte noch eine Weile nach und blinzelte zu ihr herüber.
„Wie stehen die Chancen, dass Sie Ihnen eine Belohnung zahlen?"
„Das bzweifle ich. Und denke auch kaum drüber nach."
„Sollten Sie aber. Ich könnte darauf wetten, dass sie zahlen."
Suzanna ignorierte die Bemerkung. Sie fuhren eine Weile in Stille, bis Ted wieder zum Thema kam.
„Wissen Sie, was ich machen würde? Nicht meine Geschäfte … nur ich. Falls ich im Lotto gewinnen würde - und dies fühlt sich doch irgendwie wie Lotto an, oder? - würde ich einen Batzen für wohltätige Zwecke spenden."
„Das behauptet jeder, Ted."
„Ich weiß. Mit anderer Leute Geld lässt es sich großzügig leben, oder? Aber ich wäre es. Wirklich. Wissen Sie, dass ich in meinem Leben noch nie einen Cent für Wohltätigkeitszwecke ausgegeben habe? Nicht einen Cent. Mann! Sparsam, was? Doch dieses Mal würde ich zahlen."
„Und warum gerade jetzt?"
Sie stellte die Frage aus Freundlichkeit und Kuriosität, sie war nicht sarkastisch gemeint.
„Als die Frau mit ihrem Kind ertrank. Sowas hatte ich noch nie gesehen oder erlebt. Niemals. Ich fühle mich schuldig, als könne man mir dies teilweise in die Schuhe schieben. Und irgendwie bin ich es ja auch, wenn Sie richtig darüber nachdenken."
Er wurde still, nahm den Faden aber erneut auf.

„Wissen Sie, was meine Schwester sagen würde? Sie würde sagen, Ted Blake, Du lebst ein selbstsüchtiges, schweinisches Leben.' Und sie hat recht. Sie hat mir schon so Sachen gesagt, aber ich hab alles von mir weggeschoben. Ich meine, sie geht zur *Kirche.* Was kann man schon von so einem Menschen erwarten. Gehen Sie in die Kirche?"
„Manchmal."
„Tut mir leid. Aber sie sind katholisch. In meiner Nachbarschaft wurde die protestantische Kirche an irgendwelche Chinesen verpachtet. Ich denke mal, dass ihr Priester die Predigt hielt."
„Welcher Wohltätigkeit würden Sie spenden?"
„Keine Ahnung. Ärzte ohne Grenzen. Jemand, der diesen Menschen hilft."
Zusammen mit einem Dachbauer, den er aus Antrosano herbeizitiert hatte, wartete Ignazio Scamurra schon auf sie. Sie hatten ein Problem. Ihr Cousin in der Nachbarschaft war über die Höhe ihres Daches unglücklich. Es würde Schatten auf seine Solarpanel werfen.
„Haben wir unsere Pläne nicht bewilligt bekommen?" fragte sie. „Er hatte damals noch garkeine Sonnenkollektoren."
„Das stimmt. Aber ich kann das Dach etwas absenken, ist nicht so schlimm."
Kopfschüttelnd ging sie hinein, wurde über die Fortschritte der Zementwand aufgeklärt, erzählte Ted mehr über spezielle Details, wurde dann aber von einem Dachdecker abgelenkt, der seinen Vertrag unterzeichnet bekommen wollte. Scamurra führte sie draußen zu einem Restauranttisch, doch konnte sich nicht verkneifen, den Dachdecker etwas hinzuhalten. Also erzählte er Suzanna von den speziellen antiken römischen Backsteinen, mit denen er plante. Als sie endlich saßen, brach Ted nochmal zu einer kleinen Spritztour durch die engen Gassen auf. Suzanna war fast dabei, die Dokumente zu unterzeichnen, als ein weiteres Fahrzeug vor ihnen auftauchte.
„Ciao, Daniello!" rief Suzanna. Die beiden Männer diskutierten über den Müll und Schutt, den sie aus dem Haus entfernt hatten. Dann bat Daniello Suzanna, ihren Namen oben auf die Rechnung zu schreiben.
„Entschuldigung, nein!" mischte sich ein leicht irritierter Scamurra ein. „Das ist Tredicnis Angelegenheit. Sie müssen die Rechnung ihm geben."

„Aber er ist nicht hier!“ protestierte Daniello.
„Tredicini zahlt, nicht meine Klientin. Die hat für all dies schon gezahlt.“
„Aber die Arbeiten wurden erledigt.!“
„Klar. Die Arbeiten sind erledigt. Aber vielleicht haben Sie mich nicht gehört. Tredicini zahlt dafür, nicht mein Klient. Wer hat Sie denn verpflichtet?“
Daniello schaute weg. *„Va bene*[63]*“* sagte er, in dem Punkt nachgebend. Sein Unwille war unübersichtlich.
„Bleib ruhig, Suzanna,“ fuhr Scamurra fort, als der Lastwagen davon fuhr. „Die Rechnung ist bestimmt nicht Ihre. Diese schon,“ sagte er mit einem Lächeln in die Richtung des Dachdeckers. „Aber die andere nicht.“
Suzanna und Ted speisten im *Castello* zu mittag. Wie es anhängliche Hunde so machen, grüßte sie der kleine Ettore schon auf dem Parkplatz, wie lang vermisste Insassen, Fiorella nicht weit dahinter. Unter dem Restaurantfenster lag ein weiterer eingekerkerter Deutscher Schäferhund - *„il cane è cattivo*[64]*“* - der immer wieder Versuche unternahm, springend aus seinem Zwinger zu entkommen. Er bellte Besucher wild an, obwohl er sie nicht sehen konnte - und vielleicht stellte er sich auch einige nur vor. Die Diskusionen drehten sich um die Schönheit der auf Hügel plazierten Städtchen Abruzzos wie auch die Vorteile des italienischen Zeugenschutzprogrammes.
„Du weißt, wenn Du hier leben würdest, würden sie Dich da wahrscheinlich auch aufnehmen.“
„Sei nicht albern.“
„Ich meine es ernst. Was glaubst Du, was die Bullen draußen vor der Tür gemacht haben? Sie lassen es nicht auf sich ankommen, Sutzanna. Sie sind besorgt.“
„Ted. Du übertreibst. Warum willst Du mich verängstigen?“
„Ich versuche nicht, Dich zu verängstigen. Ich füge nur zwei und zwei zusammen.“
Zum Mittagessen in einem leeren Bergspitzen-Restaurant, versuchte Fiorella ihre zwei kanadischen Gäste mit Aufmerksamkeiten zu hätscheln

63 Also gut

64 Der Hund ist schlecht

- mit dem familiären Abruzzo-Wein, *antipasti locali*[65], und zum Schluss, von ihrem Ehemann höchstpersönlich auf Kosten des Hauses serviert, den unausbleiblichen Kräuterschnaps zur Verdauung.
Nachdem sie die Rechnungen gezahlt hatten erwarteten sie am Ausgang, eingerahmt von groben Reproduktionen mittelalterlicher Schilde und Waffen, sowie drei spektakulär blühenden Mandelbäumen, die den Hang flankierten, drei glänzend beschichtete, fette Schafe, zwei kleine und ein großes. Alle drei wurden verwöhnt, vor ihnen standen Schüsseln mit Trauben und kleinen Brotstücken. Gilberto lockte sie näher, ihre Hufe klapperten auf dem Kopfsteinpflaster. Er fasste den größten am Hals und fütterte ihn mit Delikatessen. Er sagte seinen Gästen, das sein Schützling mit schwarzem Gesicht kein italienisches Schaf sei, sondern ein russisches. Und fügte mit einigem Stolz hinzu, „ungestüm."
Später gingen sie und Ted die Außentreppen empor, an den verfallenen Häusern vorbei. Ihre Trümmern stammten noch vom Erdbeben von vor fast einhundert Jahren. Rauf ging es zum von Brombeersträuchern überwucherten steinigen Gipfel, von wo aus sie ihm die umliegenden Städte zeigte - Scurcola, Castelnuovo, Luco dei Marsi. Gegen die aufkommende Wärme kämpfend gingen sie den Weg zurück zum Parkplatz. Suzanna hatte das Gefühl am Hang verfolgt zu werden. Sie drehte sich schnell um, und dort stand ein schwarzgesichtiges russisches Schaf. Es erwartete offensichtlich mehr Fressen.
„Nein!" erklärte sie, ihm den Finger vor der Nase wackelnd, drehte sich herum, machte einen Schritt, und spürte dann einen Schubser von hinten. Sie taumelte nach vorn, und schlug seitwärts auf der Straße auf. Sie schaffte es nicht aufzustehen.
„Verdammt!" fluchte sie.
Ted eilte zu ihrer Hilfe, steckte seine Hände unter ihre Arme um ihr aufzuhelfen, doch dann sah er, wie das Leben aus ihrem Gesicht verschwand, der benommene, schockierte Blick, den er aus seinem Bewusstsein verdrängt hatte.
„Suzanna, bist Du OK?"
Sie brauchte einen Augenblick, um wieder zu Bewusstsein zu kommen. Als dies geschah erblickte Ted einen Plastikstuhl in der Nähe, holte ihn

65 lokale Vorspeisen

und war in der Lage, sie darauf abzusetzen. Dann ging er hurtig zum Wagen, sezte zurück, und parkte vor dem Stuhl. Zusammen schafften sie es, Suzana auf den Vordersitz zu hieven. Suzanna wusste wo das Krankenhaus war. Fünf Minuten später war sie auf einer Bahre im Notfallzimmer, wurde einer Röntgenstrahlung unterzogen und innerhalb einer Stunde aufgenommen. Sie hatte sich den Oberschenkel direkt unter ihrer Hüfte gebrochen. Der komplette Knochen müsste ersetzt werden.

34

Robert Bliss war besorgt. Untersuchungen der Regierung von Quebec könnten ernsthafte Probleme belegen; Mafia-Verbindungen mit der Firma and Louvain & Sicotte könnten sich zu Querschlägern in ihren Beziehungen zu ihren Partnern entwickeln. Es schwirrten Gerüchte, dass die gestandenen Arbeitnehmer schon ihre Optionen überdachten. Niemand mag Skandale in seiner Nähe, alle anderen mögen sie.
Selbst der ehemalige stellvertretende Premierminister bekam kalte Füße. Es hieß, er wolle seiner Rolle als Türöffner nichtmehr nachkommen, möglicherweise ein herber Schlag. Wenn die Dinge aus dem Ruder liefen, müßte ihr Hauptklient, Louvain & Sicotte aufgeben. Das kanadische Gesetz untersagt die Versicherung von Regierungs-Verträgen mit Partnern, die der Bestechung und Korruption überführt worden waren. Ohne solche Verträge konnte L&S nicht überleben. Dann war da noch die Hexe von „Pork Chop" Rialto am andern Ende der Straße. Sie hing über dem Horizont wie ein Vampir mit Fledermausflügeln. Die Untersuchungen der Regierung, in all ihrer schleimigen Herrlichkeit, hatten sich selbst aus ihrem kleinen, fleckigen Ei, das sie Monate gehütet und gebrütet hatte, gepickt. Wohin mag sie andere Dinge leiten?
Trotzdem konnte sich Bliss nicht davon überzeugen, dass alles verloren war. Ein Gerücht besagte, dass nur sehr locker ermittelt werden sollte. Keine Verhöre wie bei Kriminaluntersuchungen. Also konnten die Leute, in der Annahme, dass man sich um alles kümmerte, Dampf ablassen und dann den ganzen Scheiß vergessen. Eine Strategie illegale Spendengelder zu verbuchen war in Arbeit. Besorg dir zwei Typen aus dem Prüfungskomittee dazu, ein paar Paragraphen unterzubringen wie „Klar kamen sie vor, aber sie hatten keinerlei Auswirkungen auf irgendwelche politischen Entscheidungen". Selbstredend brauchte es Sündenböcke. So gingen doch auch die guten alten Protestanten vor, oder? Die Juden auch. Die angesammelten Sünden auf der Ziege vom höchsten Berge und karrte sie hinaus in die verlassene Wüste, gefüllt von weißen Schädeln von Biestern. Prima. Als er seiner Frau sagte, dass Jesus Christus der Sünder mit dem größten Horn von allen gewesen sei, schaute sie ihn an, als ob er eine Linie überschritten habe.

Bliss ging die Liste durch. Riadh Abdullah, natürlich. Der Präsident von L&S, Archambault. Es mochte noch andere geben, aber er tat sein Bestes, Len Ricci zu beschützen. Verflucht sei seine Ex-Frau. Er hätte die Inspektion durchgehen lassen. Wobei er sie ja ursprünglich als Sündenbock angestellt hatte, Gott nochmal, doch Ted Blake tat ihm leid. Lamothe hatte Roger Deschamps zu einer rituellen Köpfung am späteren Vormittag eingeladen. Sie seilten das Opfer fest, legten seinen Kopf auf den Hackklotz und ließen seinen Körper einmal im Kreis um den Platz runden, bevor er runterfiel. Die Menschen nahmen es wahr, schlossen daraus, dass der Gerechtigkeit gedient war, und, presto, kurz darauf trat wieder Normalität ein. Außerdem besaß er noch Privatinteressen im Außenbezirk. Jeder braucht einen Schlupfwinkel, erinnerte sich Bliss, nicht nur Drogenbosse und verpißte arabische Diktatoren.

Eigentlich wollte Lamothe, dass Hendricks den Angreifer spielt, doch fiel ihm dann dessen Asthma ein. Hendricks war ein ausgebildeter Ankläger, aber schlampig in der Ausführung. Lamothe entschied sich für Bliss. Nicht, dass der was dagegen hatte. Strafverfolgung lag ihm. Über die Jahre war das Image für diesen nicht wirklich wichtigen Job stark gestiegen.

Roger Deschamps war nervös, aber kampfeslustig. Er ahnte was kommen sollte und wiegte sich in seinem Sessel. Er griff nach den Zigaretten, doch dann fiel ihm ein, dass Bliss Rauch nicht ausstehen konnte. Er war froh, dass die Anfangsplänkeleien bald vorbei waren.

„Was ist los, meine Herren? Warum bin ich hier?“

„Wir reden nicht lange herum, Roger,“ erwiderte Bliss. „Da draußen machen einige verstörend Geschichten die Runde.“

„Was für ‚verstörende Geschichten‘?“

„Lassen Sie mich die Fakten klären. Sie haben mit einem Mann namens Meir Amir zusammengearbeitet. Stimmt das?“

„Ja. Da habe ich nie ein Geheimnis drauß gemacht.“

„OK. Aber wir haben seinen Hintergrund gecheckt. Seiner Herkunft nach ist er ein persischer Jude, oder?“

„Ja? Also was?“

„Arbeitete für den Mossad?“

„Ja. Ich bin auf Menschen mit Verbindungen angewiesen. Amir hat Kontakte.“

„Gut so. Amerikanische Autoritäten haben ihn in New York wegen klammheimlicher Aktivitäten festgenommen. War das nicht so? Verdeckte Aktivitäten wie den Verkauf von Militärflugzeugen an den Iran?“
„Alle Anklagen wurden fallengelassen. Der Mann war unschuldig.“
„Aber die Anklage gegen seine amerikanischen Geschäftspartner wurden nicht fallengelassen, oder? Der Plan war, gefrorene Hühner im Wert von sieben Millionen Dollar direkt an die ägyptische Regierung zu liefern. War das so?“
„Ist Amir denn für jedermanns Handeln verantwortlich? Ich weiß nicht, worauf Sie hinauswollen.“
„Worauf ich hinaus will ist, dass Meir Amir mit dubiosen Typen abhängt, Roger, und dubiosen Typen bringen ihn in Misskredit, und damit auch die Firma.“
„Bisschen an den Haaren herbeigezogen, oder? Stand er nicht mit Robert Mugabe in Verbindung?“
„Die Geschichte ist länger als ein Jahrzehnt her.“
„Mag sein. Nachdem was ich gehört habe, hat er den Oppositionsführer Morgan Tsvangirai in sein Büro hier in Montreal als Gast empfangen, nahm dessen Umsturzpläne auf Video auf, übergab diese an Mugabe, war Kronzeuge in Zimbabwe und sorgte dafür, dass Tsvangirai als Verräter verurteilt wurde.“
„Tsvangirai ist ein freier Mann und das seit zehn Jahren. Er führt seine Partei wie eh und jeh an.“
„Und Sie glauben, es sei zu eigenartig Meir Amir in diesen Büros, in Ihrem Büro zu empfangen. Zusammen mit dem ehemaligen Stellvertretenden Premier Waffendeals mit Mugabe auszuhandeln?
„Schauen Sie. Sie haben mich verpflichtet, um die Geschäftsmöglichkeiten in Afrika und anderswo zu expandieren. Glauben Sie, da drüben gäbe es nur Mutter Therese? Was erwarten Sie?“
„Lassen Sie mich feststellen, warum wir Sie angeworben haben. Es kam ans Licht, dass sie an ihrer vorherigen Arbeitstelle Unterschriften unter Verträge mit, wer war es noch, Tanzania, gefälscht hatten. Stimmt das?“
„Sehen Sie. Wenn Sie mich feuern wollen, feuern Sie mich. Alles was Sie da erzählen ist absoluter Schwachsinn. Davon stimmt nichts. Nichts davon!“

„Ok. OK. Zuerst die Fakten. Planten Sie nicht zusammen mit dem ehemaligen stellvertretenden Premier, zwei Millionen Dollar an Erpressungsgeldern von Gryphon Resources, Niederlassung Alberta, an die Ehefrau des Botschafters des Chad in Kanada? Entsprechende Gerichts-Dokumente kamen vor einem Monat ans Licht. Dann die Teilnahme an den großen Festival in Frankreich anlässlich der Eröffnung der Niederlassung in Paris. Sie waren doch dort, oder? Zusammen mit dem kanadischen Botschafter und dem ehemaligen Premier? Wir haben Fotos. Todschick. Genau was man erwarten konnte."

„Lamothe war auch dort."

„Natürlich war er das. Aber was Maurice nicht wusste war, dass Sie nicht nur eine zwei Millionen Bestechung für Grypon planten, sondern auch einen fünfzehn Millionen Deal um russische Militäthubschrauber für die Führer der Zentralafrikanischen Republik zu besorgen. Davon wusste niemand etwas, oder? Außer vielleicht Meir Amir, dessen Firma als Aufkäufer agierte, oder?"

„Sie wollten Geschäfte machen? Wir haben Ihnen Geschäfte besorgt. Sie suchten offene Türen? Wir ließen die Türen für Sie öffnen. Und nun stellen Sie alles in Frage? Nicht gut für Sie. Wenn diese Firma das Geschäft nicht abwickelt, macht es eine andere. Fuck you und das hohe Roß, auf dem Sie hereingeschneit sind. Ihr alle! Ruft mich an, wenn ihr wach geworden seid, wenn ihr den Kaffee riecht ...oder auch nicht. Wenn Sie davon ausgehen, dass es dort draußen nicht andere gibt, die den Job verstehen, dann viel Glück. Aber, meine Herren," sagte er beim Aufstehen, „Dieses Gespräch ist vorbei. War mir ein Vergnügen." Und er ging hinaus.

„Räum deinen Schreibtisch, Deschamps," schrie Bliss als er ging. „Räum den verdammten Schreibtisch."

35

Suzanna erhielt nur ein Schmerzmittel für die Operation. Sie konnte den ganzen Vorgang beobachten, obwohl das nicht wirklich ihre Absicht war. Dieser Geruch, als der Chirurg ihre Rippe durchschnitt, dieser unverkennbar stechende Gestank brennender Knochen. Dem konnte sie nicht ausweichen und das verdutzte sie mehr als alles andere. Anschließend erhielt sie ein Beruhigungsmittel für den Schlaf und wachte am nächsten morgen fix und fertig auf. Der Einschnitt schmerzte und ihm entfloss eine ihr fremde Flüssigkeit. Im Raum waren drei weitere Frauen auf verschiedenen Bewusstseinsebenen. Die Vollwache schnatterte und war gesprächig und neugierig. Wo kam sie her? Hat sie nicht Englisch gesprochen? War sie aus Amerika?"
Suzanna tat ihr Bestes nicht unsozial zu sein. Dann streckte Ted seinen Kopf herein.
„Wie geht es ihnen?" tastete er sich sanft vor. „Kann ich hereinkommen?"
„Nicht gut. Danke für Ihren Besuch. Sehr nett von ihnen."
„Wovon reden Sie, Suzanna. Natürlich komme ich. Ich komme jeden Tag. Glauben Sie, man würde Sie hier einfach zurücklassen? - Können Sie sprechen?"
„Ja. Ich kann reden. Sie haben mir diesen Knopf gegeben, den ich drücken soll, falls ich Schmerzen fühle. Und ich fühle sie."
„Hören Sie. Ich kann nicht lang bleiben. Sie sehen etwas neben der Kappe aus. Aber ich wollte ihnen dies hier zeigen."
Er zog eine Visitenkarte heraus.
„Ich fand sie unter dem Scheibenwischer des Leihwagens. Hat jemand ‚Wichtig!' draufgeschrieben. Ist das was Wichtiges?"
Suzanna nahm sie und las.
„Oh, Gott, nein. Daniello der Schuttabräumer. Er gibt nicht auf. Ich werde ihn anrufen."
Plötzlich stürmten Krankenschwestern und ein uniformierter *carabinieri* herein. Suzanna musste in ihr eigenes Zimmer gebracht werden.
„Aber warum?" fragte sie.
„Vorsichtsmaßnahmen," antwortete der *carabinieri*. „Um sicher zu gehen."

„Einer steht auch vor meiner Tür," sagte Ted spontan, als er ihr sein in grünes Plastik bedecktes iPad gab. „Hier. Das leihe ich Dir. Es ist voll angeschlossen. Da kannst Du jederzeit mit Deinen Kids facebooken."
Die Schwestern rollten sie schon aus dem Raum.
„Ich weiß nicht, wie man das macht," rief sie zurück.
„Keine Bange. Das zeige ich Dir."
Er zeigte es ihr am nächsten Tag. Später sprach Suzanna zu allen Drei, ihren Jungs und ihrer Schwester Laurella.
„Mom, kannst Du uns Deinen Stützverband zeigen?"
„Ich bin nicht eingegipst, Dummchen. Und Du würdest es auch garnicht sehen wollen."
„Wann kommst Du nach Hause?"
„Das weiß ich noch nicht."
„Was meinst Du mit ‚weiß ich nicht'?" warf ihre Schwester ein.
„Keine Ahnung. Das liegt nicht in meiner Entscheidung. Ist Sache der Fluglinie. Sie müssen sicher sein, dass ich fliegen darf, brauchen also eine medzinische Bestätigung. Ohne Zertifikat kein Ticket."
„Das wird also noch Monate dauern?" fragte Robin.
„Nicht Monate, vielleicht Wochen."
„Was ist eigentlich mit Dir geschehen?" mischte sich Logan ein. „Ich meine, wir dürfen nicht nach Hause gehen, obwohl ich dringend mein Zeugs brauche. Du hast ein gebrochens Bein. Du hast uns nie gesagt, was Du da drüben eigentlich zu tun hattest. Und hier schießen uns Kids Pellets durchs Wonzimmerfenster. War das wirklich ein Schaf?"
„Es war wirklich ein Schaf. Ich erzähle euch alles, wenn ich wieder zurück bin. Das verspreche ich …"
Es entstand eine Pause, während alle ihre Bemerkungen verdauten. Dann wechselte Laurella das Thema.
„Deine Nichte, gesegnet sei ihr Herz, sagte immer, alles in Italien sei ‚alt und zerbrochen'. Jetzt bist Du es auch, zumindest zerbrochen."
„Oh, herzlichen Dank!"
„Wie geht es Deiner italienischen Hüfte? Logan meint, Du seist der einzige Mensch den er kennt mit einer gefaketen italienischen Hüfte."

„Mir gehts gut. Vorgestern haben sie mich zum gehen gebracht. Nach ein paar Schritten wurde ich ohnmächtig. Aber abgesehen davon …"
„Ohnmächtig? Wieso?"
„Stress haben sie gesagt. Ich wollte zu viel ohne Hilfe gehen. Keine Ahnung."
„Suzanna, ich bin jederzeit bereit zu kommen. Das habe ich Dir schon gemailt."
„Ist wirklich nicht nötig. Pass für mich bitte auf die Jungs auf. Ted Blake ist hier. Er ist wirklich gut gewesen."
„Wer ist Ted Blake?"
„Mein Büro-Partner. Wenn ich zurück bin, stelle ich euch einander vor."
In der Aufregung der vergangenen Tage hatte sie Laurellas E-Mail übersehen. Die von ihrem Ex hatte sie flüchtig wahrgenommen. Er hatte sie informiert, dass alle Prüfungen seiner Aktivitäten zwischen ihm und der Partnerschaft, die er eingeführt hatte, fallen gelassen wurden. Suzanna machte sich nicht die Mühe, zu antworten.
Im Laufe der nächsten Woche wuchs ihr Aufenthalt im Avezzano Krankenhaus italienisch: eine abwechslungsreiche Parade von befreundeten Besuchern und Gratulanten. Enrico, ihr sanftstimmiger Kusin-Doktor schaute umgehend bei ihr rein, obwohl er in Pescina arbeitete. Ihr würde die beste Pflege zuteil, versicherte er ihr. Er kannte den Chefarzt, einem wirklichen Profi. Alles lief perfekt ab. Er hielt sein Wort, und besuchte sie pünktlich jeden Nachmittag um Zwei, bevor es für ihn zurück ging. Ihr Cousin Nazzareno, der ein kleines Gemüsegeschäft führte, kam mit seiner Frau mit einer Platte mit Acqua Sacra *croccante*[66], die sie mit begeisterten Schwestern teilten. Vom Castello erschienen Fiorella und Gilberto, die Besitzer des schwarzen Schafes, das Ted Blake ‚Putin' getauft hatte. Sie sprachen ihr Mitgefühl über das Vorgefallene aus und boten ihr ein Zimmer für die Zeit ihrer Genesung an, umsost. Das war ja auch das Mindeste, was sie tun konnten. Selbst Rosaria kam auf ihrem Weg von Rom vorbei und gab ihr die neueste Ausgabe von *La Voce dell'Acqua Sacra*, und einen Artikel über den Springbrunnen vor Suzannas Haus. Ihre Freundin hatte über die Saratoga Quellen und Franklin Delano Roosevelt geschrieben, über staatliche Parkanlagen und Trinkwasser,

66 Krokant

genau wie Suzanna es vorgeschlagen hatte. „Wenn die Menschen schon zusammenkommen, um ihren Friedhof zu restaurieren und so ihrer Toten zu gedenken," las Suzanna, „können sie nicht ähnliches zum Wohle des Springbrunnens investieren? Denn was ist lebendiger als Wasser und die Blumen, die es ernährt? Was könnte zentraler auf die staatsbürgerliche Identität der Stadt wirken?
Sie wurde von den Gefühlen berührt und sagte es ihren Freundinnen. Später am Abend lag sie in ihrem Bett, die Polizistin, die sie bewachte, saß draußen auf einem Stuhl. Ihr fiel ein, was ihre Nichte mal gesagt hatte, Italien sei ‚Zerbrochen und alt'. Ihr Haus war von einem Erdbeben zerstört, ihre Ehe an Dingen zerbrochen, die Menschen einander zufügen und ihre gebrochenen Knochen. Mögen sie mit Freuden wieder zusammenwachsen, die kleine Fixierung und Reparatur, die Menschen überall zu ertragen hatten.

36

Nach einer Woche wurde Suzanna mit einem Ambulanzwagen im holprigen Hochgeschwindigkeitsmodus ins Rehabilitationszentrum in Tagliacozzo überführt. Aus ihrem Krankenhausfenster konnte sie die sich am steilen Hang eng nach oben windenden Wege verfolgen. Oben war die große, scharf geschnittene Klippe, die der Stadt ihren Namen gab. Falls sie jedoch gedacht hatte, dem Besucherstrom entkommen zu sein, so hatte sie sich getäuscht. Die Polizistin war vorausgegangen und nun in eine Unruhe in der Halle involviert.

„Ich kenne diese Frau," protestierte er. „Sie schuldet mir Geld."

„Einen Augenblick," sagte die Polizistin. Suzanna sah, wie diese versuchte, den Mann am Betreten des Raumes zu hindern. Nun kamen auch Schwestern aus ihrem Büro am anderen Ende der Halle.

„Kennen Sie diesen Mann?" fragte die Polizistin. Es war Daniello.

„Ja. Bringen Sie ihn herein."

„Entschuldigen Sie," sagte er, nachdem er seine Mütze abgenommen hatte."Ihr Unfall tut mir unendlich leid, aber meine Rechnung muss gezahlt werden."

„Ich dachte, Scamurra hätte ihnen klar gemacht, dass Tredicini ihnen das Geld schuldet."

„Tredicini hat nichts. Er bezahlte eine zweitausend Euro Rechnung mit 500 Euro. Ein hoffnungsloser Fall."

„Aber das ist doch nicht mein Fehler!" ereiferte sich Suzanna.

„Vielleicht nicht. Aber wenn Tredicini nicht zahlt, dann stehen Sie als Klient in der Pflicht. So sagt es das Gesetz."

„Wer sagt das?"

„Sie können meine Cousine anrufen, sie ist Anwältin."

„Schauen Sie, Daniello. Ich kann nicht gutheißen, wie sie hier unangemeldet in mein Krankenzimmer rumpeln. Wo bleiben Ihre guten Sitten?"

„Und, Entschuldigung, wo sind ihre guten Sitten, wenn Sie meine Anrufe nicht beantworten? Sie gehen zurück nach Amerika, und wo bleibe ich? Rufen Sie meine Cousine an. Hier. Ich werde es gleich machen."

„Nein, nein. Sie kann mich morgen anrufen und dann werde ich sehen, was sie zu sagen hat."
„Aber werden Sie auch abheben?"
„Ja, Daniello. Ich werde abheben. Und nun gehen Sie!"
Er zog sich wieder seine Mütze über und ging mit steinernem Gesicht ohne ein ‚Wiedersehen' zur Tür.
„Und verzichten Sie netterweise darauf, meinen Freunden Zettel unter die Scheibenwischer zu klemmen."
Die Cousin-Anwältin rief am nächsten Tag an. Suzanna erklärte ihr, dass sie einen Vertrag mit Trendicini hatte, worauf die Frau fragte, Sie *haben* also einen Vertrag."
„Ja. Jawohl. Voll unterzeichnet. Ich habe den Vertrag hier."
„Nun, hier findet sich nichts."
Sie gab keine Hinweise auf das talienische Recht. Suzanna legte den Hörer auf und dachte nicht weiter drüber nach.
Zwei Tage später war Scamurra dran, er und sein Anwalts-Schwager Picelli. Suzannas Architekt hatte etwas vorzuweisen. Er hatte das Gelände mit seinem Smartphone fotografiert und wollte ihr die Bilder zeigen. Picelli brachte auch eine Entschuldigung hervor. Die Fortschritte in ihrem Verfahren waren sehr langsam. Italiens Rechtsystem streikte. Die Authoritäten wollten ihre Anzahl mindern und Gerichtsverfahren beschleunigen. Also reagierten die Anwälte, indem sie alles zum Stillstand brachten. Ihr Verfahren wäre erst im Herbst dran. Aber noch gab es Hoffnung. Dutzende führender Bürger taten sich zusammen, um die CENSA-Abfallaffäre bei der EU vorzustellen. Diese hatte schon eine Anhörung zugesagt. Aus Sicherheitsgründen blieb er im Hintergrund. Doch ging man davon aus, dass anders als in der Vergangenheit, *mafiosi,* Zurückhaltung bei Zielen dieser Klasse übten; es gab zu viele von ihnen. Scamurra griff in seine Aktentasche.
„Haben Sie dies gesehen?"
„Was?"
„Sie sind in den Nachrichten."

Suzanna sah erst verdutzt aus, dann machte sich ein müdes Lächeln breit, als er ihr einen kleinen Artikel aus der *Corriere dell'Abruzzo* zeigte. Es ging um „die amerikanische Touristin, die von einem Riesenschafshorn verletzt wurde." Faszinierender als der Artikel selber war das Riesen-Horn, das sie unheilvoll angestarrt hatte.

„Aber Ignazio, mein Schaf hatte keine Hörner."

„Nun, irgendwie müssen die ja ihre Zeitung verkaufen."

Picelli drehte sich um und fragte plötzlich, „Warum ist die Polizei dort draußen?"

„Ist eine lange Geschichte. Mach Dir keine Sorgen."

Sie wusste, sie hatte ausweichend geantwortet. Er warf ihr einen Blick voller Sorge und Misstrauen zu. Sie war sicher, dass er und Scamurra die Angelegenheit auf ihrer Rückfahrt nach Acqua Sacra diskutieren würden.

Zia Immacolata und ihr Gefolgsmann Santina kamen zwei Tage später an. Warum hatte Suzanna nichts gesagt? Fürchterliche Nachrichten! Zia Imma zog einen kleinen Gésu aus ihrer Tasche und stellte ihn auf die Fensterbank.

„Arme Suzanna, Du musst so besorgt sein!" erklärte sie, während sie die Bettdecke glatt streichelte. „Dieser Gilberto ist so verrückt! *Oddio!* Und nun sitzt eine Polizistin vor Deiner Tür. Ich habe Don Mario gebeten, ein Gebet für Dich zu sprechen. Mich hasst er, aber Dich respektiert er." Sie schaute zur Halle. „Ich bin sicher, dass Gilberto Dir keine Schmerzen zufügen wird."

„Warum ist Gilberto so erzürnt?"

Suzanna wollte sagen, „Er hat mich vergangene Woche in Avezzano besucht", überlegte es sich aber nochmal. *Zia*[67] Imma müsste annehmen, dass sie bevorzugt behandelt worden wäre.

„Warum? Haben Sie nichts davon gehört? Vor drei Tagen bekam er Besuch von einer *vigili*[68]. Er ist überzeugt davon, dass Sie sie geschickt haben. Sie sah zwanzig Radfahrer, - zwanzig von ihnen! - die selbe Straße entlang rasend, auf der Sie ihren Unfall hatten. Mit voller Geschwindigkeit, neben seinen Hunden, denen es hier erlaubt ist, frei rumzulaufen.

67 Tante

68 Verkehrspolizistin

Die Polizistin sagte, „Mein Glück, das mir das aufgefallen ist!“ Sie verpasste Gilberto eine 50 Euro Strafe, weil er sich nicht ordentlich um seine Tiere gekümmert hatte. Dann sagte sie ihm, dass er sich hier illegal aufhalte, da die Gebäude einsturzgefährdet seien. Die hatten einen heftigen Streit dort auf dem Parkplatz.“

„Ein heftiger Streit?“

„Ja! Ja! Er schrie und schimpfte mit ihr.“

„Woher weißt Du das?“

„Hat mir Scamurra erzählt. Er hat die Geschichte von deinem Freund, dem Dicken. Tut mir leid, ich weiß seinen Namen nicht.“

„Ted?“

„Ted. Weiß nicht. Aber er war hier mit dem *vigili*. - *O, O, povverna!* Sie haben noch nicht gegessen!“ Sie veranlasste die Bedienung, Essbares herbei zu bringen. „Wir bleiben nicht lang. Aber ich möchte ihnen ein Geheimnis offenbaren. Sie dürfen das niemandem sagen! Es war vor zwei Tagen. Santina und ich schauten zum Haus hinauf. Im Fenster meines ehemaligen Schlafzimmers sahen wir - oh, es war ein Wunder! War es kein Wunder, Santina?“

Ihre Begleiterin nickte heftig mit dem Kopf.

„Es war kalt, als wir im Mondlicht von der Kirche kamen, erschien es. Ein wunderschönes blaues Licht direkt aus Deinem Schlafzimmerfenster. Die geheiligte Jungfrau. Sie schaute auf uns herunter. Ich war völlig verängstigt. Was hatten wir für Angst, nicht Santina? Aber Du darfst niemandem davon erzählen! Niemandem! Versprochen?“

„Natürlich, Zia, ich verspreche es.“

Erfreut über sich selbst und mit ihrer Geschichte, holte ich Immacolata ihren Mantel. Sie war gerade aus der Tür in die Halle getreten, als Suzanna realisierte, dass Santina noch etwas hinter ihr geblieben war um ihr etwas ins Ohr zu flüstern.

„Liebe Suzanna, nicht *Santa Maria* ist uns erschienen. Ich bin mir sicher! Es war die Seele Deiner gesegneten Tante. Nein, ich schwöre es, es war *Immacolata* höchstselbst!“ Sie faltete ihre Hände und sprach ein Gebet für sie.

„So ein klarer Geist. So rein. Es war eine Ehre, sie zu kennen. Und auch *Dich,* ihre Nichte. So glücklich. *Imma* hat gesagt, es sei ein Geheimnis,

aber ich habe Don Mario davon erzählt. Nimm Dich in acht! Ich werde für Dich beten."
Wunder. Wieviele muss man bewirken, um Heilig gesprochen zu werden? Drei? Oder vielleicht nur noch zwei?

37

Es war ein Mittwochabend und niemand im Büro. Robert Bliss stand in den stillen Fluren von Lamothe, Bliss & Hendricks und sinnierte über die Schönheit des Designs und die Kurzlebigkeit aller Unternehmungen. Die Schönheit des Ortes konnte man nicht anzweifeln, mit dem Mühlwerk aus Kirsche und Ahorn, die kunstvoll gebogenen Gittergewebe aus speziell angefertigten mattem Aluminium, und natürlich den Böden mit Marmoreinlegearbeiten in Gelb und Blau und einem sanften Rot-Orange. Sanfte Miro Halbkreise als Spiegelungen der Deckenarbeiten und alle Farben der Kunstwerke an den Wänden reflektierend. Es war eine Deklaration von Eleganz, moderner Üppigkeit, Macht, und tiefgestapelter Autorität, beruhigend wie Eindruck schindend, wie es bei Rechtswissenschaftlern so üblich ist.

Gestern Vormittag hatte Maurice „Moth" Lamothe die Schließung der Firma verkündet. Die Ur-Partner hatten die Gründung von Lamothe, Bliss & Hendricks per Handschlag vollzogen. Die Chefautorität von „Moth" stand, zwar nie definiert, aber immer angenommen, außer Frage. Er spielte die Rolle des Sprechers. Der Schock war unübersehbar. Warfen sie nicht genügend Gewinne ab? Doch. Einlagen von fast einhundertsechzig Millionen wurden angeboten. Im vergangenen Dezember hatten sie einen Profit von vierzig Millionen verkündet. Es reichte nicht aus. Das war ein Teil der Geschichte. Die Partner in Quebec mussten Steuern zahlen, viele ohne Unterstützung örtlicher Gesetze. Die europäischen Büros verschlangen viel und konnten sich nicht selbst finanzieren.

Doch Bliss war auch klar, dass der Geldfluss kaum das Problem war. Andere im Raum hatten es tags zuvor auch gespürt. Er und Lamothe und Hendricks waren zu dem Schluss gekommen, dass das Risiko, dass in den kommenden Monaten zu viel sensible Informationen ans Tageslicht gelangen könnten, zu groß sei, auch wenn sie das nicht so zugeben und formulieren konnten. Bliss würde die Server und wichtigen Aufzeichnungen im Lager seiner Privatfirma lagern. Dann würde er sich darum kümmern, sie zu säubern. Lamothe hatte schon zugestimmt. Die Presse fing an verstärkt herumzuschnüffeln, Lamothe warf ihnen eine Auswahl von Info-Knochen vor. Nun wiederholte er sich: Die Firma würde einer

‚Rekonstruktion' unterzogen. Klientenakten würden in einem ‚harmonischem Transfer' anderen wichtigen Firmen zugeschoben, wo schon andere ehemaligen Partner eine neue Heimat gefunden hatten. Doch die Realität sah nicht gesellig aus: Tränen, Schlaflosigkeit, Stress und Ungläubigkeit. Sicherheitskräfte führten Ganzkörperkontrollen an einem halben Dutzend Angestellten durch, denen gesagt wurde, dass sie ihre Büros bis Freitag zu räumen hätten. Jemand wusste um Geheimnisse und wollte sie besitzen. Aber das, versprach sich Bliss, würde nie eintreffen. Wieviele Jahre, zweiunddreißig seit jenem bedeutendem Handschlag? In Zeiten begrenzter Loyalitäten waren zweiunddreißig Jahre eine lange Zeit. Er war nun 58 Jahre alt, es blieben genügend Gelegenheiten sich zu verändern und anzupassen. Hendricks wurde virtuell von Borden, Feldmann engagiert. Er würde bald nach Toronto ziehen. Lamothe würde sich zurückziehen. In zehn Jahren wäre die Firma, mit ihrer glänzenden Aluminium-Namensplatte, nur noch eine vergangene Erinnerung sein. Ein Teil von ihm empfand es als Schande. Institutionen sollten über die Jahrzehnte, wenn nicht Jahrhunderte funktionieren. Es war falsch, dass Namen starben. Die Arbeit von Jahren, Zeitsträhnen voller Errungenschaften, verschwanden einfach in dünne Luft. Straßennamen erinnerten an vergangene Leistungen und Energien, historische Gebäude wurden erhalten und Informationstafeln errichtet, die Auskunft darüber gaben, dass man in der Tat von irgendwo herkam und eine Herkunftsgeschichte hinterließ.

Aber nicht der Kessel voller Geheimnisse. Wenn Du die Vergangenheit bewahren wolltest, musst Du stolz auf sie sein. Er erinnerte sich an den Trip, den er vor Jahren mit seiner zweiten Ehefrau nach Heidelberg unternommen hatte, den einzigen Platz, den die Alliierten-Bomber im Zweiten Weltkrieg verschont hatten, weil es ein spezieller Platz war, voller Geschichten um Oberbefehlshaber Eisenhowers Familie im Odenwald und Obskuritäten des Dritten Reiches. Heidnische Steine markierten einen historischen Pfad rund um den Heiligenberg. Auf der Spitze die christlichen Ruinen von Sankt Michael - angemessen in allen Reiseführern und Broschüren gespriesen. Und unterhalb der Ruine, gegenüber, wie ein böser Familienonkel, ein komplettes Nazi-Amphietheater, nicht bombardiert. In den Broschüren wurde das Theater nicht erwähnt.

Diese von den Nazis 1935 mit großem Enthusiasmus erbaute ‚Tingstätte' wurde unterschlagen und nicht gewürdigt. Und doch war sie erhalten geblieben, leer und bewegend, wie eine lebende Peinlichkeit.

38

Als Ted Blake sie nachmittags besuchte, war sie gerade aus der Physiotherapie zurück. Er kam mit Geschenken.
„Ich hab sie gefunden!“ tönte er stolz. „Du wirst nicht glauben, wie sie genannt werden.“
Sie schaute auf.
„Lass mich sicher gehen. *Stampelle canadesi.* Aussprache OK? Kanadische Krücken.“
Suzanna lachte.
„Kein Witz. Ich ging in diesen Laden und präsentierte meine ‚Ich spreche kein Italienisch‘ Routine. und dann bot ich eine Show.“
Er stützte seine Arme auf den Boden vor ihm und machte mit der einen Hand Bewegungen am Unterarm.
„Bingo! *Stampelle canadesi.* So werden sie genannt. Ich nennen sie deine Pogg-Sticks. Ein Kleeblatt für immer, Baby!“
Suzanna nahm die Krücken und legte sie auf's Bett.
„Willst Du sie ausprobieren? Ich kann dabei helfen.“
„Noch nicht. Ich musste heute schon Treppen steigen. Sie unterbrach sich kurz. „Ich habe von den Radfahrern und den Hunden gehört. Was ist da passiert?“
„Oh, das. Schau. Ich wollte herausbekommen, ob die Jungs eine Versicherung haben. Der Schafbesitzer. Ich meine, Du wirst von Putin völlig überrumpelt und ich, Ted Blake, Versicherungsjäger, hätte auch sagen können ‚Was solls?‘ Er hat eine Erlaubnis von der Stadt, also wird er auch versichert sein.“
„Und?“
„Keine Versicherung, Zero. Ich frage Picelli der bei mir war ‚Wie kann eine Stadt so einem Typ ohne Versicherung eine Erlaubnis erteilen?‘ Er zuckte nur mit den Schultern.“
„Jetzt wollen sie Gilberto schließen. Haben Sie das gewusst?
„Nein! Verdammt, tut mir leid. Ich hätte da vielleicht nicht mein Nase reinstecken sollen.“
„Nonsense. Die können sowas nicht ohne Versicherung betreiben. Oder eine Oberaufsicht. Was, falls jemand ums Leben kommt?“

Ted nickte zustimmend. „Oh! Fast hätte ich es vergessen. Die Bullen aus Rom haben angerufen. Sie planen einen Besuch."
„Worum gehts?"
„Haben sie nicht genau gesagt. Aber es hat was mit ihrem Zeugenschutzprogramm zu tun."
„Nicht schon wieder!"
„Komm schon, Suzanna. Sie stehen nicht wegen nichts vor unserer Tür. Ich habe gelesen, was da drüben so vorgeht."
„Was?"
„Willst Du das wirklich wissen?"
Ja."
„OK. Vergiss nicht, ich habe Dich gewarnt. Was ist mit dem Kidnapping von den Typen, entführten sie von irgendwo, schleppen sie zum Industriepark, binden sie zusammen und lassen sie langsam aber sicher in eine Tonne kochender Schwefelsäure versinken. Und ein Typ daneben holt sich dabei einen runter. Was von geköpften Menschen, zerstückelten Körpern, die man anschließend an die Schweine verfütterte? Reicht Dir das?"
„Oh, Gott."
„Darum gibt es das Zeugenschutzprogramm. Hast Du mir nicht gesagt, dass es ein Teil des Deals war, dass Du ausagen musstest?"
Suzanna nickte mit dem Kopf und reflektierte.
„Ich habe darüber nachgedacht. Da ist nur eine Sache. Ich verstehe, was Du sagst, Ted. Aber ich werde nicht zurück nach Montreal gehen und mich den Rest des Lebens verstecken. Ich kann das Haus verkaufen. Ich kann wegziehen. Ich kann es für Leute schwieriger machen, mich und die Jungs ausfindig zu machen. Das Haus gehört zur Hälfte meinem Ex. So wie ich ihn kenne, wird er sich über das Geld freuen. Aber weder ändere ich meinen Namen noch lasse ich mich einer Schönheitsoperation unterziehen. Das mache ich nicht."
„OK. OK. Noch was."
„Was?"
„Sie zahlen."
„Zahlen was?"

„Die Belohnung. Ich hatte Dir gesagt, dass sie das machen würden. Willst Du wissen wieviel?"
„OK. Wieviel?"
„Vierhunderttausend Euro."
„Du machst Spaß."
„Nein, ist mein Ernst."
„Vierhunderttausend Euro. Doktoren ohne Grenzen. Suzanna, ich habs Dir gesagt!"
„Das Geld geht nicht an die Doktoren ohne Grenzen, Ted. Auch nicht an die Bill Gate's Foundation oder Oxfam oder Warren Buffett, selbst wenn er eine Stiftung hätte."
„Also gut. An wen dann?"
Sie sagte es ihm nicht auf Anhieb. Sie wartete, bis alle Dokumente unterschrieben waren, das Flugzeugticket nach Hause gebucht, Entlassungspapiere vorbereitet, und Dankeswidmungen an alle, die sich um sie gekümmert hatten. Zwei Tage vor dem Abschied konnte sie in Teds Anwesenheit den ganzen Weg gehen, zur *stampelle canadesi,* die Treppen hinauf und über die Bahngleise; zum Marktplatz mit seinem Obelisk und mittelalterlichem Springbrunnen, und schließlich zur via dei Molini, deren alten Häuser schon tausend Jahre lang die mit Wolle beladenen Esel vorbeitraben sahen. Sie glaubte nicht an große Menschenliebe, sagte sie ihm. Sie glaubte an das Leben im Kleinen, Nachbarschaftshilfe. „Charity beginnt daheim," sagte sie. „Das sieht nicht jeder so, aber ich."
Er war ganz bei ihr. Da ihnen beiden gekündigt worden war, wollte sie wissen, ob er, Ted Blake, mit ihr zusammen eine Praxis in Montreal eröffnen sollten. Partner. Geschäftspartner.
„Das meinst Du doch nicht ernst," meinte er.
„Das meine ich mit großer Sicherheit."
Ted schaute ihr direkt in die Augen.
„Warum? Warum machst Du das?"
Suzanna hielt kurz inne, bevor sie antwortete.
„Damit Du was zurückzahlen kannst," sagte sie schließlich.
„Ich verstehe … Nun. OK. Können wir drüber die Hände schütteln?"

Epilog

Suzanna hatte davon gelesen, sie aber noch nie gesehen, diese gespiegelte, Skulptur des Lobpreisungssklaven des Heiligen Rechtes der Könige. Sie hatte einen Zwischenaufenthalt eingelegt, nur von ihrer vertraulichen *stampelle canadesi* begleitet. Ted war zum ersten Mal in Paris. Sie wusste, warum niemand wirklich in Versailles leben wollte. Die Anzahl der Schlafzimmer hatte wohl etwas damit zu tun. Mit ihren kartesischen Gärten, perfekt übereinstimmend mit der sozialen Klasse, hielt der Palast fast die komplette Struktur aufrecht. Und wegen dem Palast war sie gekommen. Er hatte seinen eigenen U-Bahnhof. Millionen kamen, wie im Buckingham Palace; Millionen wurden ausgegeben. Pomp, Umstände, Menschen und Macht, oder wenigstens ihre Überbleibsel: Die Menschen liebten sie, wie die weißen Pferde und die goldene Kutsche.
Es war dumm zu sagen, sie würde es vorziehen, die Geheimverstecke des kanadischen Generalgouverneurs zu studieren. Wusste wirklich jemand, wo die lebten? Sie hängten verdienten Bürgern Medallien an, hielten vom Thron (aus Holz, aber kein Wertgegenstand) aus Reden, forderten zu Wohltätigkeiten auf und verschwanden nach ein paar Jahren irgendwie. Die Menschen würden eher die Königin von Norwegen erkennen. Ihr Bild schmückte immerhin Briefmarken. Der Generalgouverneur erschien nie auf einer Briefmarke.
Sie las die lachhaften Artikel über die französische Königsfamilie und speziell über Marie Antoniette. Wahrscheinlich existierten ähnlich Studien über das Phänomen neurotischer Selbstauslöschung. Marie Antoniette, verwöhntes Hätschelkind, sicherlich bisexuell zu einer Zeit, als lesbisches Leben noch mehr verachtet wurde als Reichtum, östereichische Legasthenie, lasterhafte Politikfritzen - alles führte zu ihrem Untergang. Sie hatte zu viel Hirn im Kopf. Begleitet von ihrer Gruppe fragwürdiger Freunde, spielte sie im eigenen Themenpark die Bäuerin. Umgeben von englischen Gärten, die ihr privater Gärtner, Richard Mique, angelegt hatte. Umgeben von Steinmauern und Holzabsperrungen und Zementwänden, deren Risse nichtmals echt waren. Hier konnte sie in einem einfachen Leinenkleid rumlaufen, vorgeben Kühe zu melken oder Eier zu sammeln, während echte französische Bürger litten.

Suzanna war das alles bekannt, und obwohl sie die komplette Wahrhaftigkeit der Geschichte anzweifelte, wanderte sie zum Grand Trianon mit seiner Portraitausstellung, die sie stark anzog. Barock Posen starrten sie an, die Queen in einem rostbraunen Jägerkostüm, in blauer Brokade an ihrem Spinett, Ausdruck einer eigenen Kunst. Keine Frage, Propagandabilder. Ein Beispiel der Werte des Familienlebens im achtzehnten Jahrhundert. Um ihrem Sohn in der Vorstellung der Öffentlichkeit einen sicheren Platz zu bieten. Allen Spott und Hohn beiseite, betrachtete Suzanna eine Mutter ähnlich wie sich selbest. In Sorge um die Kinder und was sie wohl erben würden. Robin und Logan fielen ihr ein. Niemand konnte jemanden aus dem Grab heraus erreichen, das war sicher. Zur selben Zeit wollte sie keine *mammoni*[69], verdorbene Kreaturen, heranziehen. Verdorbenen Bälgen, die bis sie vierzig waren bei Mama lebten, weil ihre Socken sauber waren und die frische Pasta schmeckte und dann das Erbe von Generationen verprasste. Die Jungs sollten mehr arbeiten, davon war sie überzeugt. Sollten bei den Häusern mithelfen, Verantwortung übernehmen. Es war an der Zeit.
Sie lief bis zum Ende des Grundstücks. Der stufenweise Abstieg gefiel ihr: vom Palast zum Großen Trianon, dem Kleinen Triatnon, *hameau,* als ob sie es irgendwie spürte, das französische eine Prozent, den kommenden Sturm und sie lagen in ihrer eigenen spirituellen Welt um ihm zu widerstehen. Sie starb in Würde, Marie Antoinette. Wie wir alle hoffentlich auch. Es mag ein Ersatz gewesen sein, dieses kleine österreichische Dorf am äußersten Rande des Geländes, aber ihm gehörten die besten Kindheitserinnerungen der Königin, ganz nahe am wahren Versailles. Da waren Bäume, Bäche, Blumen, Küken und Schafe. Und anders als im Palast oder dem Großen Trianon hörte man im eingezäunten Hof nahe des Farmhauses Straßenverkehr und Schulkinder spielten mit Frisbees und sprangen freudvoll herum, wie kleine Hunde.

69 Muttersöhnchen

Verschickungsjunge

Willi Schmidt

In der Nachkriegszeit, bis in die 1980er Jahre, kam es häufig vor, dass Kinder zu einer sogenannten Kur geschickt wurden. Ärzte gaben den Eltern bisweilen fragwürdige Empfehlungen, obwohl die betroffenen Kinder oft überhaupt nicht krank waren, und so wurden sie in ein Kinderheim „verschickt", in der Regel für sechs Wochen. Traumatische Erlebnisse waren häufig die Folge.

180 Seiten, gebunden, ISBN: 978-3-906929-55-2 **15,90 €**

Taxi Damaskus

Aeham Ahmad, Andreas Lukas

„Steigen Sie ein in mein gelbes, bescheidenes Taxi, mit dem ich tagein und tagaus durch diese turbulente Stadt fahre und meinen Lebensunterhalt verdiene! Ich freue mich sehr, dass ich Sie auf den Fahrten durch mein geliebtes Damaskus mitnehmen darf und Sie mich auf meinen Touren begleiten", fordert Ahmed, der Taxifahrer aus Damaskus zu Beginn seiner Erzählungen auf.

256 Seiten, Hardcover, ISBN: 978-3-906929-48-4 **20,- €**

Vom Schattenweg ins Licht

Roland Kolb, Jeanette Ludwig-Zeiler

Roland Kolb ist ein interessanter und bemerkenswerter Mensch mit einer krassen Lebensgeschichte, die angesichts seiner Erlebnisse eine außergewöhnliche Wende genommen hat. Aufgewachsen in einer brutalen Kindheit, die von Lieblosigkeit, Demütigung und Schlägen geprägt war, geht er einen langen und schmerzhaften Weg der Rebellion und riskiert dabei mehrmals sein Leben.

152 Seiten, kartoniert, ISBN: 978-3-906929-27-9 **20,- €**

Dieser Titel und viele weitere sind im Buchhandel verfügbar und können bei der Synergia Auslieferung bestellt werden.

Dossier CH-3011

THE INVERSE SMILE BD. 2

Andreas Spycher

Kommissar Niedermeyer wird zur Ermittlung beauftragt. Es sollte eines seiner letzten Dossiers werden. Sein Alter sowie seine Krankheit hindern ihn in vielen Belangen. Die Suche nach Indizien führen ihn durch die Altstadt von Bern. Bald einmal findet er eine Spur nach Rumänien. Für die Lösung des Dossiers CH-3011 muss er jedoch ins Elsass.

120 Seiten, mit Bildern, gebunden, ISBN: 978-3-906929-19-4 **17,90 €**

The inverse Smile

Kriminalroman

Andreas Spycher

Begegnungen, vibrierende Gefühle, Spannung, Sanftheit - wie eine Sonate die sich in eine Sinfonie wandelt - die Ouvertüre mündet schnell in Spannung mit erstaunlichen Verstrickungen.

Der Protagonist, ein parkinsonbetroffener Kriminalpolizist, entwirrt in kurzer Zeit eine komplexe Geschichte und wandert selbst durch unglaubliche Landschaften von Emotionen und Gefühlen.

80 Seiten, mit Abbildungen, gebunden, ISBN: 978-3-905910-95-7 **15,90 €**

Das Mädchen mit dem Pagenschnitt

Beatrice Häfliger

Das Mädchen mit dem Pagenschnitt ist ein Entwicklungsroman, der sich, ausgehend von einem Kinder-Ich über Jahre hinweg mäandrierend Raum verschafft. Gehalten wird der Roman durch Betrachtungen der erwachsenen Protagonistin Eva, die zunehmend unbändigen Emotionen ausgesetzt ist, sodass sie sich und Welt neu zu sehen beginnt.

216 Seiten, kartoniert, ISBN: 978-3-906929-25-5 **20,- €**